EDI GRAF

Bombenlauf

EXPLOSIV Ein nach Deutschland verschlepptes afrikanisches Mädchen wird in einer Nebelnacht auf der A81 bei Tübingen überfahren. Die Journalistin Linda Roloff, die erst wenige Wochen zuvor eine andere Afrikanerin aus dem Netz eines skrupellosen Menschenhändlerrings befreit hat, glaubt nicht an die Theorie eines tödlichen Unfalls. Auf den Spuren der Menschenhändler erhält sie auf dem Balkan eine geheimnisvolle Botschaft, mit der sie zunächst nichts anfangen kann. Gleichzeitig wird ihr Partner Alan Scott, der in einem nigerianischen Krankenhaus liegt, unfreiwillig Zeuge dubioser Dopingpläne und gerät dadurch ins Visier einer internationalen Doping-Bande und deren Killer. Als Olympia 2016 in den Blickpunkt der Öffentlichkeit rückt, werden für Linda und Alan allmählich die wahren Zusammenhänge klar. Alles deutet auf einen geplanten Terroranschlag hin, der den Marathonlauf der Olympischen Sommerspiele in Rio de Janeiro zum Ziel hat. Linda reist im Auftrag der Welt-Anti-Doping-Agentur nach Brasilien, doch es bleiben am Ende nur noch wenige Stunden, um das Attentat des Bombenläufers zu verhindern.

Seit über 25 Jahren bereist Edi Graf den »schwarzen Kontinent«. Die Erlebnisse und Recherchen des Journalisten finden Niederschlag in seinen Krimis und führen seine Protagonisten Linda Roloff und Alan Scott immer wieder nach Afrika, vom Kap der Guten Hoffnung über die Savannen der Maasai Mara bis in die Slums von Lagos. Diesmal sogar nach Südamerika, zum Countdown auf dem Corcovado in Rio de Janeiro. Edi Graf studierte Literaturwissenschaft in Tübingen und arbeitet seit 1983 als freier Redakteur und Autor.

Bisherige Veröffentlichungen im Gmeiner-Verlag:
Kriminalpolka (2013)
Verschleppt (2012)
Schwarzwald (2011)
Bombenspiel (2010)
Leopardenjagd (2008)
Elefantengold (2006)
Löwenriss (2005)
Nashornfieber (2005)

EDI GRAF

Bombenlauf

Kriminalroman

GMEINER SPANNUNG

Besuchen Sie uns im Internet:
www.gmeiner-verlag.de

Im Ehnried 5, 88605 Meßkirch
Telefon 07575/2095-0
info@gmeiner-verlag.de

2. Auflage 2016

Lektorat: Claudia Senghaas, Kirchardt
Herstellung: Mirjam Hecht
Umschlaggestaltung: U.O.R.G. Lutz Eberle, Stuttgart
unter Verwendung der Fotos von: © blackboard1965 / Shutterstock.com
und © designcreator – Fotolia.com
Druck: CPI books GmbH, Leck
Printed in Germany
ISBN 978-3-8392-1843-4

Handlung und Namen sind frei erfunden.
Leider aber nicht die Hintergründe.
Ähnlichkeiten mit lebenden oder toten Personen
sind rein zufällig und nicht beabsichtigt.

Es lebe der Sport
Er ist gesund und macht uns hort

Rainhard Fendrich

VORWORT

»700 Flüchtlinge ertrinken – Katastrophe löst Bestürzung aus«, so lautet die Schlagzeile in Deutschlands Zeitungen am 20. April 2015. Ich bin gerade an den ersten Seiten zu meinem neuen Linda-Roloff-Krimi, der die Olympischen Spiele 2016 zum Inhalt haben wird.

Doch noch immer beschäftigt das Thema Menschenhandel, das ich 2012 in meinem Roman »Verschleppt« aufgegriffen hatte, die Medien. Anscheinend hat sich in drei Jahren nichts geändert.

Schon 2012 nannte ich die Schätzungen des »Internationalen Zentrums für Migrationspolitikentwicklung«: »Allein auf dem Weg über den Estreco, die Meerenge von Gibraltar, sterben jedes Jahr 2.000 illegale Einwanderer, deren Wege von skrupellosen Schleusern und Menschenhändlern gelenkt werden.«

Am 22. April 2015 titelt die »Südwestpresse« ihren Brennpunkt: »Sie ertrinken vor unseren Augen – Das skrupellose Geschäft der Schleuser« und vergleicht den Menschenschmuggel mit Sklaventransporten. Die Politik, so heißt es, wolle gegen Schlepper vorgehen. Es scheint, als denke die EU neu über ihre Flüchtlingspolitik nach. Zumindest werden »Voraussetzungen für die Zerstörung von Schleuser-Schiffen geprüft«.

Kurz darauf löst das heftige Erdbeben in Katmandu die Schlagzeilen über Menschenhandel und ertrunkene Flüchtlinge ab. Noch ahnt niemand, wie zentral das Thema

»Flüchtlinge« Europa ab dem Sommer 2015 noch beschäftigen wird.

Wie schwierig es ist, den Machenschaften der Drahtzieher im internationalen Menschenhandel zu begegnen und die wahren Verbrecher zu fassen, habe ich versucht, mit dem offenen Ende in meinem Kriminalroman »Verschleppt« darzustellen: Die wahren Täter bleiben auf freiem Fuß. Das entspricht – leider – der Realität.

Als Autor habe ich allerdings diese Rechnung noch offen. Eine Rechnung, die ich ursprünglich in einer Fortsetzung von »Verschleppt« begleichen wollte.

Unbeantwortet geblieben ist auch die Frage nach dem Verbleib von Doudou, der nach Deutschland verschleppten Tochter von Hadé, der Afrikanerin und tragischen Heldin.

Nicht zuletzt beschäftigt einige Linda-Roloff-Leser auch die Frage: »Was wurde aus Alan Scott?« Wird Lindas Freund seine schweren Verletzungen überleben? All das sollte der neue Roman beantworten.

Noch bevor ich die erste Seite geschrieben hatte, fragte mich meine Lektorin Claudia Senghaas vom Gmeiner-Verlag, ob es nach dem Fußball-WM-Krimi »Bombenspiel« nicht auch einen Olympiakrimi mit Linda Roloff geben könne.

Brasilien statt Afrika? Warum nicht …

Ich recherchierte und stieß auf massenhaft Dopingskandale und illegale Machenschaften im weltweiten Leistungssport. Dazu kamen Bombendrohungen bei sportlichen Großveranstaltungen wie in Remscheid oder Frankfurt und eine zunehmende Gefahr durch die größte terroristische Organisation aller Zeiten. Genügend realer Hintergrund für einen spannenden, fiktiven Krimi, dachte ich mir und sagte meinem Verlag zu.

Übrigens: Um der realen Dopingdebatte keine neue Nahrung zu geben, entspringt die im Roman *erfundene* Dopingmethode der Fantasie des Autors und nicht – wie geschildert – dem Labor eines Pharmakonzerns. Die beschriebene Wirkung des Jararacagifts ist jedoch real.

So beginnt meine Geschichte dort, wo die letzte endete: Mit der Suche nach Doudou, dem aus Afrika verschleppten Mädchen. Denn das »skrupellose Geschäft der Schleuser« ist – wie die Ereignisse um die Flüchtlingswellen seit dem Sommer 2015 gezeigt haben – noch lange nicht beendet.

Wer Menschen schmuggelt, schreckt auch vor Drogen, Medikamenten und Waffen nicht zurück.

Und vor Sprengstoff …

Edi Graf, im Spätsommer 2015

PS: »Spiegel online« berichtet heute von einem Schlag gegen Schlepperbanden: »In Österreich hat die Polizei bei einer Kontrolle in einem Blumentransporter mehr als 40 Flüchtlinge entdeckt – darunter auch Kinder. Die Sicherheitskräfte nahmen zwei mutmaßliche Schlepper fest.«

DANKE

Ich danke meiner Krimikollegin Dr. med. Ulrike Blatter für ihre »Ferndiagnose« der Figur Alan Scott.

Bei der Albanienrecherche verdanke ich den Euronatur-Experten Gabriel Schwaderer und dem viel zu früh verstorbenen Martin Schneider-Jacoby wertvolle Einblicke zur Schilderung der Szenen auf dem Balkan.

Gerhard Brüssel, Bereichsdienstleiter Freizeit & Sport der Justizvollzugsanstalt Rottenburg und Jürgen Aberle, Dienstleiter der Tübinger JVA, beantworteten mir alle Fragen zur U-Haft und den Besuchsregelungen.

Die ARD-Dokumentation »Geheimsache Doping – Wie Russland seine Sieger macht« gestattete mir wertvolle Einblicke in die aktuelle internationale Dopingszene.

Besonderen Dank meiner Lektorin Claudia Senghaas, die meine Figuren seit nunmehr zehn Jahren kennt und professionell begleitet.

Dank auch den Freunden unserer Brasilienreise. Hier habe ich die Möglichkeit bekommen, das Land, in dem dieser Krimi spielt, hautnah zu erleben.

Urubu – Danke für unsere Freundschaft.

PROLOG

Sonntag, 21. August 2016
Sambódromo Marăcana, Rio de Janeiro, Brasilien
Olympischer Marathon Männer

Der rhythmische Gesang von 30.000 Stimmen erfüllte die Luft über dem Sambódromo beim Start des olympischen Marathons und würde das Ticken der Bombe übertönen. Die Läufer hatten das Stadion über die Rua Marquês de Sapucaí verlassen, die kerzengerade Straße, über die im Carneval die bunten Sambaparaden zogen. Jetzt waren sie auf ihrem Rundkurs durch Rio, von wo die ersten Läufer in zwei Stunden wieder ins Sambódromo zurückkehren würden.

Der Läufer mit der tödlichen Fracht unter seinem schwarz-roten Trikot war nicht der einzige Athlet, der heiß auf den Sieg war, doch er zählte – mit seinen Landsleuten und der Läuferkonkurrenz aus Äthiopien und Großbritannien – zu den umjubelten Favoriten des olympischen Marathons am letzten Tag der Spiele in Rio.

In vielen internationalen Läufen wie London Marathon, Frankfurt Marathon, den Weltmeisterschaften in Südkorea und Deutschland war er im vorderen Läuferfeld ins Ziel gekommen und hatte ehemalige Weltmeister und Weltrekordler hinter sich gelassen.

Bei der Halbmarathon-Weltmeisterschaft im vergangenen März in Cardiff lief er unter den zehn Weltbesten und verpasste bei der Leichtathletik-WM 2015 in Peking nur knapp einen Medaillengewinn.

Die Temperatur lag trotz des Nebels, der in den Bergen der Küste fest saß, schon am Morgen bei knapp 20 Grad, und die ersten Zuschauer hatten sich entlang des Straßenwettkampfs Plätze in der ersten Reihe gesichert.

Das Rennen hatte in ruhigem Tempo begonnen, und die ersten Zwischenspurts ließen auf sich warten. Eine kleine Gruppe von 13 überwiegend afrikanischen Läufern setzte sich nach zehn Kilometern vom Hauptfeld ab.

Eine Verfolgergruppe aus weiteren sieben Läufern heftete sich in Schlagweite an deren Fersen.

Ein Zwischenfall, von dem zunächst niemand wirklich Notiz genommen hatte, sorgte in den nächsten Tagen für Spekulationen, Schlagzeilen in allen Zeitungen und Sondersendungen in den Fernsehkanälen. Keiner der Zeugen vor Ort konnte später klar beschreiben, was wirklich geschehen war.

Der Zünder unter dem Trikot des Attentäters bekam seine Taktung aus der Pulsuhr und berechnete die Detonation des Sprengsatzes aus Puls, Herzschlagfrequenz, Geschwindigkeit, Entfernung und Trittzahl.

Die Bombe würde explodieren, sobald er die Arena erreichte.

ERSTER TEIL – DAS GIFT DER JARARACA

Vier Jahre und zehn Monate zuvor
Ilhabela São Sebastião,
eine Insel vor der Küste Brasiliens
Noch 1.772 Tage

Sie war schön und kräftig, enorm beweglich und höchst aggressiv. Und sehr giftig. Ihr Versteck war dort, wo sich im 17. Jahrhundert die Piraten des Südatlantiks ihren Unterschlupf gesucht hatten.

Ihre Tarnung war perfekt. Die verschiedenen dunklen Brauntöne ihres beinlosen, zwei Meter langen Schuppenkörpers verschmolzen mit den Erdschollen um sie herum und der Färbung des trockenen Laubs und machten sie für ihre Beute und den gewöhnlichen Feind völlig unsichtbar.

Der Feind, der vor einer Stunde mit dem Boot auf der Insel gelandet war und sich ihr von der Meeresseite her näherte, war kein gewöhnlicher Feind. Es war der Einzige, den sie wirklich zu fürchten hatte, obwohl sie auch ihn mit einem einzigen Biss ihrer zentimeterlangen Giftröhrenzähne töten konnte.

Als sie die Vibration seiner Schritte spürte, schwankte sie zunächst zwischen Angriff und Flucht. Schließlich verließ sie sich auf ihr Tarnmuster und wartete, in einer engen Windung aufgerollt, den Kopf mit dem schlanken Hals in einer Beuge ihres geringelten Körpers gebettet, züngelnd auf den sich nahenden Feind.

Jede Faser ihres schuppigen Leibs spürte das leichte Beben, das langsam im Rhythmus seiner schleichenden Schritte näherkam. Sie nahm keine Töne wahr, registrierte aber wohl den Trittschall, der sich auf sie zu bewegte. Ihre gespaltene dunkelrote Zunge schoss in immer kürzeren Abständen aus der Oberkiefermulde ihres geschlossenen Mauls. Die Geruchsstoffe, die sie mithilfe ihrer im Gaumenbereich sitzenden Sinneszellen entschlüsselte, sagten ihr, dass der Feind sich in schnellem Tempo näherte.

Der starre Blick ihrer goldenen Augen wirkte unter der vorstehenden kantigen Kopfplatte geradezu feindselig, ihre längs geschlitzten Pupillen strahlten Angriffslust aus, und der schmale lippenlose Mund zog sich in einem fiesen Grinsen bis zum Ansatz ihres Halses, wo er sich mit dem fast schwarzen Augenstreif traf.

Obwohl sie all ihre Sinne auf den Feind gerichtet hatte, registrierte sie den Angriff zu spät. Sie spürte den harten Schlag in ihrem Genick und fühlte, wie ihr Kopf mit gewaltiger Kraft zu Boden gedrückt wurde, ohne ihr die geringste Chance zu lassen, das Maul zu öffnen und ihre Giftlanzen in das Fleisch ihres Peinigers zu bohren. Ihr Körper wand und krümmte sich, versuchte, den Angreifer zu umschlingen, der lange Schwanz peitschte wirbelnd in der Luft, aber plötzlich spürte sie keinen Boden mehr unter sich.

Während sich die Klammer eng um ihren Kiefer schloss und ihr das Maul zusammenpresste, wurde sie hochgehoben und in ein schwarzes Loch versenkt, in dem sie weich landete. Ihr Kopf war frei, sie öffnete das Maul und stieß zu, doch die Dunkelheit, die sie plötzlich umgab, ließ den tödlichen Biss ins Leere gleiten.

Die Lanzenotter, die von den Einheimischen Jararaca genannt wurde, hatte ihren Kampf verloren und trat eine lange Reise an. Der Mann, der sie gefangen hatte, wollte nicht mehr und nicht weniger als ihr Gift.

Das Gift der Jararaca.

26. November 2011
Obudu, Cross-River State, Nigeria
Noch 1.730 Tage

Zwei Männer an der Strecke des Obudu-Berglaufs beobachteten den afrikanischen Läufer Sunday Sanusi mit gespannten Mienen. Der eine war Dr. Aleksey Gorin, ein bedeutender Sportmediziner aus Russland, der andere, ein bärtiger Muskelprotz, kam aus Deutschland und hatte sich mit einem seltsam arabisch klingenden Namen vorgestellt.

Der Laufstil des Athleten strahlte Gelassenheit aus, die Bewegungen seiner Beine schienen mühelos, die Frequenz seiner Schritte folgte dem Takt einer inneren Uhr, und er lief wie schwebend in lockerem Trab. Sein Oberkörper war nur leicht nach vorn gebeugt, die Arme pendelten rhythmisch, aber ohne Kraft in Laufrichtung, seine Gesichtszüge waren entspannt, man sah ihm, bis auf den Schweiß auf Stirn und Wangen, kaum eine Anstrengung an, der Atem ging ruhig durch Mund und Nase und folgte analog dem Metronom seiner Schritte.

Der Mann aus Deutschland betrachtete den russischen Arzt, dessen Blick den Bewegungsablauf von Sanusi zu scannen schien. Aleksey Gorin hatte den weiten Weg von Tscheljabinsk im Ural zum Obudu-Plateau in Westafrika nicht umsonst gemacht. Sein Institut beherbergte eines der führenden akkreditierten Labors für Dopinganalytik im internationalen Spitzensport. Er betreute Athleten aus der ganzen Welt. Doch Dr. Gorin hatte auch noch andere Qualitäten.

Sunday Sanusi lief nur wenige Sekunden nach dem äthiopischen Spitzenläufer Hunegnaw Mesfin, der bei den Crosslauf-Weltmeisterschaften in Punta Umbria Achter geworden war, ins Ziel. 42 Minuten und 16 Sekunden waren für die 11,25 Kilometer lange Strecke, die dazu noch einen Höhenunterschied von 800 Metern bewältigte, eine hervorragende Zeit. Sanusi war damit sogar fünf Sekunden schneller als der Sieger des Vorjahres.

Das »Obudu Ranch International Mountain Race« galt nicht nur als höchstdotierter Berglauf der Welt, sondern auch als ein afrikanisches Rennen der Superlative. Champions aus aller Welt gingen hier an den Start, und der Lauf hatte seinen Ruf als »Africa's best ever mountain running event« zu recht.

Der Mann aus Deutschland kannte den hageren ostafrikanischen Läufer schon seit ein paar Jahren und wusste, was er auf der Marathonstrecke leisten konnte. Erst recht, wenn Dr. Aleksey Gorin ihn noch unter seine Fittiche nahm.

Aleksey Gorin war – gelinde gesagt – eine zentrale Figur in der Olympiavorbereitung. Das, was er »Kur« nannte, hatte schon vielen Athleten zu Medaillengewinnen und Ruhm verholfen. Warum nicht auch diesem Afrikaner?

Die beiden Männer wussten, weshalb sie sich hier trafen. Sunday Sanusi hatte das Talent zur Weltklasse. Der Mann aus Deutschland zog einen Umschlag aus der Tasche und reichte ihn dem Russen.

»100.000. Wie besprochen«, sagte er. »In Euro.«

Der Arzt befühlte das Paket und steckte das Geld schweigend ein.

»Es beeindruckt mich, dass Ihre ›Kur‹ weder bei Urin- noch bei Blutproben nachweisbar sein soll«, bemerkte der Deutsche. »Was mich stört, ist, dass es dabei zu extremem Bluthochdruck kommt. Bei internationalen Dopingkontrollen wird die nachweisbare Einnahme herkömmlicher ACE-Hemmer auffallen.«

Jetzt sah Aleksey Gorin ihn aufmerksam an.

»Ich habe hier eine praktikable Lösung für Sie«, fuhr der Deutsche fort.

»Und die wäre?«, fragte der Arzt.

»Ein natürlicher Wirkstoff, der – einfach gesagt – blutdrucksenkend wirkt.«

»Und was für ein Wirkstoff sollte das sein?«

»Schlangengift. Das Gift einer bestimmten Art. Wenn ein Sportler von ihr gebissen wird, hat das dieselbe Wirkung wie die Einnahme von Blutdruck senkenden ACE-Hemmern. Sie könnten damit Ihre ›Kur‹ perfekt tarnen.«

Die Augen des russischen Arztes verengten sich zu schmalen Schlitzen.

»Es hört sich so an, als hätten Sie das alles schon getestet?«

»Nein. Das wollte ich Ihnen überlassen. Aber wenn es so funktioniert, wie ich es glaube, dann möchte ich, dass Sanusis Doping auf diese Weise getarnt wird.«

Aleksey Gorin zögerte.

»Doping ist ein unschönes Wort. Ich nenne es lieber pharmakologische Unterstützung. Wenn ich Sie richtig verstehe, müssen wir dafür sorgen, dass der Sportler sich im Lauf der Zeit gegen das Gift immunisiert. In kleinen Dosen. So wie das bei Pferden funktioniert.«

»Genau so stelle ich es mir vor.«

»Woher bekomme ich das Material?«, fragte der russische Arzt jetzt.

»Das ist kein Problem«, antwortete der Deutsche, »mein Kurier ist zuverlässig.«

»Ein Deutscher?«

»Nein. Bosnier. Murat Neza. Ein Spezialist. Arbeitet in Deutschland bei einer Spedition.«

»Ein Schmuggler?«

»Unter anderem. Seine Spezialität ist Lebendware, wenn Sie wissen, was ich meine. Er ist Profi.«

»Gut. Schicken Sie Ihren Mann mit dem Schlangengift zu mir«, sagte der russische Arzt, »und diesen afrikanischen Läufer!«

»Nein«, sagte der Deutsche. »Es wäre zu auffällig, einen Afrikaner in den Ural reisen zu lassen. Sie arbeiten mit Sanusi hier in Nigeria. Es gibt ein Hospital in Lagos, dessen Labor Ihnen zur Verfügung steht.«

Dr. Aleksey Gorin holte tief Luft und atmete langsam aus.

»Für wen arbeiten Sie?«, fragte er.

Als der Deutsche nur abwehrend die Schultern zuckte, fügte er hinzu: »Was haben Sie vor?«

Der Deutsche grinste, dann blickte er den Arzt scharf an und sagte in einem Tonfall, aus dem jede Lässigkeit gewichen war:

»Für London im nächsten Jahr ist es zu spät, aber in Rio 2016 wird Sunday Sanusi den Marathon laufen. Und er muss ihn gewinnen!«

Er packte den Arzt an den Oberarmen, und sein Gesicht näherte sich dem des Russen so, dass er seinen Atem riechen konnte.

»Haben Sie verstanden, Doktor? Er muss!«
Aleksey Gorin schluckte trocken.
»Ja, ich meine …«, stammelte er, »ich habe verstanden.«

Ein halbes Jahr später
Samstag, 7. April 2012
Lagoon Hospital, Marine Road, Lagos, Nigeria
Noch 1.596 Tage

Das Gift in seinem Blut brannte wie das Feuer der Verdammnis, doch Sunday Sanusi ignorierte die Schmerzen. Er hatte das Lächeln der Krankenschwester erwidert, aber in seinem Kopf hatten düstere Gedanken gehangen. Das Gift dieser Schlange war erst der Anfang, und wenn er einst am Ende seinen großen Triumph im Stadion von Rio de Janeiro in der Hand hielt, würde sich auch die einfache Krankenschwester Emeka aus dem Lagoon Hospital Apapa an ihn erinnern und den wahren Grund seines freiwilligen Aufenthalts in der Klinik verstehen.

Das Lagoon Hospital in der Marine Road war das älteste von inzwischen fünf Krankenhäusern der Lagoon Hospital Group in Lagos. Es lag in Apapa, dem Hafenviertel, gegenüber von Lagos Island. Zwei weitere Krankenhäuser der Gruppe befanden sich im Norden der Stadt und im Wirtschaftszentrum der Stadt, in der Lagune. Zwei andere jüngere Lagoon-Kliniken, die Lagoon Clinics in Adeniyi Jones und die Lagoon Specialist Suites waren in Ikeja und in Victoria Island entstanden.

Es war kein Zufall, dass der Rennläufer Sunday Sanusi in die Klinik in Apapa eingeliefert worden war, denn sie galt als das Flaggschiff der Lagoon Hospital Group und eines der führenden Krankenhäuser des westafrikanischen Landes. Er teilte sein Zweibettzimmer mit einem Weißen, der mit schweren Verletzungen, die er sich nach Schlägereien mit einer Schmugglerbande im Hafenviertel zugezogen hatte, schon seit einigen Wochen im Hospital behandelt wurde. Ein Taxifahrer hatte den Mzungu leblos am Rand der Lagos Badagry Road gefunden, wo ihn die Bande auf die Straße geworfen hatte, und in die nächstgelegene Klinik, das Lagoon Hospital in der Marine Road, gebracht. Das hatte Sunday Sanusi von Emeka, der attraktiven Stationskrankenschwester, erfahren.

»Gegen seine Verletzungen ist der Biss einer Giftschlange ein Kinderspiel«, hatte sie lachend gesagt. Doch eines Tages würde sie zu ihm aufsehen, und ihr Mitleid zu dem Weißen würde in denselben Hass umschlagen, den er schon heute gegen die Andersgläubigen empfand: die Mzungu, wie man in seiner Heimat die Weißen nannte.

*

Einen Tag später war der Besucher eingetroffen, hatte auf dem Stuhl neben seinem Bett Platz genommen und sich nach seinem Befinden erkundet. Als Emeka in das Zimmer gekommen war, hatte er sie mit »Barka da yamma! – Guten Tag!« in der Sprache der Hausa begrüßt, und ihre Antwort »Barka kadai!« hatte Sunday gezeigt, dass Abayomi Akande ins Schwarze getroffen hatte.

»Kana lafiya? – Wie geht es dir?«, hatte Emeka ihn darauf gefragt.

Sie war eine Frau aus Abayomi Akandes Volk und somit erzogen in seiner Glaubensrichtung und Tradition.

Abayomi Akande hatte mit »Lafiya!« geantwortet und dabei zum ersten Mal Emekas strahlendes Lachen gesehen. Sunday Sanusi hatte seine Eifersucht unterdrückt, und die Schwester war wieder gegangen, nachdem sie dem schwer verletzten Mzungu eine neue Infusion angehängt hatte.

»Können wir hier reden?«, fragte Abayomi Akande nach der Begrüßung, mit Blick auf den Weißen, der schlafend in seinem Bett lag.

Sunday Sanusi sprach Suaheli und Englisch, kein Hausa. Sie unterhielten sich daher auf Englisch, und Akandes Frage war berechtigt.

Sanusi betrachtete den Nigerianer eingehend. Sein Gesicht hatte einen strengen, fast bitteren Ausdruck, wulstige Feuermale bedeckten die Haut seiner Wangen bis hinunter zum Hals, wo sie der Bartflaum verdeckte, das lockige, schwarze Haar wuchs auf dem ganzen Kopf nur in einzelnen Büscheln. Seine Augen waren von einer Infektion stark gerötet, die Lippen wulstig und trocken, die Zähne schief und gelblich. Das Auffälligste aber war die Narbe an seiner Nase, der auf der linken Seite ein halber Flügel fehlte.

»Ja«, sagte Sunday Sanusi, »der bekommt nichts mit. Seit ich hier bin, hat er sich nicht einmal bewegt. Ich habe mich schon ein paar Mal gefragt, ob der Mzungu überhaupt noch lebt.«

Mzungu war ein Suaheliwort und bezeichnete in einer abwertenden Note den *Weißen*. Abayomi Akande wusste, dass Sanusi aus der Gegend von Iten im Hochland Kenyas stammte und zum Läufervolk der Kalenjin gehörte. Sanusi hatte sich schon als Jugendlicher einer Miliz in Somalia angeschlossen und sich wiederholt an Anschlägen auf Ziele in Kenya beteiligt. Wie es ihn nach Westafrika verschlagen hatte, behielt der hochgewachsene Kämpfer für sich, doch jetzt, auf dem gemeinsamen Weg zum großen Ziel, spielte das auch keine Rolle mehr.

»Du kannst die Weißen nicht leiden«, sagte Abayomi Akande, »und ich verstehe das. Und doch sind es Weiße, die uns den Weg für unseren Kampf ebnen. Immer mehr von ihnen kommen als einsame Wölfe aus Europa zu uns.«

»Ich weiß. Auch der Bwana mit der braunen Schlange ist ein Mzungu.«

»Wie groß sind die Schmerzen, die ihr Gift dir zugefügt hat?«

»Andere sterben für unseren Kampf«, entgegnete Sunday. »Sie geben mir Schmerzmittel«, er zeigte auf die Infusion, die über seinem Bett hing, »und die Schwellung geht schon zurück. Aber ich habe das Foto eines Jungen gesehen, der von einer Jararaca gebissen und nicht behandelt wurde. Sein Bein war nur noch ein Klumpen aus faulem schwarzen Fleisch!«

»Doch dich hat die Schlange nicht gebissen. Du bekommst nur ihr Gift in dein Blut.«

»Und sie behandeln mich wie nach einem Schlangenbiss. Zu viele sind schon gestorben nach dem Biss der Jararaca, sagen sie.«

»Auch du wirst sterben, am Ende unseres Kampfes«, sagte Abayomi Akande.

»Das ist mein vorbestimmter Weg. Ich werde ein Märtyrer sein, und das Paradies wird mich mit offenen Toren empfangen.«

Sundays Augen leuchteten, und Akandes Mund verzog sich zu einem schiefen Grinsen.

»Das Gift dieser Schlange in deinem Blut behütet die Kraft, die du von diesem Mzungu bekommst, und niemand wird dich an Schnelligkeit überwinden«, sagte Abayomi Akande. »Selbst die schnellsten Läufer deines Landes werden mit hechelnder Zunge hinter dir zurückbleiben.«

»Ja«, stimmte Sunday zu, »wenn die Medizin des russischen Arztes nicht lügt.«

»Sie lügt nicht. Sie haben es in einem Labor erforscht. Und wir haben noch fast vier Jahre Zeit, um es zu erproben. Die Schlange – wie nanntest du sie?«

»Jararaca.«

»... wird dir noch oft ihr Gift geben, damit alles so kommt, wie es uns der Mzungu vorhergesagt hat. Und wenn du beim großen Lauf in Rio am Start sein wirst, wird dir der Sieg sicher sein!«

»Wir sollten nicht so offen über unsere Pläne sprechen. Was ist wenn er«, Sunday deutete auf den Patienten, der ruhig atmend im Nachbarbett zu schlafen schien, »im Unterbewusstsein etwas mitbekommt?«

»Dann würde er das kaum überleben. Weißt du, wie er heißt?«

»Noch nicht. Aber am Fußende der Betten stehen die Namen der Patienten.«

Abayomi Akande erhob sich und trat zu dem zweiten Bett. Von dem Weißen war nicht viel zu erkennen. Er trug auch am Kopf einen weißen Verband, seine Augen waren geschlossen, und um Mund und Nase lag eine Beatmungsmaske.

»Der schläft wie tot!«, meinte Akande und wandte sich dem Namensschild zu. »Wahrscheinlich Amerikaner oder Engländer. Sein Name lautet Alan Scott.«

Zur selben Zeit
Deutschland

Die drei Worte auf dem Display von Linda Roloffs Handy verschwammen vor ihren Augen, wie damals, als sie die Botschaft zum ersten Mal gesehen hatte. Wenn sie die Worte las, die diese fremde Frau ihr von seinem Handy aus geschickt haben musste, kamen die Tränen zurück.

Zunächst war sie damals nur irritiert gewesen, als sich unter Alans Nummer eine Frauenstimme gemeldet hatte. Sie hatte jung geklungen. Sympathisch. Linda hatte eine Sekunde lang überlegt, ob sie etwas sagen sollte, und dann aufgelegt.

»Du blöde Kuh!«, musste sie sich später sagen. Wie viel Ungewissheit und Sorgen hätte sie sich erspart, wenn sie gleich mit Ulla – so hieß die Frau – gesprochen hätte.

Doch so hatte sie tagelang nichts mehr von Alan gehört. Hatte nichts von ihm außer diesen drei Worten. Alans Handy blieb tot und er selbst verschollen in Nigerias Moloch Lagos, wohin sie ihn geschickt hatte.

Erst Tage später hatte sich diese Ulla wieder bei ihr gemeldet. Der Akku von Alans Handy war leer gewesen, und sie hatte keine Möglichkeit gehabt, an Lindas Nummer zu kommen. Und so erfuhr Linda von Ulla, die eine alte Freundin Alans war, dass ihr Freund schwer verletzt auf der Intensivstation des Lagoon Hospitals in Lagos lag und die Ärzte um sein Leben kämpften. Auf einen Schlag war die Eifersucht, die in ihr gekeimt hatte, verschwunden, und sie vertraute Ulla, die sich rührend um Alan kümmerte und sie über seine Genesung auf dem Laufenden hielt.

»Diese drei Worte, die Sie mir geschickt haben, hat er die so gesagt?«, fragte sie eines Abends bei einem der täglichen Telefonate mit Ulla.

»Nein«, antwortete Ulla. »Aber das Einzige, was er sagte, als er mal für einen Augenblick zu sich kam, war Ihr Name. Und nachdem Sie auf meinen ersten Anruf so erschrocken reagierten, beschloss ich, Ihnen das so zu schreiben.«

Er liebt Sie.

Ja, sie hatten sich verliebt, damals, sie und Alan Scott, der ehemalige Safariführer, und ausgerechnet sie, die toughe Journalistin und Rundfunkreporterin, verfiel dem Charme dieses Raubeins mit dem weichen Kern. Unrasiert, die Bartstoppeln im weichen Morgenlicht Kenyas glänzend, die stahlblauen Augen im Schatten seiner olivgrünen Legionärsmütze, so hatte sie ihn kennengelernt. Wie lange war es her? Sieben verflixte Jahre?

Linda plante, so bald wie möglich nach Nigeria zu fliegen, um Alan zu besuchen. Doch ihr Job und ihre Tochter Sarah ließen das nicht so schnell zu, wie sie es wollte.

Sonntag, 8. April 2012
Lagoon Hospital, Marine Road, Lagos, Nigeria
Noch 1.595 Tage

Der Mann, der sich dem Lagoon Hospital näherte, trug den weißen Kittel eines Arztes. Abayomi Akande hatte den Eingang des Hospitals beobachtet und wusste, wie er sich zu verhalten hatte, um möglichst nicht aufzufallen.

Das Zimmer, in dem der weiße Mann lag, hatte er ausspioniert und auf den passenden Moment gewartet. Außer einer weißen Frau gab es niemanden, der nach ihm sah, und andere Patienten in seinem Zimmer würden sich kaum darum kümmern, wenn ein Arzt kam und an den Schläuchen und Kabeln hantierte.

Sein Gedanke war klar: Der Mann, der ihre Pläne unter Umständen mitbekommen hatte, durfte das Lagoon Hospital nur tot verlassen.

Aufrechten Schrittes passierte er den Eingang zur Klinik, nickte den Schwestern zu, die sich an der offenen Tür unterhielten, nahm die Treppe in den ersten Stock und bog dann in den langen Gang ein, an dessen Ende eine Glastür den Intensivbereich abtrennte.

*

Der Schwerverletzte lag nach einer weiteren Operation wieder auf der Intensivstation, da sein Zustand immer noch kritisch war. Sein Gesicht, oder das, was man unter den Verbänden davon sah, war hager und eingefallen, hellblonder Bartflaum umkräuselte die Beatmungsmaske, die seine lädierten Lungen mit Sauerstoff versorgte.

Schmerzmittel stellten ihn ruhig, und der Chirurg hatte noch keine Prognose gewagt, ob der Patient jemals wieder laufen könne. Die inneren Verletzungen waren schwer, doch was ihm am meisten zu denken gab, war die Fraktur der Wirbelsäule, die er sich offensichtlich beim Sturz auf die Autobahn zugezogen hatte. Wie er es noch geschafft hatte, sich vor den vorbeibrausenden Autos in Sicherheit zu bringen, war den Ärzten ein Rätsel.

Die Apparate, die sein Leben verlängert hatten und jetzt seinen kritischen Zustand stabilisierten, gaben tickende und piepsende Geräusche von sich, zeichneten seine Herzfrequenz und seine Atmung detailgenau auf.

Die graugrünen Augen suchten an der weißen Decke des kahlen Raumes nach etwas, woran sie sich orientieren konnten.

Alan Scott war noch nicht lange genug bei Bewusstsein, um sich seinen Zustand in Erinnerung zu rufen. Zaghaft taxierte sein Blick die ungewohnte Umgebung, er fühlte die Schläuche auf seinem Handrücken und den Inhalator auf Mund und Nase. Weder Arme noch Beine gehorchten seinen Befehlen, sich zu bewegen. Er kam sich vor wie ans Bett gefesselt, und als seine Kehle versuchte, einen Laut von sich zu geben, entrang sich ihr nur ein raues Grunzen.

Alan schloss die Augen.

Wie lange war er schon hier?

Die letzten Bilder, die er noch hatte, waren geprägt von Lärm und Gestank neben der Autobahn. Er hatte mehr als Glück gehabt, sonst hätte er die Schläge und den Sturz aus dem fahrenden Pick-up vor die Räder des nachfolgenden Lkw auf der Stadtautobahn von Lagos schon gar nicht überlebt. Oder er wäre zumindest im Straßengraben verblutet und über Nacht von den Schakalen und schwarzweißen Raben entsorgt worden.

Er erinnerte sich an die Schmerzen, als er hochgehoben wurde, und an die Stimme von Johnny Cash, dem Taxifahrer. Der musste ihm das Leben gerettet haben. Dann tauchten die Bilder Afrikas vor ihm auf. Doch nicht jenes Afrikas, das er kannte, das er liebte.

Nicht die Savannen der Maasai Mara oder die grünen Ufer des Samburu. Nicht die Ebenen von Etosha oder seine Farm am Rand der Naukluft in Namibia. Es war das Afrika der Müllhalden und Elektroschrottberge, verbrannte Erde, totes Land, stinkendes Wasser. Und Menschen, die ihn feindselig ansahen, die ihn zusammenschlugen und von einem fahrenden Pick-up in den vermeintlich sicheren Tod stießen.

Als Nächstes sah er dieses Gesicht vor sich. Das Gesicht einer Frau. Linda? Nein. Linda war nicht in Afrika. Linda war in Deutschland geblieben. Aber ihretwegen war er nach Nigeria gekommen.

War es Ullas Gesicht? Ja, Ulla. Sie hatte neben seinem Bett gesessen und seine Hand gehalten. Sie hatte ihm Geschichten erzählt und neben ihm gewacht.

Und doch – das Gesicht, das er jetzt vor sich sah, war nicht das Gesicht Ullas. Alan Scott öffnete die Augen.

Dieses Gesicht war Wirklichkeit. Lachte ihn an – nein, grinste! Hier, in diesem Raum, direkt vor ihm. Das Gesicht eines Fremden. Dunkel. Narbig. Entstellte Nase. Schiefe gelbe Zähne. Und ein Grinsen, das direkt aus der Hölle zu kommen schien.

Er spürte die Hand, die ihm die Beatmungsmaske von Mund und Nase nahm, fühlte, dass er keine Luft mehr bekam. Er wollte sich wehren, doch seine Glieder gehorchten ihm nicht, er wollte schreien, doch es kam nur das Grunzen.

Luft!

Er brauchte Luft! Doch stattdessen spürte er nur die warme, feuchte Hand, die sich wie eine Klammer um seinen Mund schloss. Ein Schmerz durchzuckte ihn und umklammerte sein Herz. Die Lungen brannten.

Wo war Ulla?

Wo war Linda?

Linda, die Frau, die er liebte.

Warum ließ sie ihn im Stich?

Der Apparat am Kopfende seines Bettes gab ein kreischendes, schrilles Pfeifen von sich. Es klang wie ein Alarmsignal.

Er hörte einen Schlag.
Ein Knacken.
Das Geräusch verebbte.
Es blieb still.
Dann schwanden ihm die Sinne.

Am selben Abend
Deutschland
A 81 Singen-Stuttgart, kurz vor der Ausfahrt Rottenburg

Die Nebelnacht gab der schmalen Brücke über die Bodensee-Autobahn zwischen Ergenzingen und Seebronn die beste Tarnung für sein Vorhaben. Er musste die Leiche unbemerkt verschwinden lassen.

Es hatte zu regnen begonnen, und der Asphalt glitzerte feucht. Mühsam bahnten sich die Scheinwerfer der Fahrzeuge, die um diese Zeit aus Süden kommend Richtung Stuttgart fuhren, unter ihm einen Weg durch die milchig wabernde Nebelwand.

Es war Sonntagabend, und viele Familien hatten das sonnige Wochenende zu einem Frühlingsausflug in die Alpen genutzt oder schon die milden Temperaturen am Bodensee genossen. Erst am Abend waren Regenwolken aufgezogen und mit ihnen an Donau und Neckar der Nebel.

Die meisten Fahrzeuge trugen Nummernschilder aus Böblingen, Stuttgart und Esslingen, auf dem Weg nach Hause, zurück zur Arbeit am nächsten Morgen. Erst wenige Meter vor der Brücke drang das Leuchten der Fahrzeugscheinwerfer durch die Nacht, reichte jedoch nicht bis zu ihm nach oben, flammte für Sekunden nur in der Dunkelheit auf, um dann unter der Brücke abzutauchen und wieder zu verschwinden.

Zu wenig Zeit, um zu erkennen, was da auf der nass glänzenden Straße lag, zu kurz der sichtbare Weg, um rechtzeitig abzubremsen, zu langsam die Reaktion der Fahrer, um dem Hindernis ausweichen zu können.

Es hatte ihn nur wenig Mühe gekostet, den leichten Körper auf das Brückengeländer zu hieven. Noch hielt ihn sein Eigengewicht auf der Brücke. Von unten war nicht mehr als ein seltsamer Umriss zu erkennen, und die Fahrer mussten ihre Augen bei den schlechten Witterungsverhältnissen auf die Fahrbahn konzentrieren, nicht auf ein verformtes Etwas auf dem Brückengeländer.

Er wartete das Auftauchen von drei hintereinander nahenden Lastwagen ab, die seit 22 Uhr die Raststättenparkplätze verlassen hatten, um sich wieder in den Verkehr auf der A 81 einzureihen, und jetzt in einem kleinen Konvoi die rechte Spur für sich in Anspruch nahmen. Laut dröhnten die Dieselmotoren, und fast noch lauter rauschten die Reifen auf dem nassen Fahrbahnbelag.

Die Nebelscheinwerfer fraßen sich in die diffuse Dunkelheit, und die weihnachtsähnliche Beleuchtung der Fahrerkabinen zauberte einen seltsamen Lichtschimmer in die feuchte Luft über der Straße. Leicht zeichneten sich feine Regenschnüre in den Lichtkegeln ab. Auf der Überholspur näherten sich zwei PKWs mit viel zu hoher Geschwindigkeit.

Ein leichtes Anheben der leblosen Beine genügte, um das Gleichgewicht der Leiche Richtung Autobahn zu verlagern, und die Schwerkraft nahm ihm die restliche Arbeit ab. Als er losließ, klatschte der Körper mit einem dumpfen, matschigen Geräusch auf den kalten, nassen Asphalt vor die Motorhaube des Rasers.

Er hörte keine Bremsen, nur einen dumpfen Aufprall, dann ein lautes Hupen, Scheppern und Krachen. Mehrere Fahrzeuge mussten ineinander gerast sein. Es war ihm egal, was sich dort unten abspielte. Er verließ die Brücke und eilte zu dem weißen Ford Transit, der am Rand der Brücke wartete.

Er musste zusehen, dass er wegkam.

*

Zur selben Zeit

Linda Roloff schreckte aus ihren Gedanken hoch, als das Handy in ihrer Hand plötzlich vibrierte.

Es war eine SMS.

Von Ulla.

Der Text war kurz und prägnant.

»Anruf vom Hospital. Erneut im Koma. Ich bin bei ihm. Ulla«

Linda schloss die Augen. Oh Gott! Nahm das denn nie ein Ende? Wie viel musste sie noch ertragen?

Sie blickte auf das Datum des Displays. In wenigen Tagen ging ihr Flug nach Lagos.

Eine Woche!

Eine Ewigkeit …

Sie musste arbeiten, um die Zeit bis dahin totzuschlagen. Und um auf andere Gedanken zu kommen.

*

Die ferngesteuerten Schlösser des Ford Transit klackten in den Autotüren, gleichzeitig blinkten die gelben Lichter einmal kurz auf. Er warf einen Blick auf die Ladefläche. Sie lag unter dem Wollteppich, zusammengeringelt wie eine Schlange. Sie fror. Aber sie lebte.

Die andere war tot.

Mit der einen hatte er Spaß gehabt, und diese hier würde ihm Geld bringen. Viel Geld. Denn die Schwarze war schön. Und jung. Jungfrau.

Er fuhr den nahe gelegenen Waldparkplatz an, weckte sie, lockerte ihre Fußfesseln, zerrte sie aus dem Wagen und brachte sie zum Pinkeln zu den nahen Büschen. Unterwegs würden sie keine Zeit mehr dazu haben.

Das Mädchen leistete keinen Widerstand. Ängstlich starrte sie auf den Mann, während sie ihre Notdurft verrichtete.

Den Beobachter mit dem kleinen Hund bemerkten beide nicht.

Ihre Mutter hieß Hadé. Das dunkelhäutige Mädchen war ihr nach Europa gefolgt. Nicht auf dem Pfad der Schmuggler und Menschenhändler, der Entbehrungen und Vergewaltigungen, den ihre Mutter gegangen war. Davor hatte Mahama sie verschont. Er hatte gewusst, dass mit einem unberührten Mädchen viel Geld zu verdienen war, und sie einem guten Freund anvertraut, der als Trafficker alle Pfade kannte, die von Nigeria nach Europa führten. Ihm war sie seither ausgeliefert gewesen.

Er hatte sie aus dem Container gezerrt, in dem sie mit den anderen seit Wochen ausgeharrt hatte. Hatte sie in diesem großen kalten Keller eingesperrt, zusammen mit dem anderen Mädchen, von dem sie nicht einmal den Namen kannte.

Dann war das andere Mädchen gestorben. Vor Hunger, vor Angst, aus Einsamkeit, weil es krank war oder weil der weiße Mann es getötet hatte, sie wusste es nicht.

Der Mann hatte sie zusammen mit der Leiche des anderen Mädchens in den Laderaum seines Wagens gepackt. Sie war gefesselt, und eine dunkle Decke verbarg ihren Körper. Von ihrer Mutter hatte sie nichts gesehen und nichts gehört.

Er steuerte den weißen Ford Transit Richtung Ergenzingen und nahm die B 28a, den Autobahnzubringer Richtung Rottenburg. Sie hatten eine lange Fahrt vor sich.

Die kleine Schwarze musste vorübergehend aus Deutschland verschwinden. Seit ihre Mutter mit dieser deutschen Journalistin aufgetaucht war und sie das Versteck der Menschenhändler an der Schweizer Grenze entdeckt hatten, wurde das Mädchen landesweit gesucht.*

Den Container am Schiener Berg hatten sie verschwinden lassen, und die Spuren des Mädchens mussten sie im Ausland verwischen. Der Zwischenhändler würde sie in eines der Sammelverstecke im Grenzgebiet von Albanien, Mazedonien und Griechenland bringen. Vielleicht würde sie irgendwo in einem Haushalt arbeiten, um dann eines Tages in einem Lastwagen nach Norden über Bosnien-Herzegowina und Kroatien an die slowenische Grenze gebracht zu werden.

Von dort ging es über Nacht zu Fuß nach Österreich, wo sie Asyl beantragen würden. Und als Asylbewerberinnen konnten sie dann legal als Selbstständige arbeiten. In der Praxis der Menschenhändler hieß das: Prostitution. Der Mann am Steuer lächelte bei dem Gedanken. Der Endabnehmer würde verdammt viel Geld für die Jungfräulichkeit der Kleinen bezahlen.

---

* VERSCHLEPPT. Linda Roloffs 6. Fall

Der Weg nach Albanien war weit. Augsburg war sein nächstes Ziel. In Dasing wartete Valdrin Arabatzis mit einem anderen Wagen.

Von Rottenburg her kam ihm ein Blaulicht entgegen. Kurz darauf ein zweites. Rettungsdienst und Polizei. Er wartete an der Ampel und bog, als es grün wurde, auf die A 81 Richtung Stuttgart ab. Hinter ihm stockte der Verkehr an der Unfallstelle.

Von der Kleinen war sicher nicht mehr viel übrig. Geniale Idee, sie auf diese Weise verschwinden zu lassen. Kein Mensch würde auf die Idee kommen, dass sie von der Brücke gefallen war. Und die Würgemale an ihrem Hals würden sie kaum von den anderen Unfallspuren unterscheiden können.

Er war fast allein auf der Autobahn und gab Gas. Das Schicksal des Mädchens im Laderaum ließ ihn kalt. Für ihn war die Göre Lebendware auf dem Transport zu ihrem nächsten Bestimmungsort. Die andere musste sterben, nachdem er sich mit ihr vergnügt hatte. Wobei das Vergnügen einseitig seine Sache gewesen war.

Sie war danach nichts mehr wert, und es war am besten für ihn gewesen, sie unauffällig zu entsorgen. Er hatte seinen Spaß gehabt, sie aber dadurch wertlos gemacht. Den anderen würde er etwas vorlügen, vielleicht, dass sie krank war oder zu fliehen versucht hatte. Oder, dass sie eben einfach gestorben war – auf der Fahrt. So wie die vielen, die schon in den Booten übers Mittelmeer verreckten und nach denen kein Hahn mehr krähte.

Er war froh, wenn er diesen Transport hinter sich hatte. Dann konnte er sich endlich um die Aufgabe kümmern, die sein Leben für immer verändern würde. Danach würde er nicht mehr nur der eine unter vielen sein, sondern nur noch der eine.

Sie würden einsehen, dass es falsch war, ihn aus der Brigade auszustoßen und seine Dienste abzulehnen. Sie würden ihm endlich die Anerkennung zollen, die ihm zustand, und ihn zu einem ihrer Führer machen. Dann war sein Weg frei für den Kampf, der ihn schon vor Jahren aus seiner Heimat vertrieben und in den Nahen Osten gebracht hatte.

Ägypten. Libanon. Syrien.

Seine Hände am Steuer des weißen Ford Transit schwitzten, als er jetzt daran dachte.

Rio 2016.

Vier Jahre noch.

Knapp.

Er würde die Bombe hochgehen lassen. Der Name adh-Dh'ib würde in aller Munde sein.

Montag, 9. April 2012
Wohnung Linda Roloff
Noch 1.594 Tage

Die Nummer von Babs blinkte auf dem Display. Lindas Kollegin und beste Freundin hatte Dienst im Sender, und wenn sie um diese Zeit anrief, bedeutete es meistens Arbeit.

Linda arbeitete seit fast 20 Jahren als Journalistin beim Funk, sie war mit dem Sender verwachsen, seit sie sich als junge Volontärin bei der Zeitung für die in ihren Augen viel interessantere Arbeit am Mikrofon entschieden hatte. Eigentlich hatte ihr der Wechsel nie leidgetan, die Arbeit machte Spaß, das Team war eine klasse Mannschaft und die Redaktion ihr Leben. Doch auf der anderen Seite hatte sie ihre Freiheit und Ungebundenheit schon vor Jahren für den Job aufgegeben.

»Was soll ich bei einer PK wegen eines Unfalls auf der A 81?«, fragte Linda, nachdem Babs geendet hatte.

Sie pfiff auf Pressekonferenzen, und Babs wusste das. Gleiches Futter für alle Journalisten, portioniert und abgepackt, und die wirklich interessanten Details behielten Polizei und Staatsanwaltschaft meistens für sich.

Tut mir leid, aber mehr können wir zum jetzigen Zeitpunkt nicht sagen.

Oder: *Wir bitten Sie, diese Mitteilung noch nicht zu veröffentlichen, das könnte den Erfolg der Ermittlungen gefährden.*

Toll! Warum erzählten sie es dann überhaupt? Um die Journalistenmeute zu beruhigen?

Linda hatte gelernt, statt der Infos auf Pressekonferenzen lieber ihrem Instinkt zu vertrauen. Wie oft hatte sie so schon die richtige Fährte gefunden. Sie dachte an Chui, den Mörder, der seine Opfer wie ein Leopard auf Bäumen abgelegt hatte.*

In einer PK am Bodensee hatte sie zum ersten Mal von seiner Mordmethode gehört und sofort die große gefleckte Raubkatze aus Afrika vor ihren Augen gehabt. Wie nahe sie mit diesen Gedanken damals der Wirklichkeit gekommen war, hatte sich erst viel später herausgestellt. Vielleicht hätte sie den späteren Opfern das Leben retten können, wenn sie ihrem Instinkt mehr vertraut hätte.

Seitdem ging Linda Roloff bei ihren Recherchen lieber eigene Wege. Das war zwar riskant und manchmal auch nicht ungefährlich, doch sie hatte Erfolg. Und wusste am Ende meistens mehr als Polizei und Staatsanwaltschaft.

---

* LEOPARDENJAGD. Linda Roloffs 4. Fall

So wie bei Hadé, dachte sie. Die geheimnisvolle Nigerianerin, von skrupellosen Menschenhändlern nach Deutschland eingeschleust, zur Prostitution gezwungen und dann auf der verzweifelten Suche nach ihrer 13 Jahre alten Tochter, die ebenfalls verschleppt worden war. Doch dann war Hadé nach Nigeria abgeschoben worden, von ihrer Tochter fehlte bis heute jede Spur.

Hadé, dachte Linda. Welche Odyssee hatte sie mitgemacht, verkauft, verschleppt und betrogen …

Hadé hatte das Land ihrer Träume als Gefangene gesehen. Aus einem sicheren Versteck, wie die Schlepper es genannt hatten. Versprochen hatte man ihr Arbeit – vielleicht als Kindermädchen –, einen Platz zum Leben, eine Wohnung für sie und ihre Tochter, die schon bald nachkommen würde in das Paradies, das man Europa nannte. Doch das Geld dafür hatte sie mit ihrem Körper verdient, in diesem roten Zimmer von Madame, Monat um Monat, Jahr um Jahr.

Als Hadé die letzten 500 Euro bezahlt hatte, um wieder selbst über sich und ihren Körper bestimmen zu können, als sie sogar noch genügend Geld gespart hatte, um endlich aus der Hölle zu entfliehen, als ihre Tochter endlich angekommen war, hatte das Grauen von Neuem begonnen. Denn auch ihre Tochter war so wenig frei, wie sie selbst es gewesen war, als sie damals in Deutschland angekommen war. Ihrer Tochter hatte dasselbe Schicksal gedroht.

Hadé hatte sich aufgemacht, den Entschluss gefasst, ihre Tochter zu suchen und zu befreien, um ihr dieses Schicksal zu ersparen. War zurückgekehrt. Heimlich. An den Ort, an dem sie selbst vor zwei Jahren in Deutschland gestrandet war.

Doch ihre Tochter hatte sie nicht gefunden. Die Schlepper

hatten sie fortgebracht aus dem Versteck. Hatten sie nach wie vor in ihrer Gewalt.

Nachdem das Verfahren gegen die Männer, die ihr das angetan hatten, aus Mangel an Beweisen eingestellt worden war, hatten sie Hadé in ihre Heimat Nigeria abgeschoben. Das Angebot, sich einen Rechtsanwalt zu nehmen und gegen die Menschenhändler und die Madame vor Gericht auszusagen, lehnte sie aus Angst um ihre Tochter ab. Mahamas Zauber reichte weit, seine Macht hatte sie auch in Deutschland zu spüren bekommen. Selbst über die weite Entfernung wirkte die Kraft seines Juju.

Aus Furcht vor der Rache ihrer Peiniger war Hadé unter fremdem Namen in eine Stadt namens Abeokuta nördlich von Lagos gezogen. Dort wollte sie eine kleine Boutique eröffnen. Von ihrer Tochter hatte Hadé nichts mehr gehört. Sie hieß Doudou und war in Deutschland verschollen.

Es war erst wenige Wochen her, seit Hadé nach Nigeria zurückgekehrt war, und in jeder SMS stellte sie dieselbe Frage. Dieselbe verzweifelte Frage einer verzweifelten Mutter.

Did you hear anything about Doudou? – Hast du irgendetwas von Doudou gehört?

Und Linda musste ihr jedes Mal dieselbe vernichtende Antwort zurückschicken.

No, nothing, sorry.

Mit einem Schlag wurde sie hellhörig, als ihr Babs weitere Details zu der Pressekonferenz eröffnete.

»… Zeuge, der einen Mann mit einem dunkelhäutigen Mädchen gesehen hat. Das muss ganz in der Nähe …«

»Stopp!«, unterbrach Linda, »noch mal! Ich war grade abgelenkt. Was hast du gesagt?«

»Ich sagte«, Babs betonte jetzt jedes Wort, »dass ganz in der Nähe des Unfallorts ein Mann mit einem dunkelhäutigen Mädchen auf einem Waldparkplatz gesehen wurde. Und denselben Wagen wollen andere Zeugen auf der Brücke gesehen haben, unter der dieser Unfall passierte.«

»Wie alt war das Mädchen?«

»Das geht aus dem Bericht nicht hervor. Aber ich dachte natürlich sofort an dich und die Tochter von Hadé. Darum habe ich auch vorgeschlagen, dich zu dieser PK zu schicken.«

Linda holte Luft.

Wenn Babs recht hatte und das wirklich eine Spur von Hadés verschollener Tochter war? Doch nein, es war zu unwahrscheinlich. Sicher gab es hunderte dunkelhäutiger Mädchen, und die Beobachtung des Zeugen konnte auch ganz harmlos sein.

»Wann ist der Unfall passiert?«

»Gestern Nacht. Drei Sattelschlepper und mehrere PKWs. Eine Tote und zwei Schwerverletzte. Wir haben das schon heute Morgen gemeldet. Die Aussagen der Unfallbeteiligten waren anfangs sehr widersprüchlich, zumal der Fahrer des ersten PKW unter Alkoholeinfluss stand und man ihm zunächst nicht glaubte. Er hatte von einer leblosen Gestalt auf der Autobahn erzählt, wegen der er abrupt abbremsen musste. Die Polizei war davon ausgegangen, dass es sich bei der Toten um eine Insassin aus einem der beteiligten Fahrzeuge handelte. Aber das stimmt wohl nicht.«

»Und weiter?«

»Ich fax dir den Bericht.«

»Vergiss es. Mein Faxgerät spinnt. Nun sag schon!«

»Am Morgen rief ein Fahrradfahrer bei der Polizei an, der in der Nacht einen weißen Ford Transit in der Nähe der Brücke beobachtet hatte. Es war neblig. Er hat nicht viel gesehen, sprach aber von einer Gestalt, die etwas wie ein Bündel zur Brücke trug.«

»Klingt spannend. Und der Zeuge mit dem Mädchen?«

»Hat sich heute bei uns gemeldet, nachdem er von dem Ford Transit im Radio gehört hat. Er war mit seinem Hund unterwegs. Auf dem Weg zu seinem Wagen, der auf einem Parkplatz stand, sah er, wie der Mann mit dem Mädchen aus einem weißen Ford Transit stieg. Es sah für ihn so aus, als ob die Kleine mal im Wald musste. Jetzt will die Polizei weitere Zeugen und macht darum die PK. Um halb zwölf bei der Kripo in Tübingen. Schaffst du das?«

Linda sah auf die Uhr. Viertel vor elf. Im selben Moment vibrierte das Handy erneut, und sie sah auf ihrem Display den gelben Briefumschlag, der eine eingehende SMS signalisierte.

»Ja«, sagte sie. »Ich fahr sofort los. Kannst du Sarah von der Schule abholen und zu dir nehmen, bis ich zurück bin?«

»Klar, kein Problem!«, antwortete Babs. Es war nicht das erste Mal, dass Babs, die nur halbtags arbeitete, sich um Lindas 14-jährige Tochter kümmerte.

Babs hatte aufgelegt, und auf Lindas Display öffnete sich eine SMS aus Nigeria.

Hi IAM hadé GHAVE you PQRSEEN MY daughter.

Lindas Finger huschten über die Tasten.

Hi. Not yet, sorry. I am still looking every day. Linda.

Ja, sie würde nach ihr suchen.

Jeden Tag.

Schon heute vielleicht.

Linda dachte an Sarah. Sie und Hadés Tochter Doudou waren in etwa gleich alt. Sarah ging in die achte Klasse, war schwarzhaarig wie ihre Mutter, auch die dunklen großen Augen hatte sie von ihr geerbt. Aber die Nase und den

Mund, dieses feine Kinn mit dem kleinen Grübchen hatte sie von Rob, ihrem Vater, der jetzt mit seiner neuen Frau auf einer Nashornfarm in Kenya lebte.

Linda kehrte mit ihren Gedanken aus Afrika zurück und drückte auf *Senden.*

*

Ankommende SMS

Aultmore/Speyside nicht gereift. Runder Abgang erwünscht.

Adh-Dh'ib las die verschlüsselte Nachricht, fluchte und drückte auf *Löschen.*

*

Zur selben Zeit

Waldstück an der A 8 Stuttgart-München, bei Dasing

Das Mädchen hatte zu weinen aufgehört. Die Schnüre, mit denen er sie wieder an Hand- und Fußgelenken gefesselt hatte, schnitten ihr ins Fleisch, doch die Schmerzen waren nicht so schlimm wie die Angst, die ihr die Luft abzuschnüren drohte.

Sie lag auf der Rückbank des großen weißen Wagens und fror jetzt nicht mehr. Der Mann hatte unter dunklen Bäumen angehalten und ihr zu trinken gegeben und in dieser Sprache mit ihr gesprochen, die sie nicht verstand. Er hatte sie in den Wald geführt, als sie zur Toilette gehen musste, und sie dann wieder in den Wagen gesperrt. Sie hatte unter der Decke gelegen und sich nicht gerührt, denn sie wollte nicht, dass es ihr ging wie dem anderen Mädchen.

Sie hatte die Tage nicht gezählt, seit sie Mahama bei ihren Großeltern abgeholt und auf das große Schiff gebracht hatte. Sie hatte die Nächte nicht gezählt, die sie eingesperrt in schwankenden Kammern, düsteren Schächten, engen Kisten und kahlen Containern verbracht hatte. Sie hatte alles ausgehalten, denn sie wusste, dass ihre Mutter auf sie wartete. Ihre Mutter, die schon vor Jahren in das Paradies aufgebrochen war und dort jetzt so viel Geld verdiente, dass sie ihre Tochter zu sich holen konnte. So hatte es Mahama ihren Großeltern erzählt.

Doch sie hatte vergebens nach ihrer Mutter Ausschau gehalten. Stattdessen war der Mann mit dem schwarzen Bart aufgetaucht, dessen Augen den stechenden Blick eines Pavians hatten und dessen harter Griff ihr wehgetan hatte. Er hatte sie im Wald aus dem Container gezerrt und in diesen Keller geschleppt, in dem sie gefroren und gehungert hatte.

Die Tränen waren zurückgekehrt, und die Angst hatte sich in ihr ausgebreitet, wie die Dürre sich nach der Regenzeit ohne Gnade über das ganze Land legte. Die Angst in ihren Beinen hinderte sie davonzulaufen, selbst wenn sie ohne Fesseln gewesen wäre, die Angst in ihrer Kehle schnürte ihr die Stimme ab, die Angst in ihren Händen ließ sie zittern, die Angst auf ihrer Haut ließ sie frieren oder schwitzen, die Angst in ihren Gedanken quälte sie, die Angst in ihrer Brust erdrückte sie.

Sie schloss ihre Augen und versuchte, an glückliche Tage zu denken, Tage daheim in ihrem kleinen Dorf in Edo State, wo sie mit ihren Freundinnen spielte und ihrer Oma bei der Zubereitung von Akara half. Tage, die glücklich gewesen waren, bis Mahama zu ihrem Großvater kam …

»Doudou hat die Formen einer jungen Frau bekommen, seit ich sie das letzte Mal gesehen habe«, hatte der Mann gesagt, und Doudou hatte versucht, hinter dem dünnen Bastvorhang jedes Wort zu verstehen.

»Wir können viel Geld bekommen, wenn wir sie zu ihrer Mutter bringen.«

*

Im Neckartal hatte der Frühling den Winter abgelöst. Während oben auf den Hochflächen der Schwäbischen Alb noch die letzten Schneefelder in den Schattenlagen den ersten Sonnenstrahlen des Tages trotzten, blühten in den Gärten von Hirschau und Wurmlingen Krokusse in gelb, weiß und violett, und Schneeglöckchen machten aus den wintertristen Rabatten in Kiebingen und Bühl leuchtend weiße Frühlingsflecken. Auch in Tübingen grüßten die ersten Frühlingsboten auf den Rasenflächen vor dem Polizeipräsidium.

Linda war wie immer gut, aber dezent geschminkt. Für eine Frau Anfang 40 sah sie erstaunlich jung und sportlich aus. Sie hatte ihre langen schwarzen Haare zu einem Pferdeschwanz gebunden, ihre dunkelbraunen Augen, von denen einige ihrer Freunde behaupteten, sie seien ebenso schwarz wie ihre Haare, hatte sie hinter einer modischen Sonnenbrille versteckt. Ihre auch im Winterhalbjahr naturbraune Haut kam unter der khakifarbenen Bluse noch dunkler heraus, und der enge kurze Rock betonte auf unverschämte Weise ihre vorteilhafte Figur.

Linda Roloff hatte, wie die meisten ihrer Kollegen, die PK zunächst mehr oder weniger gelangweilt verfolgt, zumal eine Pressekonferenz in Zusammenhang mit einem Autounfall eher ungewöhnlich und der Andrang der Presse entsprechend gering war. Linda hatte den detaillierten Bericht nicht gelesen und nur von einer Kollegin gehört, dass die Polizei von einem ungewöhnlichen Fall ausging. Das bestätigte der Pressesprecher der Polizei einleitend. Wie es aussah, hatte das getötete Mädchen auf der Überholspur gelegen und den Unfall mit mehreren Beteiligten ausgelöst.

»Es liegt, nach zwei Zeugenbeobachtungen und der Auswertung erster Untersuchungsergebnisse, die Vermutung nahe, dass zumindest eine Spur zu einer internationalen Schlepperorganisation auf dem Balkan führt.«

Linda horchte auf. Sie dachte sofort an Agim Zoto, den Mann, den sie in Zusammenhang mit der Befreiung Hadés als Mitglied eines Menschenhändlerrings enttarnt hatte. Er hatte sich der Verhaftung durch Flucht entzogen und lebte vermutlich wieder auf dem Balkan.

Der Pressesprecher der Polizei bat nun einen der anwesenden Kriminalbeamten etwas über die Identität des Unfallopfers zu sagen.

»Da das Opfer mehrfach überfahren und dabei stark entstellt wurde, können wir bisher nur sagen, dass es sich um eine junge Frau handelt. Nach Größe, Körperform und Gliedmaßen zu urteilen, wahrscheinlich um ein Mädchen unter 20. Sie war dunkelhäutig, vermutlich Afrikanerin.«

Linda stockte der Atem. Dieses Detail hatte ihr Babs noch nicht mitgeteilt, und sie hatte das dunkelhäutige Mädchen, von dem ihr Babs erzählt hatte, bislang nicht mit dem Unfallopfer in Verbindung gebracht. Ihr wurde schlecht bei dem Gedanken, dass es sich bei der Toten um Hadés Tochter Doudou handeln könnte. Doch wie viele dunkelhäutige Mädchen gab es in Baden-Württemberg? Wie groß war die Wahrscheinlichkeit, dass das Unfallopfer eine andere Identität trug?

Linda verdrängte ihre Gedanken und versuchte, sich wieder auf die Ausführungen des Kriminalbeamten zu konzentrieren.

»Was diesen Autounfall so spektakulär und spannend macht, ist die Tatsache, dass die tote Afrikanerin in keinem der beteiligten Fahrzeuge mitgefahren war. Das heißt, sie muss auf anderem Wege auf die Fahrbahn gelangt sein. Die alles entscheidende Frage, ob sie vor dem ersten Aufprall noch lebte, kann noch nicht abschließend beantwortet werden.«

Er begann nun, ein paar Details über das Opfer bekannt zu geben und verriet, dass die Tote Jeans und einen dünnen Pullover trug und lange Rastalocken hatte. Besondere Merkmale habe man nicht feststellen können. Man suche nun nach vermissten Personen, auf die diese Beschreibung zutraf, schloss er.

Linda atmete tief aus. Eine vage Beschreibung von Hadés Tochter lag der Polizei vor. Obwohl Hadé ihr Kind seit ihrer eigenen Verschleppung nach Europa nicht mehr gesehen hatte, wusste sie von einem eindeutigen Kennzeichen, einer Narbe an Doudous rechtem Unterarm. Nachdem Hadé nach Nigeria abgeschoben worden war, hatte Linda ihre eigene Adresse als Kontaktdaten für Hadés vermisste Tochter angegeben. Die Polizei würde Linda also informieren, falls die Tote eine Narbe am Unterarm trug. Trotzdem beschloss Linda, nach der PK ein paar Worte mit dem zuständigen Ermittler zu wechseln.

Der Kommissar hatte inzwischen den Bogen zu den beiden Beobachtungen der Zeugen geschlagen.

»Da wir keine weiteren Anhaltspunkte haben«, sagte er jetzt, »wäre es wichtig zu wissen, ob es andere Zeugen gibt, die einen weißen Ford Transit in der Nähe des Unfallorts gesehen und vielleicht weitere Beobachtungen gemacht haben. Wir wissen bisher, dass der Wagen noch nach dem Unfall auf einem Waldparkplatz in der Nähe der Autobahnüberbrückung stand und, vermutlich kurz vor dem Unfall, direkt an der Brücke. Einmal wurde eine männliche Person mit einem dunkelhäutigen Mädchen bei dem Wagen auf dem Waldparkplatz beobachtet, das andere Mal mit einem menschengroßen Bündel auf der Brücke. Da wir Teile des Kennzeichens kennen, haben wir sofort Fahndung nach einem weißen Ford Transit mit albanischem Kennzeichen ausgelöst.«

Albanien? Linda dachte erneut an Agim Zoto. Er war Albaner oder Bosnier gewesen.

»Wie lautet das Kennzeichen von Albanien?«, fragte einer der Journalisten lautstark dazwischen und riss sie aus seinen Gedanken. »AL, glaube ich«, antwortete der Kommissar, »aber das spielt keine Rolle mehr. Die Kollegen der Autobahnpolizei Dasing haben den Wagen inzwischen gefunden. Er war in einem Waldstück in der Nähe von Western-City abgestellt, von den Insassen fehlt jede Spur. Es liegt die Vermutung nahe, dass der Mann sich in Richtung seiner Heimat abgesetzt hat.«

Nun trat der Pressesprecher wieder ans Mikrofon und ergänzte die Ausführungen des Kommissars:

»Der Vergleich der DNA der Toten mit Haaren und Hautfasern von der Ladefläche des albanischen Ford Transit wird uns Klarheit verschaffen, ob die Tote in dem Wagen war. Derzeit gehen wir nach einer Zeugenaussage davon aus, dass sich noch mindestens eine weitere Person, wahrscheinlich ein anderes Mädchen, in dem Wagen befand. Ein Hundebesitzer beobachtete dies zu einem Zeitpunkt, als der Unfall wohl gerade passiert war. Wir untersuchen außerdem die Fingerabdrücke am Lenkrad und an den Autotüren. Der Ford Transit war auf einen ehemaligen albanischen Kieswerksarbeiter im Hegau zugelassen, der wegen Verdacht auf Menschenhandel international gesucht wird.«

Linda hatte sofort wieder Agim Zoto vor Augen, auf den diese Beschreibung zutraf. Sollte er Wochen nach seiner Flucht nach Deutschland zurückgekehrt sein, um doch noch Hadés Tochter in seine Hände zu bekommen?

Die Fragerunde war eröffnet. Linda ließ einigen der drängelnden Kollegen den Vortritt, dann meldete sie sich selbst zu Wort und stellte die Frage, die sich ihr am meisten aufdrängte.

»Haben Sie bei der Toten auf der A 81 irgendwelche besonderen Kennzeichen entdecken können, die bei einer Identifizierung helfen könnten?«

Der Pressesprecher gab den Ball an den ermittelnden Kommissar weiter.

»Nichts, was uns aufgefallen wäre«, sagte er, »aber wie gesagt ist das Unfallopfer sehr stark entstellt. Denken Sie an etwas Bestimmtes?«

»Eine mir bekannte Afrikanerin hat ihre Tochter mit einer Narbe am Unterarm als vermisst gemeldet.«

»Kommen Sie nachher zu mir, dann können wir einen Blick in den vorläufigen Obduktionsbericht werfen«, sagte der Kommissar und nickte der nächsten Fragestellerin zu. Es ging noch um Spuren am Unfallort, die beteiligten Fahrzeuge und die Mithilfe der Bevölkerung, dann verloren sich die Fragen der Journalisten wieder einmal ins Spekulative. Unwahrscheinliche.

Abschließend bat der Polizeisprecher die Medienvertreter eindringlich um Mithilfe durch entsprechende Aufrufe und beendete die PK. Der ermittelnde Kommissar nickte Linda zu, und sie trat nach vorne.

In kurzen Worten erklärte sie ihm ihr Interesse an der Identität des Unfallopfers. Der Kriminalbeamte hörte ihr aufmerksam zu und deutete dann auf eine Dokumentenmappe, die auf dem Tisch lag.

»Der vorläufige Obduktionsbericht«, sagte er. »Ich werde ihn noch einmal lesen und auch mit den Kollegen in der Pathologie sprechen. Lassen Sie mir Ihre Karte da, und ich rufe Sie an.«

Linda reichte ihm ihre Visitenkarte, die auch ihre private Handynummer enthielt, und er hielt ihr seine entgegen.

»Vielen Dank –«, sie warf einen Blick auf die Karte, »Herr Hauptkommissar …«

»Simmons. Kurt Simmons«, stellte er sich vor. Linda steckte die Karte ein und wandte sich zum Gehen.

»Warten Sie! Der Hundebesitzer, der den Mann mit dem Mädchen im Wald gesehen hat, war auch in der PK. Da vorne geht er gerade zur Tür hinaus. Vielleicht kann er Ihnen weiterhelfen!«

Sie dankte Hauptkommissar Simmons und rannte zur Tür. Der Mann, auf den der Kommissar gedeutet hatte, war Mitte 50, ein sportlicher Typ, der Freizeitkleidung und Trekkingschuhe trug, wie sie eher in die Alblandschaft als ins Tübinger Polizeipräsidium passten.

Er ging zu einem Wagen mit Rottweiler Nummernschild und ließ einen Jack-Russel-Terrier aus dem Kofferraum, der jaulend und fröhlich mit dem Schwanz wedelnd an ihm auf und nieder hüpfte. Linda ging langsam auf die beiden zu, ihrem Instinkt folgend wartete sie ab, bis Herrchen und Hund auf ihrer Höhe waren, dann schritt sie wie zufällig neben den beiden her.

»Entschuldigung«, begann sie, »Sie waren doch auch in der Pressekonferenz eben?«

Der Mann sah sie misstrauisch an.

»Ja. Und?«

Linda stellte sich vor.

»Linda Roloff. Ich bin Journalistin, und Hauptkommissar Simmons meinte …«

»Journalistin?«, unterbrach er, und sie spürte noch mehr Misstrauen in seiner Stimme.

»Ja. Ich habe allerdings ein privates Interesse an dem Fall und möchte Sie gerne etwas fragen, wenn ich darf«, schob sie daher schnell nach. Sie wusste aus Erfahrung, dass ihr Berufsstand bei vielen Menschen eher Türen verschloss als öffnete.

»Was wollen Sie?«, fragte der Mann bissig, und Linda beschloss, seine Sympathie über den Jack Russell zu gewinnen.

Sie blieb stehen und ging in die Hocke, um den Hund anzulocken. Der kam prompt angetrabt und schnupperte an ihrer ausgestreckten Hand. Linda hatte keine Angst vor Hunden. Noch nie gehabt. Selbst große Rassen oder gar sogenannte Kampfhunde flößten ihr keinen Respekt ein.

»Lucky scheint Sie zu mögen«, sagte sein Besitzer anerkennend, als sich der Jack Russell zwischen den Ohren kraulen und über den Widerrist streicheln ließ. Sie gingen weiter.

»Ich mag Hunde«, antwortete Linda. »Und wie gesagt, was ich Sie gerne fragen möchte, hat nichts mit meinem Beruf zu tun.«

»Aha«, sagte Luckys Herrchen, »na da bin ich mal gespannt.«

»Ich weiß nicht so recht, wie ich anfangen soll«, gestand Linda, »aber der Kommissar sagte, dass Sie der Zeuge sind, also der Hundebesitzer, der den Mann mit dem weißen Wagen und das dunkelhäutige Mädchen darin gesehen hat.«

Sie machte eine Pause, und der Hundebesitzer war erwartungsvoll stehen geblieben.

»Und weiter?«

»Um es kurz zu machen: Eine Bekannte von mir – sie ist Afrikanerin – sucht ihre Tochter. Das Kind ist spurlos verschwunden. Und jedes Mal, wenn ich etwas von einem dunkelhäutigen Mädchen mitbekomme, werde ich hellhörig.«

Der Mann sah Linda schweigend an.

»Nun ja«, sagte er schließlich, »ich weiß natürlich nicht, ob ich Ihnen helfen kann. Aber was halten Sie von einem Kaffee in der Stadt?«

»Gute Idee«, sagte sie.

*

Kurz darauf saßen sie im ersten Stock des »Ludwigs«, einem modernen Café am Zinserdreieck, nur einen Steinwurf vom Neckar mit der berühmten und viel fotografierten Tübinger Stadtansicht entfernt. Auf dem Zweiertisch standen Cappuccino und Café au Lait, Lucky lag zu Lindas Füßen und schlummerte.

Der Mann, der sich als Walter Wildung vorgestellt hatte, kam aus Oberndorf am Neckar und war öfters in Tübingen, um seine Mutter in der Corona-Klinik zu besuchen. Auf dem Nachhauseweg hatte er einen Spaziergang mit seinem Hund gemacht und dabei den Mann mit dem Mädchen beobachtet. Linda schlürfte den Schaum von ihrer Tasse.

»Würden Sie mir erzählen, was Sie genau gesehen haben?«, fragte sie.

»Ich war mit Lucky unterwegs. Wir gehen gerne in die Wälder, mal im Neckartal, mal im Schwarzwald. Eine

Stunde mindestens. Wenn Lucky an der Klinik im Auto warten muss, erwartet er's nicht, bis wir zu Hause sind. Ich fahr dann gerne Nebenstrecken, und auf dem Waldparkplatz ist mir sofort dieser weiße Transporter ins Auge gestochen. Es kommt nicht oft vor, dass sich diese Karren auf Waldparkplätze verirren. Ich hasse die Teile eigentlich, weil sie wie blöd rasen und riskant überholen. Ist Ihnen das nicht auch schon aufgefallen?«

Linda nickte. Auch sie kannte die riskante Fahrweise vieler Sprinterfahrer, doch sie wusste auch, dass den Jungs auf ihren knapp kalkulierten Routen oft die Zeit im Nacken saß. Und die PS-starken Kisten hatten kein Problem, beim Überholen ordentlich zu beschleunigen.

»Naja, ich hab mich gewundert und konnte auch mit dem Kennzeichen nichts anfangen. Die Polizei hat mir dann gesagt, dass es ein albanisches war. Wie dem auch sei«, fuhr Wildung fort, »der Wagen stand noch nicht da, als ich dort parkte. Erst eine Stunde später. Wir waren am Rande des Parkplatzes stehen geblieben, um Lucky die Pfoten zu putzen. Ich habe in meinem Rucksack immer ein Handtuch dabei, und wenn wir Asphalt erreichen, mach ich ihn sauber.«

Er blickte mit Stolz unter den Tisch, wo Lucky mit geschlossenen Augen schlummerte.

»Da ist dann der Typ mit dem Mädchen ausgestiegen.«

»Aus dem Sprinter?«, fragte Linda.

Wildung nickte.

»Ja. Aus der hinteren Tür.«

»Also von der Ladefläche?«

»Genau. Kam mir schon da ein bisschen komisch vor. Er war so gar nicht der Vatertyp. Das Mädchen schien mir auch eher verängstigt.«

»Wie alt würden Sie sie schätzen?«

»Hm, schwierig. Es war, wie gesagt, fast dunkel. Und ich hab die Kleine vielleicht für drei Sekunden gesehen. 13? 14?«

Mist, das würde passen, dachte Linda.

»Wenn Sie sagen: dunkel – war sie vom Typ her eher asiatisch oder afrikanisch?«

»Afrikanisch. Eindeutig. Also das kann ich beschwören. Eine kleine Afrikanerin.«

»Afrika ist groß. Die Tochter meiner Bekannten stammt aus Westafrika.«

»Das kommt hin. Sie hatte eindeutig keinen nordafrikanischen Schnitt. Das kennt man ja von den Läuferinnen aus Äthiopien oder Tunesien. Nein, die Kleine hatte das Gesicht einer ganz dunklen Afrikanerin.«

Linda schloss resigniert die Augen. Wie viele schwarzafrikanische Mädchen trieben sich in Deutschland auf einem Waldparkplatz herum mit einem Mann, der nicht ihr Vater oder Verwandter zu sein schien? Und wie viele stiegen aus einem albanischen Sprinter?

»Und dann?«, fragte sie, »was passierte dann?«

»Das Mädchen ging im Wald zur Toilette, der Mann ließ sie dabei nicht aus den Augen. Das war wohl auch der Grund, weshalb er weder Lucky noch mich wahrgenommen hat. Ich war außerdem wegen Lucky in die Hocke gegangen. Danach ging alles ziemlich schnell. Der Mann zog – nein, eigentlich zerrte er das Mädchen wieder in den Ford Transit. Auf die Ladefläche. Dann stieg er ein und fuhr in hohem Tempo davon.«

»Haben Sie da schon von dem Unfall auf der A 81 etwas mitbekommen?«

»Ja. Ich hab's kurz vorher krachen hören. Dachte noch, das hört sich schlimm an. Später habe ich von Weitem das

Blaulicht und das brennende Auto gesehen. Ich hab von dem Unfall heute Morgen zu Hause im Radio gehört. Und als sie sagten, man suche nach einem weißen Ford Transit, hab ich bei denen im Radio angerufen.«

»Und?«

»Naja. Die haben es notiert und meine Nummer an die Polizei weitergegeben. Ich war auf dem Revier und hab ausgesagt, das war's dann auch. Auf die Pressekonferenz bin ich nur, weil mich die Sache interessiert und der Hauptkommissar so nett eingeladen hat.«

»Gibt es sonst noch irgendetwas, was ich wissen muss?«, fragte Linda.

»Konnte ich Ihnen denn nicht schon helfen?«, fragte er zurück.

»Ich weiß es nicht«, antwortete sie ehrlich. »Die Suche nach Doudou ist wie die nach der berühmten Nadel im Heuhaufen.«

»Doudou sagten Sie? Ist das der Name des Mädchens?«, fragte Wildung, und seine Stimme klang überrascht.

»Ja, Doudou. Warum?«

»Na weil das der Mann gesagt hat, bevor das Mädchen wieder in den Sprinter kletterte.«

»Er hat wirklich ›Doudou‹ gesagt?«, hakte Linda nach.

»Ja. Es hörte sich an wie ›du, du‹! Vorwurfsvoll, mit erhobenem Zeigefinger, wissen Sie. Ich wäre nie darauf gekommen, dass das Kind so heißt!«

»Oh Mann!« Linda unterdrückte ihren Schreck. »Wenn Sie die Tote bei dem Unfall ist …«

»Aber das kann nicht sein!«, widersprach Wildung. »Zu der Zeit war der Unfall doch schon passiert.«

»Sind Sie sich ganz sicher?«, hakte sie noch einmal nach.

»Ich glaube nicht, dass ich mich irre«, sagte Wildung.

»Das hat gescheppert, solange ich mit Lucky im Wald war. Und das Mädchen habe ich danach gesehen, ich schwörs!«

»Es wär' zu schön, um wahr zu sein. Das wäre die erste Spur von dem Kind, seit es in Deutschland ist. Und es würde bedeuten, dass Doudou lebt und auf dem Weg nach Albanien ist.«

»Und was werden Sie jetzt tun?«

Linda zuckte mit den Schultern.

»Wollen Sie nach Albanien?«

Warum nicht?, dachte Linda.

Frühling auf dem Balkan, das klang irgendwie verlockend. Doch zuvor würde sie noch einen Besuch machen. Bei einem Kieswerkbesitzer im Hegau. Ein unangenehmes Gefühl beschlich sie bei dem Gedanken, dem Mann wieder zu begegnen, der den Befehl gegeben hatte, sie lebendig zu begraben …

*

Zur selben Zeit
Ein Dorf in Edo State, Nigeria

Abayomi Akande trug nur noch selten die Agbada, das knielang wallende, kunstvoll bestickte Gewand. Zu lange lebte er in einer anderen Welt, zu weit hatte er sich im Lauf der Jahre von der Kultur und der Tradition seines Volkes entfernt. Aber es war ihm auch egal. Er hatte so gut wie keine Erinnerung mehr an das Dorf seiner Väter, nur ein Gesicht hatte er nie vergessen. Das Gesicht des Mannes, den zu töten er heute zurückgekehrt war.

Abayomi Akande hatte die Agbada angelegt und näherte sich dem Dorf zu Fuß. Der Mann, dem die Agbada gehört hatte, war dafür gestorben, zur falschen Zeit am falschen Ort, dachte Abayomi Akande, wie so viele Menschen, die seine Wege gekreuzt hatten. Jetzt lag die Leiche unter Zweigen versteckt im Busch. Nur die Sokoto, die weite Hose, hatte er dem Toten gelassen. Der Tod schien ihm wie ein stiller Schatten zu folgen. Auch jetzt, auf dem Weg ins Dorf, war er an seiner Seite.

Das Dorf lag im Norden des Landes, in jener Region, wo die Rebellen ihre Verstecke hatten. Abayomi Akande hatte die Spuren der Mädchen gesehen, die sie hierher entführt hatten. Die Region wurde von den muslimischen Milizen kontrolliert, fast war er versucht, in eines der Lager zu gehen und sich zu erkennen zu geben. Doch dann besann er sich auf den Grund seines Besuches und folgte der schmalen Straße ins Dorf.

Seine Augen suchten die Hütte, in der er die ersten Jahre seines Lebens verbracht hatte, doch die Jahre hatten das Dorf verändert. Er war sich nicht sicher, in welcher Richtung er die Hütte vermuten sollte und ob an ihrer Stelle nicht andere Hütten standen. 20 Jahre, nachdem er von hier weggegangen war. Er allein, ohne seinen Vater, war den Männern gefolgt, die seine Schwester und seine Mutter mitgenommen hatten. Zehn Jahre alt war er gewesen, als er sich unter der Plane auf einem der Lastwagen versteckt hatte, die die Männer zu der Grenze im Norden brachten. Dort hatte er seine Mutter und seine Schwester gefunden, gequält und vergewaltigt von den Männern, die ihnen im Dorf das Paradies versprochen hatten. Er hatte hilflos zugesehen, war zu klein gewesen, um ihnen gegen ihre Peiniger beizustehen.

Mit diesen düsteren Gedanken im Kopf zog es ihn in die Dorfmitte zur Hütte des Schamanen. Er musste alt sein, uralt, denn er war damals schon ein Greis gewesen, faltig und runzlig, mit fehlenden Zähnen und kahlem Schädel. Es war mehr als ein Gefühl, eine Ahnung, die ihm sagte, dass der alte Mann noch lebte. Er verspürte die Gewissheit, ihn anzutreffen, um mit ihm abzurechnen.

Die Fingerkuppen seiner linken Hand fuhren durch den schwarzen Bartflaum in seinem Gesicht, der die Brandnarben auf seinen Wangen tarnte, tiefe Löcher in der Haut. Die Zigaretten in seinem Gesicht hatten höllisch gebrannt, die offenen Wunden nässten und entzündeten sich und verunstalteten seine ebenmäßigen Gesichtszüge.

Erst als sich Jahre später die ersten Barthaare auf Kinn und Wangen zeigten, gelang es ihm, die Narben zu verstecken. Doch der Bart wuchs unregelmäßig, und so blieben die Feuermale seine unauslöschlichen Kennzeichen. Der Schamane würde ihn daran erkennen.

Seine Erinnerung trog ihn nicht, die Schamanenbehausung stand noch immer auf dem fast kreisrunden Platz in der Dorfmitte, ringsum von einem Lattenzaun umgeben, an dessen Pfosten Vogelfedern, Fellstücke, Stofffetzen und andere seltsame Gegenstände flatterten. Kalebassen, Plastikflaschen und Krüge standen im Hof, ein schwarzer Hund lag im Staub, ein zerzauster schwarzer Hahn scharrte im Sand, und auf dem Wellblechdach sonnte sich eine schwarze Katze.

War es nicht ein schwarzes Huhn gewesen, das er damals im Auftrag seines Vaters dem Schamanen bringen musste, damit seine Mutter und seine Schwester eine sichere Reise hatten? Dazu ein frisch geschlachtetes Zicklein, ein Zehntel all dessen, was sein Vater besessen hatte? Und eine Summe, die alles übertroffen hatte, was er jemals an Geld zu sehen bekommen hatte. Bald würden seine Mutter und seine Schwester ein Vielfaches verdienen, dort im Paradies, sie würden ihnen das Geld schicken, damit auch er und sein Vater sich die Reise leisten konnten. Hatte der Schamane gesagt. Heute würde er für diese Lüge bezahlen.

Den abgefahrenen Autoreifen fand er vor einer der Hütten an der Straße und rollte ihn neben sich her. Der graue Gummi knirschte leise auf dem sandigen Boden der Piste, und er lehnte ihn an die Außenwand der Schamanenhütte. Leise schob er den Vorhang beiseite, mehrere Schnüre, an denen aufgereiht Kronkorken von Bier- und Colaflaschen von der Decke bis auf den Boden baumelten. Er trat ein, seine Augen versuchten, sich im diffusen Licht zurechtzufinden, nur durch einen schmalen Spalt in der Decke drang etwas Helligkeit in den düsteren Raum. Die Glutnester einer kleinen, fast heruntergebrannten Feuerstelle markierten die Mitte der Rundhütte, und die hin und wieder aufflackernden Flammen warfen für Sekunden tanzende Schatten an die Wände. Er fand alles so vor, wie er es in seinen Erinnerungen abgespeichert hatte: die vernebelte Luft, den Geruch nach Rauch, verbranntem Fleisch, Blut und süßen Essenzen, die kleinen Glöckchen, die hinter dem Kronkorkenvorhang im Wind bimmelten.

Der Schamane saß am Feuer, drehte ihm den Rücken zu und hielt ein Affenfell in den Rauch. Der Schädel der Diademmeerkatze schien im Schein der Glut vor Schmerzen zu schreien, blank blitzten die Zähne im gefletschten Maul, die weit aufgerissenen Augen starrten tot in die kleinen Flammen, die mit hektischem Züngeln die letzten Haare von der schwarzen Haut fraßen und jetzt, da sie Nahrung fanden, den Raum erhellten.

Nach und nach nahm er die zahllosen Flakons und Fetische wahr, die sich ringsum an den Wänden, auf schiefen Regalen und Kisten und auf dem Boden stapelten. Es war das verstaubte Museum eines lebenslangen Sammelns. Masken, Puppen, Ringe und Ketten, ein Herbarium getrockneter Kräuter und Giftpflanzen, geschrumpelte Hülsen und verdorbene Früchte, ein Durcheinander von Knochen, Balgen, Schädeln, Federn, Zähnen und Krallen. Der Jahrmarkt einer Hyänenhöhle.

Der Schamane hatte ihn längst wahrgenommen, würdigte ihn aber keines Blickes.

»Es ist lange her«, sagte er, und die Worte aus seinem zahnlosen Mund klangen wie aus einer anderen Welt. »Ich habe auf dich gewartet.«

Abayomi Akande erschauderte. Wie hatte ihn der Alte erkannt? Hatte er ihn kommen sehen, als er sich auf der geraden Straße im Dorf der Hütte näherte? Der Schamane legte jetzt das Affenfell beiseite und wandte sich langsam nach ihm um. Die Arme waren dürr und faltig, der magere Oberkörper wurde von zwei Duckerfellen bedeckt, um die Beine hatte er sich eine Wolldecke geschlungen. Er erhob sich mühevoll, wobei er sich auf einen Stock stützte, und Abayomi Akande starrte auf die milchig weißen Augen. Der Alte konnte ihn auf keinen Fall gesehen und erkannt haben. Doch seine Begrüßungsfloskel war so weit gefasst, dass sie jedem gegolten haben konnte.

»Du hast auf mich gewartet?«, fragte er daher, »so weißt du, wer ich bin?«

»Du bist der Sohn dessen, der mir Geld gab, und bist gekommen, es dir zurückzuholen«, prophezeite der Schamane.

»So hast du mich erkannt, ohne mich zu sehen?«

Das zahnlose Maul grinste schief.

»Ich habe gelernt, auch ohne die Augen zu sehen. Ich erkenne die Menschen an der Art, wie sie atmen, wie sie gehen, wie sie sich bewegen.« Er hustete und trat auf Abayomi Akande zu. »Und wie sie riechen.«

Seine Nüstern blähten sich, und seine Zunge fuhr sabbernd über die aufgeplatzten Lippen.

»Du bist eingetreten, ohne zu fragen. Keiner aus dem Dorf würde das tun. Der Vorhang klimperte, wie er es nur bei großen, gesunden Menschen tut, die ungebeugt gehen. Du atmest ruhig und leise, nicht wie eine Frau oder ein Kind. Und du trägst den Geruch der Fremde. Es gibt nicht viele Fremde, die zu mir kommen. Und nur einen, von dem ich wusste, dass er kommen wird.«

Seine knöcherne Rechte fuhr nach vorn, und die Finger betasteten Abayomi Akandes Gesicht. Sicher wie ein Sehender hatte seine Hand ihren Weg gefunden und Abayomi Akande spürte die raue, ledrige Haut der Finger auf Nase, Kinn und Wangen. Der Schamane zuckte, als er die Brandnarben fühlte und sagte:

»Ja, du bist es. der, dem sie in Shagari den Namen ›Obayana, König des Feuers‹ gegeben haben.«

Abayomi Akande griff nach dem Handgelenk des Alten und riss seinen Arm nach unten.

»Ja«, zischte er, »Obayana, dem du das Gesicht entstellt hast und dem du Mutter und Schwester raubtest! Doch jetzt nenne ich mich al-Thu'bân, der Drache.«

Der knöcherne Arm des Alten fühlte sich an wie ein dürrer Ast, Abayomi Akande spürte weder Kraft noch Widerstand, als er mit einer raschen Bewegung auch das andere Handgelenk packte, beide übereinander legte, das Klebeband aus seiner Tasche zog und die Hände an ihren Gelenken übereinander fesselte. Mit seinen Zähnen packte er das Band, riss es ab, zog erneut an der Rolle und umwickelte ihm auch seine knöchernen Fußfesseln mit dem reißfesten

Klebestreifen. Innerhalb einer Minute saß der Schamane hilflos gefesselt vor ihm, und seine toten Augen starrten ihn an.

*

Linda Roloff fuhr mit gemischten Gefühlen die Bodensee-Autobahn Richtung Singen. Sie war Horst Reiter nie begegnet, und doch hatte sie fast ein wenig Angst, ihn jetzt zu treffen. Sie wusste zu viel über ihn, um dieses Gefühl unterdrücken zu können. Ohne ihm das Geringste beweisen zu können, kannte sie seine Verstrickungen in den illegalen Handel mit Elektroschrott nach Afrika, und sie wusste auch, dass er der heimliche Drahtzieher im Netzwerk der Menschenhändler war. Und sie ahnte, dass sie bei ihm auf Schweigen, ja sogar Ablehnung oder Feindschaft treffen würde.

Der Tag war regnerisch, auf der Baar hatte letzter Schnee matt auf der Hochebene geglänzt, über dem Neckar und der jungen Donau hatten Nebelwolken ihre weißen Schleier ausgebreitet. Hinter Geislingen ging es auf den 782 Meter hohen Hegaublick, und Linda ahnte irgendwo etwas wie blauen Himmel.

Dieser Aussichtspunkt trug seinen Namen zurecht, die Sicht wurde klar, und es tauchten vor der Kulisse der Schweizer Alpen und des Bodensees die Hegauberge Hohentwiel, Hohenkrähen, Mägdeberg, Hohenstoffel und Hohenhewen in der Landschaft auf, während am östlichen Horizont die Erhebung des Höchsten mit seinem weiß-roten Senderturm vom Linzgau her grüßte.

Linda beschloss, wie immer, wenn sie Richtung Süden fuhr, in der Hegau-Raststätte eine kleine Pause einzulegen, gönnte sich einen doppelten Espresso und nahm sich ihre fünf Minuten Auszeit. Sie fuhr an den Frauenparkplätzen direkt vor der Raststätte vorbei und steuerte die südlichen Stellflächen an, parkte ihren roten Renault mit der Schnauze Richtung Hohenkrähen und holte sich den Espresso an der Cafébar.

Sie nahm die Tasse mit hinaus und schlürfte den heißen Wachmacher mit Blick auf die Hegauberge. Man sah von hier aus auch den Schiener Berg mit der alten Schrotzenburg, ein hügeliges Waldgebiet Richtung Zeller See, grob südlich zwischen Singen und Radolfzell. Das Grenzgebiet zur Schweiz. Horst Reiters Versteck für den Menschencontainer, in dem sie selbst fast den Tod gefunden hatte. Dort unten lag das Kieswerk Reiter GmbH & Co. KG, dort unten war sie Hadé zum ersten Mal begegnet. Es war gerade mal einen Monat her und doch so unendlich weit weg.

Man hatte sie in ihre Heimat Nigeria abgeschoben, nachdem Linda sie aus den Händen der Menschenhändler befreit hatte. Das Angebot, sich einen Rechtsanwalt zu nehmen und gegen ihre Peiniger vor Gericht auszusagen, hatte sie aus Angst um ihre Tochter abgelehnt. Sie lebte seitdem unter fremdem Namen in einer Stadt namens Abeokuta nördlich von Lagos. Dort wollte sie mit dem Geld, das Linda ihr mitgegeben hatte, eine kleine Boutique eröffnen.

Von Hadés Tochter Doudou fehlte bis zu jenem Unfall auf der A 81 jede Spur. Linda hatte befürchtet, dass sie innerhalb Europas weitergeschleust worden war und wie so viele ihrer Leidensgenossinnen bis zur Abzahlung der von den Schleusern geforderten Summe als Zwangsprostituierte arbeitete. Jetzt schien es, als sei sie auf dem Weg Richtung Balkan.

Wenige Meter hinter der staubigen Zufahrt zum Kieswerk Reiter GmbH & Co. KG erkannte Linda Roloff das breite Rolltor, das wie damals verschlossen und zusätzlich oben durch drei Reihen Stacheldraht gesichert war. Zu beiden Seiten des Metalltors erstreckte sich der zwei Meter hohe Maschendrahtzaun, außen von wilden Büschen und niederen Hecken gesäumt.

Hier hatte sie damals heimlich das Gelände betreten und war den schmutzigen Geschäften des Besitzers auf die Spur gekommen: Tonnen von Elektroschrott türmten sich unter schwarzen Plastikplanen. Zwar war der Export von Elektroschrott in Entwicklungsländer verboten, doch hatte Reiter kein Problem damit, den angelieferten Müll, anstatt ihn fachgerecht zu entsorgen, einfach nach Nigeria zu verschiffen.

In seiner Heimatgemeinde galt Horst Reiter als Wohltäter. Längst hatte es sich herumgesprochen, dass man seinen Elektroschrott gebührenfrei bei ihm loswerden konnte. Kein Mensch störte sich daran, dass zwischen den Halden von Kies, Bauschutt und Sand Computerteile lagerten, kein Mensch interessierte sich dafür, was wirklich damit passierte. Hauptsache, man wurde den Schrott los, ohne dafür zu bezahlen.

Reiter hatte immer wieder Berichte in der Presse gebracht, die glückliche afrikanische Schulkinder mit ihren Rechnern aus Deutschland zeigten. Oder Bilder von Wildhütern im Ruwenzori, die die Wanderrouten der Berggorillas endlich am PC verfolgen konnten. Dass es weniger als ein Prozent seiner Exporte war, der diesen Weg ging, verschwieg er natürlich. Die Menschen glaubten an das Gute, wenn sie ihm ganze Kofferraumladungen alter Fernseher, Radios oder Computer anlieferten.

Kein Mensch kontrollierte die Funktionstüchtigkeit der Monitore, Rechner und Handys, so etwas wie eine Tauglichkeitsbescheinigung für Elektrogeräte gab es nicht. Und wenn doch einmal die Umwelthilfe auftauchte, gab es immer eine Handvoll Vorzeigemodelle, die wirklich noch funktionierte: gebrauchte, aber funktionstüchtige Pentium-III-PCs, gespendet für Schulprojekte in Afrika. Der Erlös auf dem Schwarzmarkt von Lagos erbrachte locker 100 Euro pro Rechner.

Um die 800 Computer brachte Reiter mit einer Ladung auf die Reise. Allein 40 davon genügten, um die Transportkosten zu decken. Lindas Freund Alan Scott hatte in Lagos Reiters Deal mit den Händlern vor Ort aufgedeckt: die Hälfte der Ladung war noch in gutem Zustand und somit auch gut zu verwerten, die andere Hälfte war Schrott, der sich in Afrika jedoch immer noch gewinnbringend recyceln ließ. Keine Kontrollen, das Geld bar bei Übernahme der Ware.

Doch das Verfahren gegen den Kieswerkbetreiber Horst Reiter wegen illegalem Schrotthandel nach Afrika war aus Mangel an Beweisen eingestellt worden. Sein Anwalt konnte dem Gericht glaubhaft nachweisen, dass es sich bei den ausgeführten Computern ausschließlich um funktionstüchtige gebrauchte Geräte handelte, die für Schulen und Wildhüterstationen in Nigeria und Ghana gedacht waren.

Für den Mordanschlag auf Linda hatte Reiter seinen bosnischen Vorarbeiter Agim Zoto verantwortlich gemacht. Doch der hatte sich der Festnahme durch Flucht ins Ausland entzogen. Hieß es.

All dies ging Linda durch den Kopf, als sie jetzt den Knopf der Gegensprechanlage am Rolltor vor dem Kieswerk betätigte.

»Ja?«, knarrte eine männliche Stimme mürrisch durch den Lautsprecher.

»Ich bin auf der Suche nach Horst Reiter!«

»Der Chef ist nicht da!«

»Es ist wichtig. Wann kommt er denn wieder?«

»Das weiß man nicht so genau. Worum geht's denn?«

»Das muss ich ihm schon selber sagen«, antwortete Linda und dachte über das seltsame »man« nach. »Das weiß *man* nicht so genau«?

Man weiß nicht so genau, wann er wiederkommt? Das klang nach Krankenhaus, Kur, Flucht oder … Gefängnis? Sollte es der Staatsanwaltschaft doch gelungen sein, einen Haftbefehl gegen ihn zu erwirken? Linda beschloss, alles auf eine Karte zu setzen.

»Hören Sie!«, sagte sie, »ich weiß, dass er gerade nicht zu erreichen ist. Aber Sie ersparen ihm eine Menge Ärger, wenn Sie mir sagen, wo er sich befindet. Vielleicht kann ich ihm sogar helfen, wieder rauszukommen.«

Pause am anderen Ende der Gegensprechanlage. »Man« dachte offensichtlich nach.

»Sie wissen also, dass er sitzt?«, fragte die Stimme schließlich. Bingo!, dachte Linda, Volltreffer!

»Ja«, sagte sie. Vermutlich in der Justizvollzugsanstalt Konstanz, die sicher für Untersuchungshäftlinge der hiesigen Amtsgerichtsbezirke zuständig war.

»Deswegen bin ich ja hier«, fügte sie an. »Aber um ihn besuchen zu können, muss ich wissen, wo er einsitzt, damit ich beim zuständigen Gericht eine Besuchserlaubnis beantragen kann. Ich muss unbedingt mit ihm sprechen, um ihm zu helfen!«

Mühevoll, das alles am geschlossenen Rolltor in eine Sprechanlage zu brüllen, doch Linda war froh, dass sie sich aus ihrer Zeit als Gerichtsreporterin auf diesem Gebiet auskannte, und flunkerte, was das Zeug hielt.

»Die haben ihn nach Tübingen verlegt!«, dröhnte es aus der Box.

Nach Tübingen? Klar, Tübingen war die Außenstelle der JVA Rottenburg für Untersuchungshäftlinge, doch verwunderte sie diese Tatsache nun doch. Konstanz war für den Vollzug einer Untersuchungshaft hier in der Region zuständig, oder hatte Reiter neuerdings seinen Wohnsitz im Bereich Tübingen?

Ihr fiel ein Fall ein, der gut zehn Jahre zurücklag, in dem ein Untersuchungshäftling aus der JVA Ravensburg nach Tübingen überstellt worden war, da ein forensisches Gutachten durchgeführt werden musste. In der Universitätsstadt am Neckar waren mehrere namhafte Gerichtsgutachter tätig, die entweder als selbstständige Sachverständige oder bei der forensischen Psychiatrie im Universitätskrankenhaus arbeiteten, und es kam regelmäßig vor, dass Inhaftierte auch aus entfernten Gefängnissen im Auftrag des Gerichts nach Tübingen zur Begutachtung überstellt wurden.

Im Fall Horst Reiters mussten, falls es um den illegalen Elektroschrott ging, sicher zahlreiche kriminaltechnische Untersuchungen durch die KTU durchgeführt und Gutachten ausgestellt werden. Egal, Hauptsache, sie bekam Reiter zu Gesicht.

Die Fahrt hättest du dir sparen können, dachte sie, als sie nach Tübingen zurückfuhr.

Als Nächstes würde sie sich um eine Besuchserlaubnis bei dem Untersuchungshäftling Horst Reiter, Justizvollzugsanstalt Rottenburg am Neckar, Außenstelle Tübingen kümmern müssen. Ihre Kontakte als Journalistin und Prozessbeobachterin würden ihr helfen, rasch an das dafür nötige Aktenzeichen zu gelangen, hoffte sie.

Doch zuvor hatte sie eine viel härtere Nuss zu knacken:

der Gefangene musste nämlich mit ihrem Besuch einverstanden sein, und daran hegte sie im Fall von Horst Reiter erhebliche Zweifel. Sie würde nur an ihn rankommen, wenn sie ihm versprach, im Falle einer Anklage nicht gegen ihn auszusagen.

Die einzige Chance, Kontakt zu ihm aufzunehmen, war in schriftlicher Form, und zwar durch einen Brief. Dieser wiederum würde von der Anstalt an die zensurführende Stelle, also wohl an die Staatsanwaltschaft geleitet.

Von dort ginge er zensiert zurück an die Justizvollzugsanstalt, und erst dann würde ihn der Adressat zu lesen bekommen. Linda Roloff musste sich also eine griffige Begründung für einen Besuch einfallen lassen.

Was alles konnte in dieser Zeit mit Doudou passieren?

*

»Du bist gekommen, um mich zu töten«, krächzte der Schamane. »Warum fesselst du mich? Hast du solche Angst vor mir?«, höhnte er.

»Angst?«, echote Abayomi Akande. »Du glaubst wirklich, dass al-Thu'bân Angst vor dir haben könnte? Vor deinen Zauberkünsten? Ich verlache dich, alter Mann. Ja, ich bin zurückgekommen, um dich zu töten. Um dich zu bestrafen. Um dir die Qualen zurückzugeben, die du mir und meinem Vater und all den anderen zugefügt hast, die an deine Zauberkräfte geglaubt haben. Komm, großer Schamane, Herr der Geister, allwissender Heiler, hilf dir selbst, wenn die Feuerzungen nach dir greifen, die mir einst das Gesicht entstellten! Ja, sie haben mich ›König des Feuers‹ genannt, und meine Feinde haben geschrien vor Furcht, wenn sie meinen Namen hörten. ›Rettet euch!‹, riefen sie,

›Obayana kommt, und mit ihm das Feuer des Todes!‹. Und dann rannten sie um ihr Leben.«

Die milchig weißen Augen des Alten waren weit aufgerissen, ebenso das zahnlose Maul, dem ein stummer Schrei zu entweichen schien. Sein Gesicht war die erstarrte Fratze des Entsetzens, denn bei allem Leid, das er über andere Menschen gebracht hatte, war er immer ein Weichling geblieben, der sich hinter der Aura des Allwissenden, Heiligen, Unantastbaren verbarg. Nie hatte es eines seiner Opfer gewagt, sich gegen ihn aufzulehnen, denn was er tat, war von den Geistern gewollt, war vorherbestimmt und über jeden Zweifel erhaben.

Der Voodoozauber schützte ihn, und wenn er strafte, strafte er zurecht, wenn er quälte, war es verdient, und was er verlangte, war sein rechtmäßiger Verdienst. Wer sich gegen ihn stellte, dem war die Strafe der Geister gewiss. Der Schamane war Heiler, Priester und Halbgott. Und nun kam Abayomi Akande, um ihn von seinem Thron zu stürzen.

Der Alte zerrte an seinen Fesseln und robbte auf Knien sabbernd durch den Sand, als Abayomi Akande durch den Kronkorkenvorhang nach draußen trat und den Autoreifen in das Innere der Hütte rollte.

»Hörst du an dem Geräusch, was ich dir bringe?«, höhnte er.

Die Nase des Schamanen hatte den Gummi gerochen, und er ahnte, was ihm bevorstand. Nie hatte er sich um die Qualen anderer gekümmert, doch jetzt, als er das Unausweichliche auf sich selbst zukommen sah, stöhnte und wimmerte er um Gnade.

Abayomi Akande ließ den Reifen in den Sand fallen, packte den Alten an den Schultern und zerrte ihn zu dem Pfahl in der Hüttenmitte. Dort legte er ihn ab, schob den

Reifen in dieselbe Richtung, richtete den Körper des Alten in Sitzstellung auf, stülpte ihm den Reifen über beide Schultern und lehnte ihn rücklings an den Pfahl.

Was jetzt folgte, war für ihn Routine. Das Bestrafen von Verrätern durch »Necklacing« war in Südafrika unter den Anhängern des »Speers der Nation« gängige Praxis gewesen. Abayomi Akande hatte diese Todesstrafe übernommen und damit seinen Namen »Obayana – König des Feuers« begründet.

Wehrlos musste der Schamane ertragen, wie sein Mörder ihm den Autoreifen soweit über Arme und Oberkörper schob, dass er über seinen Hüften hängen blieb und auf den Oberschenkeln auflag. Er hatte keine Chance, sich aus dieser Fessel zu befreien, die Kanten des Reifens schnitten in seine Haut, die Enge um seinen Bauch drückte ihm die Luft zum Atmen ab. Vielleicht würde er ersticken, bevor sich der schmelzende Gummi in seine glühende Haut fraß.

Es blieb dem Alten keine Zeit, darüber nachzudenken. Er roch das Benzin, spürte gleichzeitig die Flüssigkeit, die sich im Reifenprofil verteilte und auf seine Schenkel floss. Die Spur, der das Feuer folgen würde.

Dann hörte er das Feuerzeug.

*

Brief an Horst Reiter,
Justizvollzugsanstalt Rottenburg am Neckar, Außenstelle Tübingen

Hallo Herr Reiter,

Sie kennen mich, obwohl wir uns nie persönlich begegnet sind. Ich weiß nicht, was Ihnen die Staatsanwaltschaft vorwirft. Ich bin der Meinung, dass Ihr ehemaliger Mitarbeiter Agim Zoto, der meines Wissens inzwischen in Bosnien lebt, eine wertvolle Hilfe bei der Wahrheitsfindung wäre. Da auch mir daran gelegen ist, würde ich ihn gerne aufsuchen und hoffe, dass Sie mir bei einem Besuch in der U-Haft seinen derzeitigen Aufenthaltsort mitteilen können.

Mit freundlichen Grüßen
Linda Roloff

*

Abayomi Akande verließ das Dorf auf dem Weg, den er gekommen war. Die Feuersäule der brennenden Schamanenhütte stieg hinter ihm zum Himmel, und der beißende Rauch holte die Bewohner auf die Straßen. Ohne auf ihn zu achten, rannten sie aufgeregt an ihm vorbei, die Augen auf die lodernden Flammen gerichtet.

Er beachtete sie nicht, holte sich vor den Hütten bei dem Toten, dem er die Agbada abgenommen hatte, seine Klamotten wieder, versteckte die nur noch mit der Sokoto bekleidete Leiche erneut unter den Zweigen im Busch und wartete an der Straße auf den Bus nach Süden.

Er hatte seine Schwester und seine Mutter gerächt, und sein Herz war nun frei für das Sterben bei Olympia.

Al-Thu'bân, der Drache, war bereit.

Nur noch eine hauchdünne dunkelgraue Rauchwolke zog über dem Dorf in den wolkenlosen blauen Himmel.

*

Linda nutzte den Rest des Tages, um eine Besuchserlaubnis bei Horst Reiter in Tübingen zu erwirken. Nach dem Anruf bei einem der zuständigen Beamten der Justizvollzugsanstalt kannte sie das Aktenzeichen und somit das Dezernat des Staatsanwalts, bei dem sie nun die Besuchserlaubnis beantragen musste. Ihr Glück war, dass sie den Staatsanwalt aus ihrer Zeit als Gerichtsreporterin kannte, und so hoffte sie auf eine rasche Erteilung der Besuchserlaubnis.

Die Hoffnung hegend, dass sich Reiter selbst nicht querstellte, vereinbarte Linda mit der Außenstelle Tübingen einen Besuchstermin für in zwei Tagen.

Mittwoch, 11. April 2012
Justizvollzugsanstalt Rottenburg am Neckar,
Außenstelle Tübingen
Noch 1.592 Tage

Das über 100 Jahre alte Gebäude mit der mächtigen Sandsteinfront und der prächtigen Fassade sah für Linda von außen fast wie ein Schloss aus der Renaissancezeit aus. Es lag, ein wenig abseits vom Tübinger Stadtgeschehen, am Fuß des Österbergs in der Doblerstraße, die Rückseite des massigen Baus war mit Backsteinen erbaut worden und machte vom Parkplatz aus einen weniger herrschaftlichen Eindruck.

Über die breite Fußgängertreppe neben dem Gerichtsgebäude erreichte Linda das im Tübinger Volksmund so genannte »Café Dobler«, das mit seinen hohen Mauern und den Stacheldrahtrollen unschwer als Gefängnis zu erkennen war. Noch diente es durch seine unmittelbare Nähe zum Gerichtsgebäude als Außenstelle der Justizvollzugsanstalt Rottenburg für Untersuchungshäftlinge, Meldungen von einer geplanten Schließung in absehbarer Zeit geisterten immer wieder durch die Presse.

Schon einen Tag, nachdem sie den Brief an Reiter mit einem Dringlichkeitsvermerk persönlich in der JVA abgegeben und ihre Fragen dem Staatsanwalt und der JVA schriftlich vorgelegt hatte, war die Erlaubnis eingetroffen. Reiter hatte ebenfalls zugestimmt.

Im Besuchszimmer standen vier Stühle, und ein Tisch bestimmte die Mitte des kleinen Raums. Eine Plastikscheibe auf der Tischplatte verhinderte einen Austausch von Gegenständen und trennte sie gleichzeitig von dem Mann, der neben dem Justizvollzugsbeamten ihr gegenüber Platz genommen hatte.

Horst Reiter trug eigene Kleidung, dunkelblaue Jeans und einen grau gestreiften Pullover, dazu alte Turnschuhe, war schlecht rasiert, seine Frisur zerzaust. Reiter war erst Mitte 40, doch durch sein Äußeres wirkte er um gut zehn Jahre älter. Die kleine, immer wieder leicht zuckende Nase, die schmalen, meist hart aufeinandergepressten Lippen und der stechende Blick aus eisgrauen Augen ließen ihn nervös erscheinen.

Sie saß zum ersten Mal dem Mann gegenüber, der sie – ohne mit der Wimper zu zucken – lebendig in dem Container unter einer Kieshalde begraben hätte. Ein teuflischer Plan und fast perfekt. Reiter hatte sich die Finger nicht schmutzig gemacht, weil sein Vorarbeiter Agim Zoto das Ding durchzog. Eine unliebsame Zeugin wäre spurlos verschwunden, und kein Polizist wäre auf die Idee gekommen, unter den Kieshalden nach einem verschütteten Container zu suchen.

Und wenn doch: Reiter hätte seinen Kopf in jedem Fall elegant aus der Schlinge ziehen können – ein bedauerlicher Zwischenfall. Doch wieso machte sich diese neugierige Journalistin auch ohne Erlaubnis auf dem Gelände zu schaffen? Vielleicht hätte er – um die Öffentlichkeit zu beruhigen – seine scharfen Hunde einschläfern und ein bisschen Gras über die Sache wachsen lassen, und bald schon hätte die nächste Ladung Elektroschrott von Bremerhaven aus ihren Weg nach Lagos angetreten, und die nächste Ladung »Frischfleisch« wäre in dem Versteck des skrupellosen Menschenhändlers am Schiener Berg eingetroffen.

Nun hatte er selbst an einem trüben Montag die Reise im Transportbus von Konstanz nach Tübingen angetreten. Einmal hatte er in der Justizvollzugsanstalt Rottenburg übernachtet und war am frühen Morgen des Dienstags als Einzelreisender im Gefangenentransportwagen der JVA Rottenburg nach Tübingen gebracht worden.

»Ich wüsste nicht, was ich Ihnen zu sagen hätte«, fauchte Reiter jetzt, »ich bin nur gekommen, um das Miststück zu sehen, das mir diese ganze Scheiße eingebrockt hat! Aber Ihre sogenannten Beweisfotos aus Afrika zerreißt mein Anwalt in der Luft!«

Linda blieb ruhig. Darum war Reiter also doch noch verhaftet worden! Sie hatte die Fotos, die Alan Scott in Lagos von den Containern Reiters gemacht hatte, zur Polizei gegeben. Offensichtlich bewiesen sie so viel, dass es für einen Haftbefehl gegen Reiter gereicht hatte. Dann würde er wenigstens für seinen illegalen Handel mit Elektroschrott in den Knast gehen. Sie wusste, dass über das laufende Verfahren nicht gesprochen werden durfte, und ging deshalb überhaupt nicht auf seine Bemerkung ein.

»Ich suche Agim Zoto«, sagte Linda.

»Und warum sollte ich Ihnen helfen, ihn zu finden?«

»Vielleicht, weil Sie nicht allein ins Gefängnis wollen?«

Er schwieg. Sie war sich sicher, ins Schwarze getroffen zu haben. Agim Zoto war mindestens so dick in den Menschenhandel verstrickt wie Reiter, doch er war klug und schnell genug gewesen, sich der Festnahme zu entziehen.

»Ich sorge dafür, dass er seine gerechte Strafe bekommt. Und meine Aussage gegen ihn könnte sich zu Ihren Gunsten auswirken.« Linda machte eine kurze Pause, dann betonte sie jedes Wort: »Ich weiß, wer die Idee mit dem Container hatte. Sie haben es nur geduldet, stimmt's?«

Sie hatte ihn! Ein kurzes Zucken seiner Nase, ein stechender Blick in ihre Augen, seine Kiefer mahlten, er dachte nach. Es war in der Tat Zotos Idee gewesen …

Horst Reiter stand unter der Aufbereitungsanlage und beobachtete, wie der Containertransport den Fuhrweg am See entlangkam und in der Nähe der Silos zwischen den nach Körnung und Gemisch sortierten Kies- und Sandhalden parkte. Minuten später war der Container abgeladen und stand an seinem Bestimmungsort unter dem Ende eines der Förderbänder, wo vor Kurzem eine komplette Rohkieshalde abgetragen und verladen worden war.

Zotos Einfall war wirklich genial. Da im Kieswerk Reiter Nachtverladung angeboten und von einigen Kunden regelmäßig genutzt wurde, war die nächtliche Aktion auf dem Werksgelände nichts Ungewöhnliches.

Mit Hilfe der elektronisch gesteuerten und programmierbaren Förderbandanlage, die den Kies aus den Betonsilos wie groben Hagel herabregnen ließ, würde der Container in kürzester Zeit unter seinem Steingrab verschwunden sein, und nicht eine Spur würde mehr an das ehemalige Gefängnis und seine Insassen erinnern.

An die beiden Personen, die jämmerlich verschmachten würden, verschwendete Reiter keinen Gedanken. Er hatte es sich abgewöhnt, sein Gewissen mit dem Tod anderer Menschen zu belasten. So war es ihm auch ziemlich egal, wie die Geschichte ausgehen würde, solange sie ihm persönlich nichts nachweisen konnten.

Reiter beobachtete, wie Zoto den Schlüssel in der Armatur drehte und sich das Förderband in Bewegung setzte. Der Kies aus dem Silo rollte heran.

Reiters Alibi war wasserdicht. Da hatte auch dieser neugierige Hauptkommissar, der ihn vor einer Stunde in der Mangel gehabt hatte, nichts ausrichten können.

Bei Zoto war das anders. Er konnte in der Tatnacht überall gewesen sein, hatte etwas von einer Frau gefaselt – nicht diese Roloff –, die er auf dem Werksgelände beobachtet hatte. Sollte er der Polizei erzählen, was er wollte, und wenn Zoto jemand umgebracht hatte, war das nicht sein Problem. Doch zuerst mussten die Bullen ihn finden.

Zeit für Feierabend, dachte Reiter und verließ das Gelände der Kieswerk Reiter GmbH & Co. KG.

Reiter nickte. »Was wollen Sie?«

»Also – wo finde ich Agim Zoto?«

»Er lebt in Albanien. Unter falschem Namen.«

»Wo genau?«

»Das Nest heißt Liqenas. Weiß Gott, wo das liegt.«

»Und wie nennt er sich jetzt?«

»Murat Neza.«

Linda nickte, stand auf und verließ das Besuchszimmer.

Ihr Weg führte sie in das Reisebüro in der Wöhrdstraße. Sie bekam einen Flug für den Freitag über München nach Tirana in Albanien.

Freitag, 13. April 2012
Tirana, Albanien
Noch 1.590 Tage

Linda Roloff war nicht zum ersten Mal auf dem Balkan unterwegs. Doch ihr war klar, dass die Sommerurlaube an der kroatischen Adriaküste oder der Besuch im wildromantischen Nationalpark Plitvicer Seen, der Kulisse des Winnetoufilms »Der Schatz im Silbersee«, kein Vergleich waren zu der Reise, die jetzt vor ihr lag. Sie kannte weder das Land noch die Sprache, und es gab wenig Literatur über Reisen in Albanien.

Linda landete am Vormittag in Tirana, mietete sich einen Grand Pajero Allrad und nahm die Strecke in südöstlicher Richtung unter die Räder. Das Navi veranschlagte für die knapp 200 Kilometer lange Strecke zum Großen Prespasee eine Fahrzeit von dreieinhalb Stunden. Ihr Plan war, über den Ohridsee nach Liqenas zu fahren, wo sie hoffte, eine Spur von Agim Zoto, der sich jetzt Murat Neza nannte, zu finden. Sie hatte nicht mehr als die vage Auskunft seines ehemaligen Chefs. Wenig genug, dachte sie, als sie Tirana auf der Autobahn in Richtung Elbasan verließ.

Die Fahrt führte durch die wilde Karstlandschaft, an den Hängen der Berge schienen die kleinen flachdachigen Bergbauernhäuser zu kleben, weiße Minarette ragten aus den Tälern in den wolkenverhangenen Himmel, und die Eichenwälder ließen die kargen Hügel in einem satten jungen Frühlingsgrün erstrahlen, dazwischen leuchteten rote Heidekrautflächen.

Lindas Gedanken kreisten um das Wiedersehen mit Agim Zoto, und sie hatte keine Zeit, die landschaftlichen Schönheiten zu genießen. Im Nordwesten erhoben sich bald die waldigen Felsen des Shebenik-Jablanica Nationalparks, in dem es noch Wölfe, Bären und die seltenen Balkanluchse gab.

Sie passierte Librazhd, kam gegen Mittag an den Ohridsee und fuhr über Pogradec nach Tushemisht, einem kleinen Fischerort direkt am Seeufer. Nach etwas mehr als einer Stunde erreichte sie den Galicica-Nationalpark, der unter Naturfreunden vor allem für seine Vogelwelt mit ihren Krauskopfpelikan-Kolonien bekannt war, und setzte die Fahrt auf einer Schotterstraße fort.

Vergebens suchte sie ein Hinweisschild nach Liqenas. Zu Hause, auf ihrer Karte, hatte sie den Ort nach längerem Suchen gefunden, doch hier schien er nicht zu existieren. Im Navigationsgerät ihres Mietwagens fehlte »Liqenas« ebenfalls.

Sie parkte den Pajero am Rande der Schotterstraße vor einem Haus, vor dessen bunt angestrichenem Metallzaun ein braunes Pferd angebunden war. Auf seinem Rücken waren eine Ladung Holz, einige Plastiktüten und einige dicke Stricke festgebunden. Sie schritt ein paar Stufen zur Tür hinauf und klopfte.

Nichts rührte sich. Der Besitzer des Braunen schien nicht zu Hause zu sein. Jetzt sah sie auf der Straße ein Gespann näher kommen, ein zweirädriger Wagen, auf dem ein weißhaariger Alter saß und der von einem dunkelbraunen Esel gezogen wurde.

»Sorry!«, rief sie auf Englisch und trat ein paar Schritte auf die Straße. »Wie komme ich nach Liqenas?« Sie war sich nicht sicher, ob sie den Ort richtig aussprach und sagte noch einmal, anders betonend: »Looking for Liqenas!« Doch der Alte schüttelte nur den Kopf, rief seinem Esel etwas zu, schnalzte mit der Zunge, und das Tier fiel in einen leichten Trab.

»Sie wollen nach Liqenas?«, fragte jetzt eine weibliche Stimme, und Linda sah auf der Treppe hinter dem Braunen eine Frau in blauen Jeans, rotem Pulli und mit einem breitkrempigen Strohhut auf dem Kopf. Sie war etwa Mitte 40, und die langen dunklen Haare, die ihr unter dem Hut auf die Schultern fielen, zeigten graue Strähnen.

Linda nickte und trat auf die Frau zu, die begonnen hatte, das Pferd loszubinden.

»Liqenas sagt hier niemand«, erklärte die Frau in gebrochenem Englisch. »Die meisten hier kommen aus Mazedonien, und da heißt der Ort Pustec.«

»Oh, vielen Dank, und wie komme ich hin?«

»Sie fahren gleich da vorne rechts Richtung See und kommen dann direkt nach Pustec.«

Linda bedankte sich noch einmal und fragte noch nach Murat Neza.

»Murat Neza? Den kennt hier jeder. Ihm gehört eines der beiden Hotels, es heißt Mali Grad, wie die Schlangeninsel.«

»Hotel Mali Grad?«, wiederholte Linda und prägte sich den Namen ein. Die Frau hatte das Pferd losgebunden und schwang sich so zwischen die Plastiktüten auf den Rücken des Tieres, dass ihre Beine auf einer Seite hingen und sie sich mit beiden Händen an der Ladung festhalten konnte.

Sie winkte Linda zu und entschwand auf einem Pfad zwischen den Häusern.

Linda erreichte das Dorf Liqenas, das in Wirklichkeit Pustec hieß, nach wenigen Minuten und folgte einer der breiteren Straßen weg vom See Richtung Ortsmitte. Das »Hotel«, ein einfacher Steinbau mit mehreren Stockwerken und dem bunten Schild »Hotel Mali Grad«, war nicht zu übersehen.

Ein Mädchen, vielleicht in Doudous Alter, saß auf der Holztreppe, die zum Eingang führte, und las in einem Buch.

»Hallo!«, sagte Linda, als sie ausgestiegen war, und ging auf das Mädchen zu. Wache braune Augen blickten sie an, und ein Lächeln spielte um ihren Mund. Sie hatte ihre glatten langen Haare zu einem Pferdeschwanz gebunden, und ein grünblaues Band leuchtete auf ihrer Stirn.

»Do you speak English?«, fragte Linda, und das Mädchen nickte.

»Oder sogar Deutsch?« Zu ihrem Erstaunen nickte die Kleine abermals.

»Ich suche ein Zimmer, kennst du das Hotel?«, fragte sie.

»Ja«, antwortete das Mädchen und stand auf. »Kommen Sie mit, hier geht's rein!«

Sie schritt die Treppenstufen voran nach oben und hielt ihr eine Holztür auf, die in einen dunklen Raum führte. Die Kleine rief etwas in einer Sprache, die Linda für Albanisch oder Mazedonisch hielt, und lauschte auf eine Antwort. Eine Männerstimme rief etwas zurück, und Linda glaubte, Schritte aus einem der oberen Stockwerke zu hören.

»Woher kannst du Deutsch?«, fragte Linda, während sich die Schritte nach unten bewegten.

»Von meinem Papa. Er hat in Deutschland gelebt und es mir beigebracht.«

»Und wie heißt du?«

»Xhoana«, antwortete sie.

»Oh, ein schöner Name. Und wie heißt dein Papa?«

»Ich wüsste nicht, was Sie das angeht!«, donnerte eine unfreundliche Männerstimme, und eine finstere Gestalt stapfte die Treppe herunter.

Linda fuhr herum.

Die Stimme würde sie aus Tausenden wiedererkennen! Sie gehörte dem Mann, der versucht hatte, sie umzubringen. Vor ihr stand Agim Zoto, der Schleuser, den die deutschen Behörden per internationalem Haftbefehl suchten.

»Komm zu mir!«, befahl er seiner Tochter, doch seine Stimme hatte jetzt einen weicheren Klang. Sie ging zu ihrem Vater, und er legte ihr schützend die Arme auf die Schulter. »Ich mag es nicht, wenn man meine Tochter ausfragt! Sie suchen ein Zimmer?« Auch ihr gegenüber war der Tonfall jetzt freundlicher.

Linda war sich sicher, dass er sie noch nicht erkannt hatte, dazu war das Licht in dem düsteren Raum zu diffus und ihre Begegnung zu lange her. Sollte sie sich ihm jetzt gleich zu erkennen geben? Warum nicht? Vor den Augen seiner Tochter würde er sicher nicht gewalttätig gegen sie werden.

»Ja, ich suche ein Zimmer – und ich suche Sie«, sie blickte auf seine Tochter und wählte bewusst seinen neuen Namen, »Murat Neza.« Erkannte er sie?

»Weil nur Sie mir helfen können!«, fügte Linda hinzu, um ihm gleich zu Beginn die friedliche Absicht ihres Besuchs zu zeigen. Immerhin könnten es ja auch ganz andere Gründe sein, die sie zu ihm führten. Ihre rechte Hand fuhr in ihre Hosentasche und umklammerte den Pfefferspray. Für alle Fälle.

Agim Zoto trat jetzt so auf Linda zu, dass er ihre Gestalt besser erkennen konnte. Er schob einen Vorhang vor einem der Fenster beiseite und erstarrte, als das Licht auf ihr Gesicht fiel.

»Keine Sorge«, sagte sie, bevor er auch nur einen Ton herausbrachte, »ich bin nicht wegen der alten Geschichte den weiten Weg gekommen. Sonst hätte ich ja wohl nach ›Agim Zoto‹ gefragt.«

Er holte tief Luft und zischte nur: »Was wollen Sie?«

Der Umstand, dass er sie nicht – wie bei ihrer letzten, verhängnisvollen Begegnung – duzte, flößte Linda Hoffnung ein. Vor ihr stand ein Mann, der nichts von der Brutalität an sich hatte, mit der er sie damals behandelt und fast getötet hätte. War es das Mädchen, das einen so positiven Einfluss auf seinen Vater ausübte? Linda beschloss, die Situation für sich auszunützen.

»Möchten Sie, dass wir das hier besprechen?« Ihre Augen deuteten auf seine Tochter.

»Nein«, sagte er, »wir finden einen besseren Ort.«

Er hatte verstanden, und es lag ihm daran, seine Vergangenheit vor seiner Tochter geheim zu halten.

»Dann geben Sie mir ein Zimmer und sagen Sie mir, wann und wo wir uns zusammensetzen können. Und für dich, Xhoana«, fügte sie hinzu, um sich gegen Zoto abzusichern, »habe ich noch ein schönes Geschenk. Du bekommst es, bevor ich abreise, erinnerst du mich daran?«

Die Kleine nickte, und Linda war sich sicher, dass ihr nach diesem einfachen Trick von Zoto aus keine Gefahr drohte. Er würde seine Tochter um nichts in der Welt enttäuscht sehen wollen. Sie fühlte seinen grimmigen Blick in ihrem Rücken, als sie die Treppe hinunter zu ihrem Wagen ging, um ihren Koffer zu holen.

*

Die Insel Mali Grad lag in der Bucht vor Pustec am Westufer des Großen Prespasees, ein einsames Eiland, das nur mit dem Boot zu erreichen war. Immer wieder kamen Naturfreunde oder Touristen mit Fischerbooten hierher, um die Fresken der alten St. Mary-Kapelle in einer Art Felsengrotte zu besichtigen. Doch meist lag die Insel verlassen da, bevölkert nur von Schlangen, die sich zu Hunderten auf den Felsen sonnten und zwischen den Steinen und Büschen ihre Verstecke hatten.

Agim Zoto hatte Linda die vorgelagerte kleine Insel als verschwiegenen Treffpunkt vorgeschlagen. Sie solle sich von einem Fischerboot dorthin bringen und sich eine Stunde später abholen lassen. Er hatte eine Uhrzeit genannt, zu der er sie in der Höhle vor der Kapelle erwarten wollte. Linda hatte kurz überlegt, ob die Sache einen Haken haben könnte, doch ihr war nichts merkwürdig vorgekommen.

Er schien sein Kind über alles zu lieben, und ihre Abmachung mit Zotos Tochter wog mehr als irgendein Versprechen des Bosniers. Außerdem: Welchen Grund, sie zu töten, sollte er jetzt noch haben? Weil sie seine neue Identität aufgedeckt hatte? Warum hätte sie sich dann noch die Mühe machen sollen, ihn aufzusuchen? Er wurde mit internationalem Haftbefehl gesucht, dann hätte sie gleich die Polizei mitbringen können.

Nein, Agim Zoto war neugierig zu erfahren, was sie von ihm wollte, und würde sie in Ruhe lassen. Dieser Gedanke beruhigte sie, als sie dem Fischer sagte, er solle sie nach Mali Grad übersetzen.

Für einen Augenblick spielte sie mit dem Gedanken, ihm zu erzählen, dass sie sich mit dem Hotelbesitzer Murat Neza hier treffen wollte. Sollte ihr doch etwas zustoßen, wüsste wenigstens der Fischer Bescheid. Doch sie überlegte es sich rasch anders. Je mehr sie Agim Zoto ihr Vertrauen spüren ließ, desto eher würde er ihr helfen, Doudou zu finden. Doch dazu musste sie auch ihm wirklich vertrauen. Sie beschloss, ab sofort in ihm nicht mehr den gewalttätigen Mann zu sehen, der ihr nach dem Leben trachtete, sondern den Vater von Xhoana, einer Tochter, die im gleichen Alter wie Doudou war.

Am selben Tag
High Performance Training Centre, Eldoret, Kenya

Sunday Sanusi hatte zwei Stunden trainiert. Laufen in extremer Höhe und in schwierigem Gelände. Zwischen Ziegen, Ochsen, lachenden Kindern und Frauen, die auf dem Weg zum Markt von Eldoret waren. Jetzt befahl Trainer Comfort Ngenjo seiner Mannschaft Konditionstraining. Belastung, Entspannung, Belastung. Zwölf Mal. Es waren nur die talentiertesten Rennläufer, die eine Chance auf ein Training im »High Performance Training Centre« auf 2.000 Meter hatten. Sie nannten es »Kipkeino Centre« nach seinem Gründer, dem mehrfachen kenyanischen Weltrekord-Langstreckenläufer Kipchoge Keino.

Hier oben war die Läuferelite des Landes unter sich. Sie alle hatten nur ein Ziel: laufen. Höchstleistung war gefragt. Ausdauer und Tempo. Laufen, um zu gewinnen. Alle, die hier trainierten, Sportlerinnen und Sportler, wollten zu Olympia. So wie Kipchoge Keino vor 44 Jahren, als er bei den Olympischen Spielen in Mexiko über 1.500 Meter Gold holte.

Sunday Sanusi hatte dasselbe Ziel. Und doch hatte er gelacht, als er die Begrüßung an der Ortszufahrt von Eldoret gelesen hatte: »Welcome to Eldoret – Home of Champions«. Es stimmte, nicht wenige, die sich später als Sieger bei renommierten Marathons, Olympischen Rennen und als Weltrekordläufer einen Namen gemacht hatten, waren inzwischen zu Legenden geworden. Sanusi würde sie alle übertreffen.

Ihn reizte nicht das Geld, das er mit dem Laufen verdienen würde. Sein Ziel war ein höheres, edleres. Sein Name würde unsterblich sein wie seine Seele, die schon bald in den Genuss der höchsten Paradiesfreuden kommen würde.

Aleksey Gorin beobachtete seinen Schützling mit derselben Freude wie damals beim Obudu-Berglauf in Nigeria, wo sie sich kennengelernt hatten. Sie hatten viel erreicht seither.

Aleksey Gorin arbeitete mit einem Mix aus Nahrungsergänzungsmitteln und medizinischen Substanzen, die den Muskelapparat und die Ausdauer seiner Schützlinge wirksam beeinflussten. Gendoping hatte weltweit noch in den Kinderschuhen gesteckt, als er damit die ersten, nicht nachweisbaren Erfolge erzielt hatte.

Er hatte bei Sunday Sanusi schon zu Beginn einen niedrigen Testosteronlevel festgestellt. Drei Ampullen seiner Kur reichten aus, um das Problem in nur einer Vorbereitungswoche zu beheben. Aleksey Gorins »Kur« – das war sein Code für einen Dopingzyklus.

Er achtete genau auf die Dosierung, verabreichte die Präparate nur persönlich. Mit Wirkstoffen, wie sie auch Erythropoetin, Dynatrope und Oxandrolon enthielten. Verbotene Substanzen, die er in seinem Labor zu einem perfekten Cocktail verschmolzen und mit einem komplexen chemischen Schutzmantel umgeben hatte.

Seit Jahren hatte er im Geheimen und nur ihm zugänglichen Hochsicherheitstrakt seines Instituts geforscht. Das Dopingverfahren von Dr. Aleksey Gorin war weder im Urin noch im Blut nachweisbar.

Und doch hatte es diesen Risikofaktor gegeben, der zur Entdeckung führen konnte: Verräterisch an den von Gorin entwickelten Dopingsubstanzen war ein dauerhaft stark erhöhter Blutdruck bei den Sportlern.

Die Einnahme medikamentöser Blutdrucksenker wie ACE-Hemmer schied jedoch aus, da sie für die Dopingkontrolleure der akkreditierten Labors als klares Anzeichen für die Verwendung verbotener Substanzen gesehen wurden.

Aleksey Gorin hatte Glück gehabt, als ihm der Deutsche bei jenem Berglauf in Namibia die perfekte Lösung für das Problem präsentiert hatte.

Das hochkomplexe Gift einer bestimmten Schlangenart hatte dieselbe Wirkung wie ACE-Hemmer und senkte den Bluthochdruck auf dieselbe Weise. Eine tödliche Schönheit, deren hochwirksames Gift das von Aleksey Gorin entwickelte Doping perfekt tarnte, wie seine umfangreichen Labortests bewiesen hatten. Wer würde je auf die Idee kommen, einen Schlangenbiss im brasilianischen Urwald mit Doping in Verbindung zu bringen?

Sie war schön und kräftig, enorm beweglich und höchst aggressiv. Und sehr giftig.

Ihr Name war Bothrops Jararaca.

*

Sanusi lief jetzt den Waldweg entlang und verschwand unter den Bäumen. Aleksey Gorin machte sich auf den Weg zurück in die Stadt. Es begann zu regnen, als sein Handy vibrierte.

Der Mann aus Deutschland meldete sich.

»Wir müssen reden«, sagte die Stimme. »Es gibt da ein Problem.«

»Welches?«, fragte der Arzt.

»Es gibt jemanden, der unter Umständen unser kleines Geheimnis kennt. Er ist uns in Nigeria entwischt. Wenn bei Ihnen Leute auftauchen, die seltsame Fragen stellen, möchte ich das wissen, klar?«

Als Aleksey Gorin das Gespräch beendete, war er verunsichert.

Er hatte verschwiegen, dass vor einigen Tagen ein Agent im Namen der World Anti-Doping Agency in seinem Institut aufgetaucht war.

Zur selben Zeit
Insel Mali Grad, Großer Prespasee, Albanien

Mali Grad.

Der Name der Insel im Prespasee hatte für Linda Roloff etwas Magisches. Klang, so fand sie, wie das französische »Mardi Gras«, was vor allem in New Orleans den Fasnachtsdienstag bezeichnete. Einmal hatte sie diesen Tag in der Musikmetropole erlebt, und als sie sich jetzt im Fischerboot der Insel näherte, dachte sie an die Fahrt mit dem Schaufelraddampfer »Natchez« auf dem Mississippi und summte »Everybody loves Saturday night«, den Song, den die Band an Bord unablässig gespielt hatte.

Wie die flache Kuppel eines Felsendoms schien die Insel

aus der Tiefe des Sees zu ragen. Mali Grad bedeutete kleine Stadt, und tatsächlich hatte die Felsenbastion der Insel etwas vom Mauerwerk einer byzantinischen Stadtbefestigung. Rötlich leuchteten die steil zum Wasser abfallenden Felswände über dem klarblauen See, grün glänzte das Hochplateau des bewachsenen Felsdachs in der Sonne, und die riesigen halbrunden Höhlengrotten, die zum Ufer hin wie schwarze Tunneleingänge leuchteten, gaben dem Berg von Mali Grad etwas Geheimnisvolles.

Im Schatten des gewölbten Felsendachs der größten Grotte lagen, vom Ufersaum der Insel aus fast nicht zu erkennen, die Fresken der in die Felswand gebauten Außenfassade von St. Mary. Dort oben, so hatte ihr Murat Neza gesagt, solle sie auf ihn warten.

Nachdem der Fischer sie an Land gesetzt hatte, suchte sie sich einen Weg zur Höhle.

»Beware of the snakes!«, sie solle sich vor Schlangen in Acht nehmen, hatte der Fischer sie gewarnt, und tatsächlich, noch nie hatte sie auf einem Fleck so viele Schlangen zu Gesicht bekommen. Es waren ungiftige Würfelnattern, die auf dem einsamen Eiland ihr Refugium hatten und zu Dutzenden aus den Löchern zwischen den weißen Felsen gekrochen kamen, am Ufer ins Wasser abtauchten oder sie züngelnd für Sekunden mit ihren runden goldglänzenden Pupillen fixierten, bevor sie eilig in der dichten Vegetation verschwanden. Würfelnattern waren ausgezeichnete Schwimmerinnen, die ihre Beute, Fische und Lurche, im Wasser jagten und auch tauchend fingen. Auf den ersten Blick hatte das schwarze ineinanderfließende Fleckenmuster auf dem Rücken Ähnlichkeit mit dem Zickzackband der Kreuzotter, doch unterschied sie der lange Natternschwanz und der schmale Kopf deutlich von ihrer giftigen Artgenossin.

Linda hatte noch nie Angst vor Schlangen gehabt, sie war fasziniert von diesen ungewöhnlichen Geschöpfen, die daheim in Deutschland so selten geworden waren. Wie oft hatte sie sich bei ihren Wanderungen auf der Schwäbischen Alb vergeblich nach sich sonnenden Kreuzottern umgesehen. Nur auf dem Kaltenbronn im Schwarzwald hatte sie bei einem Spaziergang zum Wildseemoor einmal kurz ein schwarzes Exemplar erblickt, eine Höllenotter, wie sie von den Einheimischen genannt wurde.

Zu Hause im Neckartal brauchte es viel Glück, um vielleicht am Spitzberg zwischen Tübingen und Wurmlinger Kapelle einmal eine Schlingnatter in den verwilderten Weinbergen anzutreffen. Beim Joggen im Schönbuch kam es vor, dass sich an einem der Waldteiche schon mal eine Ringelnatter über den Weg schlängelte, aber das war's dann auch schon zum Thema Schlangen.

Alan war ähnlich von Schlangen fasziniert wie sie, und der Kenyaner hatte ihr einige Erlebnisse mit den Reptilien voraus. Gerne erzählte er ihr die Geschichte von der Speikobra, die sich während einer Safari abends am Lagerfeuer in seiner Gitarre versteckt und durch das Klingen der Saiten verraten hatte.

Gerne hätte sich Linda auf einen der weißen Felsen in die Sonne gesetzt und die Nattern beobachtet, doch sie wusste nicht, wie lange Murat Neza in der Grotte warten würde. Also ignorierte sie das Rascheln und Schlängeln entlang des Wegs und schritt durch die dichte Buschvegetation zwischen Ginster, duftendem Thymian und Salbei bergan. Ein weiß-blau schillernder Apollofalter flatterte auf, und draußen über dem See zog eine Kolonie Krauskopfpelikane ihre Kreise.

Sie erreichte die Grotte mit der Felsenkapelle und schritt

hinüber zu der Holztür, von der die braune Farbe abblätterte. Die Tür war verschlossen, und außer einer kleinen Mauereidechse, die über die Freskenwand huschte, schien niemand hier oben zu sein. Entlang einer brüchigen Steinmauer führten ein paar Stufen eine Etage nach oben zu einer Art Terrasse mit morschem Holzboden und niedrigem Geländer. Der Blick von hier oben über den See wurde von einigen Bäumen versperrt, die ihrerseits dafür sorgten, dass die Kapelle von unten fast nicht zu erkennen war. Wer sich hier oben traf, war unbeobachtet. Ob Agim Zoto – sie hatte sich noch nicht an seinen neuen Namen gewöhnt – sich aus diesem Grund genau hier mit ihr verabredet hatte? War es nicht doch riskant, sich allein in der Wildnis mit dem Mann zu treffen, der sie noch vor ein paar Wochen, ohne mit der Wimper zu zucken, eiskalt ermordet hätte? Ihre Gedanken wanderten zurück zu jenem Tag, als sie mit der Afrikanerin Hadé die Spur ihrer Tochter Doudou gefunden zu haben glaubte …

Das Bellen der Hunde war näher gekommen und schreckte Linda auf. Sie hatte Hadé, die sie verängstigt anstarrte, an sich gedrückt. Die Afrikanerin konnte nicht verstehen, dass ihre Tochter nicht mehr in dem Versteck war, und eine Welt war für sie zusammengebrochen.

»Pass auf«, flüsterte Linda, »du musst hier weg, schnell. Wir finden Doudou noch, ich verspreche es dir.«

Sie drückte ihr eine runde, schmale Dose in die Hand, die etwa die Größe eines Deos hatte. Oben öffnete sie eine Schutzkappe, unter der sich eine Düse wie bei einem Spray verbarg.

»Hier, nimm das, damit kannst du den Hunden entkommen!«

Linda hielt die Dose von sich gestreckt in die entgegengesetzte Richtung und drückte einmal kurz auf die Fläche oberhalb der Düse. Trotz der Entfernung zu Hadés Gesicht stieg ihr ein scharfer Geruch in die Nase, und sie schloss im Reflex die Augen, gerade rechtzeitig, um den starken Niesreiz zu unterdrücken.

»Das ist Pfefferspray. Sprüh' es hinter dich auf deine Spuren.«

Das Lärmen der Hunde war lauter geworden, und Linda stieß Hadé von sich fort.

»Lauf!«

»Und was ist mit dir?«

»Mir passiert schon nichts! Bring dich in Sicherheit!«

Die Afrikanerin zögerte keine Sekunde länger und verschwand im nahen Unterholz, kurz darauf tauchten die Hunde am Rand der Lichtung auf. Die drei jagten auf Linda zu und stellten sie kläffend. Linda sah sich um.

Hadé war verschwunden, und die Hunde hatten sie offensichtlich nicht bemerkt. Zoto kam jetzt zielstrebig auf sie zu und grinste. Lindas Lage war ziemlich aussichtslos. Wenigstens hatte sich Hadé unbemerkt vor den Hunden in Sicherheit bringen können.

»Bleib stehen und rühr dich nicht!«

Der Bosnier stand neben ihr und zielte mit einer Pistole auf sie. Die Hunde hatten sich beruhigt, und Zoto sah sich um.

»Bist du allein hier?«, fragte er. »Los, rede!«

Linda schwieg und nickte nur langsam.

»Wahrscheinlich treibt sich die schwarze Hexe noch hier herum, aber das haben wir gleich!«

Er hielt den Hunden Hadés Tuch an die Nasen.

»So, meine Freunde, ja, so ist's gut, sucht! Sucht die schwarze Hexe und treibt sie mir hierher! Suuucht!«

Die Hunde jaulten und quengelten und nahmen Hadés Fährte auf.

Zoto trat auf Linda zu und schlug ihr die flache Hand ins Gesicht. Linda brüllte vor Schmerz auf und ging zu Boden.

»So? Du bist also allein? Was suchst du hier?«, schrie er und schlug noch einmal zu. Er ergriff ihr Handgelenk und drehte ihr den Arm auf den Rücken.

»Na warte! Ich habe ein nettes Plätzchen für dich!«, höhnte Zoto und dirigierte Linda zur Containertür. Er entfernte das offene Schloss, schob den Riegel nach oben, die Tür sprang auf. Zoto gab ihr einen Stoß, der sie zu Boden warf, half mit seinen Füßen nach, um ihren Körper ganz in den Container zu befördern.

»Viel Spaß in unserem Komforthotel!«, rief er, drückte die Tür zu und polterte triumphierend auf das Metall.

»Leider haben wir die Möbel entsorgt. Aber du kannst hier bleiben, bis du verreckst, verdammte Schnüfflerin!«, blaffte er, und sie blieb allein in der Dunkelheit zurück, während der schwere Riegel wie eine Schranke rauschend nach unten fiel und sich der Schlüssel im Sicherheitsschloss drehte.

Nie im Leben würde Linda die Minuten vergessen, die nun folgten.

Sie registrierte das dröhnende Trommeln auf der Decke des Containers zunächst als einen ungeheuer heftigen Regen, doch als das Geräusch binnen weniger Sekunden zu einem ohrenbetäubenden Prasseln anschwoll und sie durch das Fenster hühnereigroße Kieselsteine zu Boden fallen sah, erfasste sie panische Angst.

Das Prasseln war in ein rauschendes Grollen übergegangen, als das Dach des Containers von der ersten Kiesschicht bedeckt war und die Steine nicht mehr direkt auf das hohle Metall donnerten.

Wie lange würde es dauern, bis der Container unter der Kieshalde verschwand? Wie lange, bis das letzte Licht des kleinen Fensters in der ewigen Nacht des steinernen Grabs erlosch? Wie lange, bis sie erstickt, verdurstet oder verhungert war?

Oder zunächst einfach verrückt vor Panik? Linda ließ sich mit dem Rücken zur kalten Metallwand zu Boden sinken und heulte hemmungslos.

Ein Knarren der alten Holztür ließ sie aufschrecken, und Agim Zotos Stimme holte sie aus ihren Gedanken.

»Sie sind also tatsächlich gekommen!«

Mit bedächtigen Schritten kam er die Stufen nach oben. Er musste in der Kapelle hinter der verschlossenen Tür auf sie gewartet haben, während sie dort vorbeiging. Sie musterte ihn, während er langsam heraufkam, und versuchte zu begreifen, wer da jetzt vor ihr stand. War es der liebevolle Vater des kleinen Mädchens, den sie vorhin im Hotel getroffen hatte, oder doch der kaltblütige Verbrecher, der ihr im Kieswerk auf der Höri begegnet war?

Es war zu spät, jetzt darüber nachzudenken. Ein Blick auf ihr Handy bestätigte ihr, dass es auf Mali Grad kein Netz gab, und das Boot des Fischers war längst außer Hörweite. Den Pfefferspray hatte sie in der Tasche, doch würde sie damit eine Chance haben gegen den bulligen Bosnier?

»Ich habe nicht sehr viel Zeit«, begann er, und seine Stimme klang nicht weniger freundlich als in der Gegenwart seiner Tochter.

»Sagen Sie, was Sie von mir wollen, und fahren Sie wieder zurück nach Hause!«

»Ich möchte Sie um Ihre Hilfe bitten«, begann sie und beobachtete seine Reaktion genau. Sein Mundwinkel zuckte, doch es erschien kein hämisches Grinsen, wie sie es erwartet hatte. Also fuhr sie fort:

»Ich suche das Mädchen. Sie kennen sie. Sie dürfte so alt sein wie Xhoana.«

»Lassen Sie meine Tochter aus dem Spiel!«

»Nein, das werde ich nicht tun! Sie wollen doch wissen, weshalb ich von Deutschland hierher geflogen bin. Nun, ich bin hier, um einer Mutter ihre Tochter zurückzubringen. Und genau dabei sollen Sie mir helfen.«

»Das trauen Sie mir zu? Nach allem, was war?«

»Ja.« Sie machte eine Pause. »Ich bin bereit, Ihre Vergangenheit zu vergessen. Es zählt nur das, was kommt. Wohin haben diese Männer das afrikanische Mädchen gebracht?«

»Ich weiß es nicht«, sagte er, doch die Worte kamen zögernd, und Linda wusste, dass er log.

»Es gab noch ein zweites afrikanisches Mädchen. Wussten Sie das?«

»Es hat viele afrikanische Mädchen und Frauen gegeben«, antwortete er ausweichend.

»Frauen wie Hadé, die Sie als die ›schwarze Hexe‹ bezeichnet haben?«

»Für uns war es Ware. Damals. Dort. Aber jetzt habe ich nichts mehr damit zu tun!«

Linda lachte leise und schüttelte den Kopf. »Sie machen es sich ziemlich leicht, finden Sie nicht?«, meinte sie. »Haben auf einmal mit allem nichts mehr zu tun, nur um vor Ihrer Tochter und Ihrer Familie als Saubermann dazustehen? Werden Sie mich jetzt umbringen und irgendwo hinter diesen alten Mauern verscharren, damit niemand von Ihrer Vergangenheit erfährt? Oder werden Sie mir helfen, um wenigstens ein bisschen von Ihrer Schuld gutzumachen?«

Sie ließ ihm keine Chance auf eine Antwort und fügte rasch hinzu: »Das eine afrikanische Mädchen ist tot. Es wurde kaltblütig ermordet. Von dem Mann, der sie hierher gebracht hat. Kennen Sie ihn?«

»Ich weiß es nicht. Es kann dieser oder jener gewesen sein.«

»Egal. Ich muss Doudou finden, bevor er auch ihr etwas antut. Und Sie werden mir helfen!«

»Doudou?«, fragte er zögernd.

»Ja. Doudou. Sie kannten nicht mal ihren Namen?«

Er schüttelte den Kopf.

»Sie müssen mich für ein widerliches Schwein halten. Nach allem, was Sie über mich wissen. Und das stimmt auch. Aber hier, bei meiner Familie, bei Xhoana, lebe ich ein anderes Leben. Und ich will mit meiner Vergangenheit nichts mehr zu tun haben.«

»Ich verspreche Ihnen, dass ich Sie in Ruhe lasse, sobald ich Doudou gefunden habe. Ich weiß, dass sie nach Albanien gebracht wurde. Wo ist sie?«

Agim Zoto schluckte trocken.

»Wenn ich es Ihnen sage, werden Sie keinem Menschen sagen, dass Sie es von mir wissen? Meine Familie wäre sonst nicht mehr sicher.«

»Von mir wird niemand etwas erfahren. Und ich glaube nicht, dass jemand auf den Gedanken kommt, dass ich ausgerechnet Sie um Hilfe gebeten habe.«

Er zögerte abermals.

»Also gut«, sagte er schließlich. »Haben Sie auf der Fahrt hierher die Bunker gesehen?«

Linda erinnerte sich an die seltsamen Betonhügel in der Landschaft, vor allem auf den Anhöhen der Pässe oder in der Nähe von Brücken, die wie riesenhafte graue Pilzkappen aussahen. Manche lagen versteckt zwischen den Felsen, andere in Dreiergruppen offen wie kleine Hütten beieinander.

Sie hatte gelesen, dass der albanische Diktator Enver Hoxha zwischen 1972 und 1984 im ganzen Land über eine halbe Million dieser Bunker hatte bauen lassen. Noch heute waren sie, oft von Pflanzen überwuchert oder im Erdreich abgerutscht, ein Teil der Landschaft, wurden zweckentfremdet genutzt, als Mülllager verwendet oder zu Ställen umfunktioniert.

Linda nickte.

»Was in Deutschland die Container waren, sind hier die Bunker.«

»Die Schlepper halten die Menschen dort gefangen?«

»Ja. In den abgelegenen Bunkern oben in den Bergen.«

»Und in welchem der tausend Bunker soll ich mit der Suche beginnen?« Verzweiflung sprach aus ihrer Frage.

»Es ist nur ein Bunker, versteckt oben an der Grenze.«

»Und Doudou ist dort?«

»Es ist ungewöhnlich, dass eine Afrikanerin aus Deutschland über Albanien transportiert wird. Aber sie werden einen Grund gehabt haben.«

»Könnte es damit zusammenhängen, dass Reiter im Gefängnis sitzt?«

»Reiter sitzt?« Ein Jubelschrei erfüllte das Halbrund der Grotte. »Oh Mann, dann haben sie ja mal den Richtigen erwischt. Was werfen sie ihm vor?«

»Ich weiß nicht, warum er wirklich sitzt. Ich nehme aber an, dass es mit seinen illegalen Elektroschrottgeschäften nach Afrika zu tun hat. Für seine Verwicklung in Menschenhandel fehlen nach wie vor die Zeugen.« Linda sagte dies betont vorwurfsvoll und blickte Zoto scharf an.

»Von mir werden Sie keine Aussage bekommen. Ich stecke selbst tief genug in der Scheiße und bin froh, dass ich heil aus Deutschland weggekommen bin. Aber wenn Reiter sitzt, dann ist mir klar, weshalb sie das Mädchen hierher gebracht haben.«

»Nämlich?«

»Reiter hat die Transporte im Westen organisiert. Im LKW bis Rotterdam oder Hamburg. Das fällt jetzt aus. Hier ist die Ostroute. Sie bringen Mädchen aus der Ukraine, Rumänien und dem Nahen Osten von hier nach Triest, Wien und weiter bis London. Wenn man die kleine Schwarze hierher gebracht hat, wie Sie sagen, dann wartet sie jetzt auf ihren Weitertransport.«

»Und wenn sie schon abgeholt wurde?«

»Wann wurde sie hergebracht?«

»Vor wenigen Tagen wurde sie noch in Deutschland gesehen.«

»Dann ist sie noch hier. Es kamen keine neuen Mädchen in den letzten beiden Wochen.«

»Woher wollen Sie das wissen, wenn Sie doch nichts mehr damit zu tun haben?«

Er knurrte und versuchte, sich eine Antwort zurechtzulegen. Doch Linda ließ ihm keine Zeit.

»Sie wissen, wo sie versteckt wird! Bringen Sie mich hin!«

»Das kann ich nicht.«

»Doch!«, sagte Linda bestimmt. »Sie können! Sie müssen sogar. Oder wollen Sie den Tod eines weiteren Mädchens Ihrer Tochter gegenüber verantworten?«

Zotos Zähne mahlten. Linda hatte seine Schwachstelle erkannt. Seine Tochter war sein Ein und Alles.

»Ich werde es mir überlegen. Geben Sie mir Ihre Handynummer. Ich rufe Sie an.«

Linda notierte ihre Nummer auf einen Zettel und reichte ihn Agim Zoto. Er steckte ihn ein und wandte sich zum Gehen.

»Die Zeit ist um«, sagte er noch, »da unten kommt Ihr Boot!«

Samstag, 13. Mai 2012
Grenzgebiet Mazedonien - Albanien
Noch 1.591 Tage

Der Himmel war bedeckt, und schwarze Wolken türmten sich über den Bergen auf. Karg und trist schlängelte sich die von Schlaglöchern übersäte Passstraße bergauf in die menschenleere Einöde. Agim Zoto hielt das Steuer des alten verbeulten Fiat Cinquecento mit beiden Händen fest umklammert und versuchte, wenigstens den tiefsten Löchern auszuweichen.

Sie waren schon fast zwei Stunden unterwegs, als er an einer Brücke, die über ein ausgetrocknetes Bachbett führte, anhielt und den Motor ausschaltete. Vor ihnen ragte ein Minarett in den trüben Morgenhimmel, und einige wenige Häuser schmiegten sich an die grünen Hügel des Hochtals unterhalb der karstigen Abhänge.

»Was ist?«, fragte Linda angespannt, »sind wir da?«

»Nein«, sagte Agim Zoto, »aber wir müssen vorsichtig sein. In dem Dorf da vorne wohnt Valdrin, und ich möchte nicht, dass er mich sieht. Deshalb habe ich mir den Wagen meines Schwagers ausgeliehen, den kennt er nicht. Können

Sie ans Steuer, bis wir das Dorf hinter uns haben? Ich setze mich nach hinten und ducke mich ab.«

Linda stieg aus und wechselte auf die Fahrerseite, während Agim sich auf den Rücksitz des Kleinwagens zwängte.

»Sie folgen der Dorfstraße, immer geradeaus. Am Ende kommt auf der linken Seite eine alte Mühle, ein Steinhaus, halb verfallen. Dort biegen Sie ab und fahren bis zu den Eichen, den Mühlkanal entlang. Sobald man uns vom Dorf aus nicht mehr erkennen kann, tauschen wir wieder.«

Linda befolgte seine Anweisung. Während sie das Dorf durchfuhren, dachte sie an seinen Anruf gestern Abend. Welche Wandlung war in den letzten Stunden in dem Mann vorgegangen. Wie sie vermutet hatte, kannte er nicht nur das Versteck, in dem die Menschenhändler ihre Ware gefangen hielten, sondern auch den Mann, der Doudou aus Deutschland entführt hatte.

Agim Zotos Tochter, dieses zarte, einfühlsame und freundliche Mädchen, musste ihren Vater im Kern verändert haben. Linda war sich sicher, dass er für das Mädchen alles, sogar sein Leben, geben würde.

»Ich wollte Ihnen zuerst nicht helfen. Ihnen sagen, dass ich von nichts weiß. Aber als ich nach Hause kam und mir Xhoana um den Hals fiel …«, er hatte sich unterbrochen und kurze Zeit um Fassung gerungen. Dann hatte er gesagt: »Seit ich vor Augen habe, dass statt der Afrikanerin« – er hatte nicht mehr Schwarze gesagt – »auch Xhoana dort gefangen sein könnte, war alles anders. Also werde ich Ihnen helfen.«

Dann hatte er zum ersten Mal den Namen Valdrin Arabatzis erwähnt.

»Er bewacht das Mädchen in ihrem Bunker«, hatte er gesagt. »Er ist ein eiskalter Killer.«

»Hat er sie von Deutschland hierher gebracht?«, hatte Linda gefragt.

»Ja. Er hat sie in Deutschland vom Boss übernommen.«

»Der Boss? Wer ist das?«

Zoto schwieg und schüttelte den Kopf.

»Dann hat der ›Boss‹ das andere afrikanische Mädchen getötet?«

»Ja. Valdrin hat bei diesem Auftrag immer nur von einem Mädchen gesprochen. Wir müssen jedenfalls sehr vorsichtig sein. Ich kenne Valdrin. Er nimmt seine Aufträge sehr ernst und lässt seine Gefangenen nur selten aus den Augen. Aber alle zwei Tage muss er ins Dorf, um Essen zu holen. Das wird unsere Chance sein.«

Linda parkte den Cinquecento unter den jungen Eichen und ließ Agim wieder ans Steuer.

»Wir fahren jetzt einen Umweg. Ich weiß nicht, wann Valdrin ins Dorf kommt, und wir dürfen ihm nicht begegnen. Wenn wir oben auf der Passhöhe sind, sehen wir die Bunker. Von dort aus sind es über die Passstraße zehn Minuten ins Dorf. Wenn Valdrin den Bunker verlässt, haben wir also etwas mehr als eine Viertelstunde Zeit, um das Mädchen zu befreien.«

Linda nickte und fühlte sich ein bisschen wie James Bond. Wenn der Countdown lief, musste alles sehr schnell gehen.

Sie fuhren weiter. Die Straße war schmal, und sie waren allein. Nur ein Packesel mit einem seltsamen Holzgestell als Sattel wartete vor einer Waldhütte, und zwei alte Frauen mit schwarzen Gewändern und weißen Kopftüchern schienen irgendwelche Beeren oder Kräuter zu suchen.

Der Fiat kämpfte sich ächzend die holprige Piste bergan, und Linda hatte in jeder Kurve Sorge, sie würden liegen bleiben. Doch Agim Zoto war ein gewiefter Geländefahrer und betätigte geschickt Kupplung und Schaltung und wich stoßdämpferschonend den tiefsten Kuhlen und den höchsten Wurzeln aus.

Sie hatte nicht auf die Uhr gesehen, doch es schien ihr eine Ewigkeit zu dauern, bis sie neben einer mächtigen Orient-Weißbuche stehen blieben und Agim Zoto ihr zunickte. Sie hatten die Passhöhe erreicht. Er parkte den Wagen im Schatten des Baums, und sie schlichen zu Fuß zum Waldrand.

Kantige weiße Karstbrocken markierten den Übergang zu einer hügeligen kargen Wiesenlandschaft, auf der weder Rinder noch Pferde zu sehen waren. Nur ein paar Schafe mit zerzaustem Fell grasten auf dem weiten Hochplateau, Schäfer oder Hunde waren nicht in Sicht.

Wie kahle, überdimensionale Maulwurfshügel ragten die Betonkuppeln der Bunker aus dem Karst. Linda zählte fünf, sechs, sieben. Die meisten waren in Talsenken eingelassen, und nur die Halbkugelschalen der verwitterten Dächer waren zu sehen. Zwischen drei Bunkern, die im Abstand von wenigen Metern nebeneinander lagen, schimmerte graues Metall.

Agim Zoto hatte ein altes Fernglas umgehängt und hob es an die Augen.

»Ich glaube, wir haben Glück!«, raunte er, als er jetzt hindurch sah. »Valdrin hat das Auto aus dem Bunker gefahren. Sehen Sie: der rechte von den dreien, das ist die Garage. Er wird sicher gleich losfahren!«

Er reichte Linda das Fernglas. Im selben Moment hörte sie das Starten des Motors. Das graue Metall bewegte sich, und aus der Mulde zwischen zwei Bunkern tauchte rumpelnd ein dreirädriger Piaggio Ape auf.

»Los, runter!«, zischte Agim Zoto und riss Linda unter die niedrig hängenden Zweige der Flaumeichen in Deckung.

Der Piaggio kam scheppernd auf sie zu, und Linda fürchtete schon, er würde auf den schmalen Weg in ihre Richtung einbiegen. Doch er blieb auf der Passstraße und folgte ihren Kurven Richtung Dorf.

Agim sah auf seine Armbanduhr und ließ die digitale Stoppzeit rückwärts laufen.

»Los jetzt, wir haben 20 Minuten Zeit, dann kann er zurück sein.«

Gebückt schoss er aus der Deckung hervor und huschte auf die Bunkerdreiergruppe zu. Linda folgte ihm mit klopfendem Herzen. Was, wenn Valdrin Arabatzis gar nicht ins Dorf fuhr? Wenn er plötzlich zurückkam und sie überraschte? Es blieb ihr keine Zeit, darüber nachzudenken.

Agim Zoto hielt auf den mittleren der drei Bunker zu. Es waren zwei Kleinbunker, die im Ernstfall Platz für vier Soldaten mit Kalaschnikows boten, der dritte, den Valdrin als Garage benützte, war größer und hatte früher sicher großkalibrige Artilleriegeschütze aufgenommen. Als Linda sich den Betonkuppeln näherte, sah sie im großen Bunker die torförmige Öffnung in der meterdicken Außenwand, die als Einfahrt in die Garage diente. Teile der kreisförmigen Mauer schienen herausgesprengt worden zu sein, um eine breitere Einfahrt in den Innenraum zu ermöglichen. Lose tonnenschwere Betontrümmer lagen wie kantige Felsen seitlich des Eingangs im Gras, darunter auch das ehemalige, aus Beton gegossene Tor, mit dem man den Bunker früher abgeschlossen hatte. Eine Tür aus verrostetem Blech hing stattdessen schräg in den provisorisch angebrachten Angeln, sie war offengelassen worden.

Agim Zoto schlich auf die Bunkeröffnung zu, und Linda sah, wie er seine Tokarew aus dem Hosenbund zog. Er gab

Linda ein Zeichen zu warten und verschwand mit der russischen Pistole im Anschlag im Innern des Artilleriebunkers. Linda blieb an der Öffnung stehen und spähte hinein. Licht fiel nur durch diese eine Öffnung ins Innere, Fenster oder Schießscharten gab es nicht oder nicht mehr. An mehreren Stellen war der Beton brüchig, und Löcher in der Wand waren mit Natursteinen aufgefüllt worden. Der Innenraum war etwa fünf Meter tief, und die Wände waren so mächtig, dass ihre Armlänge nicht ausreichte, um die Innenseite der Mauer zu erreichen. Zoto trat auf sie zu.

»Der Bunker ist in sich geschlossen. Es gibt keinen Zugang zu den beiden kleinen Bunkern. Manchmal führen kurze Tunnel wie in einem Korridor zu den anderen Bunkern. Hier leider nicht. Wir müssen es an den beiden kleinen Bunkern von außen versuchen. Ich weiß nicht, in welchem das Mädchen steckt.«

Die Bunker, denen sich Linda und Zoto jetzt näherten, hatten nur Durchmesser von drei Metern, doch waren auch ihre Mauern so dick, dass kein Geräusch von innen nach außen drang. Ihre Grundrisse waren ebenso kreisrund wie ihre Kuppeln, die auf den im Erdreich versenkten Mauern etwa eineinhalb Meter hoch in die Landschaft ragten, eine taktische Bauform, um Einschläge feindlicher Geschütze abprallen zu lassen.

Der Eingang in die Kleinbunker war nur durch einen kurzen, engen Tunnel zu erreichen, in dem gerade ein Mensch Platz hatte. Agim Zoto zwängte sich durch den Gang des ersten Bunkers und klopfte an die dicke Holztür, die mit einem Vorhängeschloss gesichert war.

Es blieb still. Entweder war das Mädchen im anderen Bunker eingesperrt oder zu eingeschüchtert, um auf die Klopfzeichen zu reagieren.

»Wir versuchen es am anderen Bunker«, sagte er, als er aus dem Tunnel wieder in den mit Erde angefüllten Raum zwischen der Kuppel und der vorgelagerten Außenwand trat, wo Linda wartete.

»Nehmen Sie das Fernglas und beobachten Sie die Straße. Wenn ein Auto kommt, geben Sie sofort Bescheid!«

»Wie viel Zeit haben wir noch?«, fragte sie.

Er sah auf die rückwärts laufende Stoppuhr.

»Eine knappe Viertelstunde. Hier nehmen Sie die Uhr und behalten Sie sie im Blick!«

Sie stiegen aus dem Zugangsbereich des Bunkers und huschten geduckt zu dem zweiten Kleinbunker. Auch hier klopfte Zoto – zunächst vorsichtig und dann mit der Faust hämmernd – gegen die verschlossene Tür, ohne eine Reaktion zu erhalten.

»Mist!«, zischte er. »Wir müssen es an beiden Türen versuchen. Wenn wir Glück haben, finden wir sie gleich im ersten Bunker. Sonst wird es eng!«

»Warten Sie«, sagte Linda. »Vielleicht finden wir Spuren!«

Sie blickte sich suchend um, doch der Boden vor den Bunkertunneln war festgetreten. Kein Fußabdruck, kein Hinweis darauf, ob sich im Innern ein Mensch befand.

»Zeitverschwendung!«, rief Zoto. »Wir müssen die Schlösser aufbrechen. Sie warten hier, ich hole das Werkzeug!«

Er eilte zum Wagen, und Linda umrundete vorsichtig die beiden Bunker auf der Suche nach anderen Zugangsmöglichkeiten. Sie beobachtete eine Dohle, die sich vorsichtig einem der beiden Bunker näherte und im Bereich des Tunnelzugangs etwas von der Erde aufpickte. Sie sah das Brot in ihrem Schnabel aufblitzen und blieb wie angewurzelt stehen. Die Dohle flog auf, und Linda rannte zu der Stelle. Brotkrumen lagen im Gras seitlich des Zugangs.

»Wir sollten hier anfangen«, sagte sie, als Zoto mit dem Bolzenschneider zurückkam. »Hier hat jemand Brot verloren«, sie deutete auf die Krümel am Boden.

»Na dann!«, kommentierte Zoto und zwängte sich erneut in den Tunnel. »Haben Sie die Uhr im Blick? Sagen Sie mir die Zeit an. Jede Minute!«

»Wir haben noch neun Minuten Zeit!«, sagte sie.

Der Bunkerkanal war fast zu eng, um den Bolzenschneider richtig anzusetzen, und die Hebelkraft, die Agim Zoto einsetzen konnte, um das Eisenschloss zu knacken, war zu gering. Die Klauen des Bolzenschneiders fraßen sich in das Metall, doch waren sie lange nicht geschliffen worden und kamen nicht tief genug, um den spezialgehärteten Stahl zu knacken.

»Verdammt! Das Ding taugt nichts!«, stöhnte Zoto und fluchte. »Ich versuche es mit einer Eisenstange und einem Hammer!«

»Wir haben nur noch acht Minuten!«, warnte Linda. Doch Zoto hatte den Bolzenschneider schon fallen lassen und rannte zum Wagen. Wertvolle Zeit verstrich, bis er mit einem rostigen Brecheisen und einem schweren Fäustel zurückkam.

»Noch siebeneinhalb Minuten!«, raunte ihm Linda zu.

»Ich habe zu wenig Platz, ich kann nicht richtig ausholen!«, schrie Zoto und warf den Fäustel scheppernd zu Boden, während er mit dem Brecheisen versuchte, das Schloss zu bearbeiten.

»Warten Sie!«, rief Linda. »Ich habe eine Idee. Haben wir eine Taschenlampe?«

»Ja hier, an meinem Schlüsselbund.«

Er ließ eine kleine LED-Lampe aufblitzen.

»Leuchten Sie auf das Schloss, los. Auf die Schlüsselöffnung.«

Linda nestelte mit einer Hand in ihrem schwarzen Haar, das sie zu einem Pferdeschwanz gebunden hatte, und hielt eine Haarnadel in den Lichtschein. Mit etwas Kraft brach sie die Spange an der Biegung entzwei. Mit dem kurzen Draht fuhr sie in das Schlüsselloch des Schlosses und bewegte die Haarnadel.

»Es geht so nicht. Ich brauche noch … einen Inbusschlüssel.«

Ihr Blick wanderte zur Uhr.

Sechs Minuten.

»Wie groß?«, fragte Zoto.

»Fingerlang«, sagte sie und er verdrehte die Augen. Konnte sie ihre Angaben nicht in Millimetern machen? Dann wüsste er wenigstens, wonach er zu suchen hatte.

»Beeilen Sie sich!«, rief sie ihm nach und stocherte weiter im Schloss herum, ohne dass sich etwas tat.

Nach einer Minute und zehn Sekunden kam Zoto außer Atem wieder bei ihr an. Er reichte ihr einen Drei-Millimeter-Inbus und nahm ihr die Stoppuhr ab.

»Was immer Sie vorhaben, ich warte draußen und beobachte die Straße. Sie haben noch viereinhalb Minuten Zeit, dann müssen wir verschwinden!«

Linda setzte den Inbusschlüssel so an, dass seine lange Seite nach rechts zeigte und drückte leicht an, um ihm einen stabilen Halt zu verleihen. Während sie mit der rechten Hand weiter den Haarnadeldietrich im Schloss kreisen ließ, bewegte sie den Inbus mit der Linken leicht nach rechts in der Richtung, in der sich das Schloss mit einem Schlüssel öffnen ließ. Der Inbus rutschte auf dem glatten Metall nach unten und fiel zu Boden. Während sie mit der LED nach ihm suchte, entglitt ihr die Haarnadel.

Linda unterdrückte ein ›Scheiße‹ und ging in die Knie. Mit beiden Händen tastete sie auf dem rauen Boden nach den beiden Metallteilen. Die Taschenlampe hielt sie zwischen den Zähnen.

»Vier!«

Die Minuten verrannen.

Da! Etwas schimmerte metallisch glänzend zwischen Erde und Betonbröseln. Der Inbusschlüssel! Sie hielt ihn fest und suchte weiter. Da fiel ihr das andere Ende der Haarnadel ein, sie hatte sie ja zweigeteilt und die andere Hälfte in ihre Jackentasche gesteckt.

»Dreieinhalb Minuten!«

Tatsächlich! Sie spürte den schlanken Draht zwischen ihren Fingern und zog die Nadel heraus.

Aufstehen und weiter!

Mit feinen Bewegungen kreiste die Haarnadel im Schlüsselloch.

Es ging nicht schnell genug.

Der Draht der Spange war zu weich und bog sich. Linda fluchte laut. Sie fischte ein Feuerzeug aus ihrer Hosentasche und hielt die Nadel in die Flamme, bis Zoto von draußen »Drei Minuten!« rief.

Jetzt rannte sie an ihm vorbei zu dem kleinen Bach, der neben der Straße entlang plätscherte, und hielt die Spange 20 Sekunden in das kalte Wasser.

»Zweieinhalb!«

Sie huschte in den Bunker zurück, setzte den Inbusschlüssel erneut an. Ihre Hände zitterten. Sie holte Luft und schloss für eine Sekunde die Augen.

»Zwei! Ich höre einen Motor! Beeilen Sie sich!«

Die Haarspange suchte sich im Licht der LED-Lampe ihren Weg ins Schlüsselloch. Lindas Handflächen schwitzten.

Langsam bewegte sich der Inbus in derselben Richtung, wie sie es mit einem Schlüssel getan hätte.

Zu langsam.

Schweiß trat auf ihre Stirn und lief ihr an den Schläfen bis zum Hals. Sie hatte keine Zeit, ihn abzuwischen.

Sie hatte sich diese Methode mal von einem Kleinkriminellen zeigen lassen, über den sie eine mehrteilige Reportage verfasst hatte. Doch offensichtlich hatte er ihr nicht die ganze Methode verraten.

»Ich hör den Motor nicht mehr! Eine Minute noch! Ich gehe noch ein bisschen die Straße runter, dann sehe ich besser, wenn er kommt!«, rief Zoto.

Linda arbeitete hoch konzentriert. Ihre Augen starrten auf die Nadel im Schloss, und ihre Ohren versuchten das Knacken zu hören, das ihr zeigen würde, dass sich das Schloss öffnete.

»30!«

Sollte sie aufgeben?

»Los, kommen Sie raus! Er kann jeden Moment da sein!«

Nein.

Noch nicht.

»20!«

Sie stöhnte auf vor Anspannung.

»Machen Sie Schluss!«

»Nein! Ich hab's gleich!«

»Zu spät! Zehn!«

Noch einmal verstärkte sie ihren Druck auf den Inbus.

»Neun – acht –!«

Sie drehte den Inbus einmal versuchsweise in die andere

Richtung. Und stocherte mit der Haarnadel in dieselbe Richtung.

»Sechs! Er kommt!«

Krk!

»Fünf! Los raus!«

Die Haarnadel hatte einen Widerstand gebrochen.

Sie drückte noch einmal nach.

»Vier – Drei –!«

Verdammt!

Das Schloss war linksdrehend!

Warum hatte sie das nicht gleich ausprobiert?

Krkzck!

Das Schloss sprang auf!

Im selben Moment hörte sie den Schuss. Laut und kalt wie eine Explosion. Dann den Schrei.

Zoto!

Ein zweiter Schuss krachte.

Dann blieb es still.

Das Mädchen stand vor ihr in der Türöffnung und weinte.

Linda legte den Zeigefinger als Zeichen zu schweigen an die Lippe und lauschte. Kein Geräusch drang von der Straße herein.

Sie warteten.

Linda drückte das schluchzende Mädchen an sich und streichelte ihr beruhigend über das filzige Haar.

»Stay«, flüsterte sie, »I'll be back soon!«

Vorsichtig näherte sie sich der Öffnung des Bunkerzugangs und spähte nach draußen. Oben auf der Straße sah sie einen Körper liegen.

War das Zoto?

Lebte er?

Hatte auch er geschossen? Sie hatte ganz sicher zwei Schüsse gehört.

Von Valdrin Arabatzis war nichts zu sehen.

Wartete er oben im Wald auf sie? Oder hatte Zoto ihn auch getroffen?

Lindas Herz klopfte.

Plötzlich spürte sie eine Bewegung und fuhr herum.

Doudou stand hinter ihr.

»Man dead?«, fragte sie und deutete auf die Straße.

»Wait!«, befahl Linda und huschte gebückt nach draußen. Ein Stöhnen ließ sie aufhorchen. Es kam von Zoto.

Er lebte!

Sie musste zu ihm, auch wenn sie dann eine perfekte Zielscheibe für Valdrin Arabatzis abgab, falls der noch lebte und sich irgendwo versteckt hielt. Linda Roloff setzte alles auf eine Karte und rannte auf die Straße.

Kein Schuss fiel, kein Motor heulte auf. Nur das leise Wimmern des verletzten Agim Zoto war zu hören. Sie sah zum Waldrand hinüber.

Keine Bewegung, kein verdächtiges Rascheln im Unterholz.

»Agim!«, sagte sie, als sie neben ihm niederkniete. »Wo sind Sie getroffen?«

»Gjoks ...«, stöhnte er und zeigte auf seine Brust, wo sich unterhalb des Herzens ein großer schwarzer Fleck auf seinem T-Shirt ausbreitete.

Linda legte seinen Kopf in ihren Schoß und streichelte ihm über die Stirn, auf der sich Hunderte von kleinen Schweißperlen gebildet hatten.

»Ich hole den Wagen und bringe Sie in ein Krankenhaus!«, raunte sie ihm zu.

Agim Zoto schüttelte den Kopf.

»Retten – Sie – sich – und – das – Mädchen«, sagte er stockend und mit gebrochener Stimme.

Seine Hände griffen nach ihren Armen, tasteten sich zu ihren Händen, und seine Finger verkeilten sich in ihren.

»Sagen – Sie – Xhoana, – dass – ich – ein – guter – Mensch – gewesen – bin. Tun Sie das? Bitte!«

Linda nickte und drückte seine Hände.

»Ja, ich werde es ihr sagen. Und auch, dass Sie das afrikanische Mädchen und mich gerettet haben!«

Ein Zittern ging durch den Körper des Sterbenden, seine Augen bekamen einen seltsamen Glanz, und um seinen Mund spielte ein Lächeln.

»Val – drin – Ara – ba – tzis ...«, ächzte er, »er – lebt – noch. Habe – ihn getroffen ... er – ist – gefährlich. Er – a-Shqiptari – und – die – anderen ...«, seine Stimme schwand. »Schrei – ben – Sie ...«, verstand Linda und brauchte ein paar Sekunden, ehe sie verstanden hatte.

Schreiben?

Sie hatte nichts zum Schreiben dabei.

Keinen Stift, keinen Kugelschreiber, ja nicht mal einen Fetzen Papier.

Das Smartphone!

Sie hatte zwar keinen Empfang hier oben, aber die Tastatur funktionierte. Sie öffnete das Adressbuch und klickte einen neuen Eintrag an.

»Schrei – ben – Sie ...«, wiederholte er. »Rett – en Sie ... – ... Sa – bu – uka – ihh ...«

»Sabu Ukahi?«, fragte Linda. »Agim, ich verstehe nicht! Wen soll ich retten? Sabu Ukahi?«

Er schüttelte heftig den Kopf, was ihm offensichtlich Schmerzen verursachte, denn er stöhnte laut auf.

»Sa – bu – kai...!«

Sie schrieb: *Sa Bukai*, wie sie es verstanden hatte.

»Und wovor? Wovor soll ich ihn retten? Ich verstehe es nicht, Agim!« Verzweiflung sprach aus ihrer Stimme.

Plötzlich waren seine Augen hellwach, der matte Glanz war verschwunden. Seine linke Hand griff nach ihrem Smartphone und sein rechter Zeigefinger suchte nach den Zeichen auf dem Display.

Mühevoll wählte er Buchstabe um Buchstabe, Zahl um Zahl.

Dann fiel er erschöpft zurück, spuckte Blut und schloss die Augen.

»Ich …«

Linda bückte sich über seinen Mund, um die letzten Worte zu verstehen, die Agim Zoto sprach:

»Xhoana – glaubt, dass – ich – ein – guter – Mensch – bin.«

Linda fühlte, wie ihre Augen sich mit Tränen füllten.

Agim Zoto war tot.

Ein Schrei ließ sie herumfahren.

Es war Doudou, die aus dem Bunker auf sie zu gerannt kam und deren Blick entsetzt auf die Passstraße gerichtet war. Dort hockte, halb von einem Stein verdeckt der angeschossene Valdrin Arabatzis und hielt seine Kalaschnikow auf sie gerichtet. Sein Arm mit dem Gewehr schwankte. Linda sah das schmerzverzerrte und von kaltem Hass gezeichnete Gesicht des Albaners und wusste, dass sie diese Fratze nie wieder vergessen würde.

»Ich habe Zoto erschossen!«, brüllte er. »Und ich erschieße auch dich, wenn du das Mädchen anrührst!«

Linda sprang auf Doudou zu und riss sie mit sich fort. Zwei Schüsse krachten und schlugen dicht neben ihnen ein.

»Los, zum Wagen!«, schrie Linda hysterisch und flog

Richtung Wald, das Mädchen im Schlepptau. Erneut peitschten Schüsse auf und fegten das Laub von den Eichen. Sie tauchten zwischen den grünen Ästen unter, und Linda dirigierte Doudou zu Agim Zotos Fiat Cinquecento.

Der Zündschlüssel!

Sie musste noch einmal zurück!

Strauchelnd rannte sie aus dem schützenden Wald auf den Toten zu und wühlte in seinen Taschen nach dem Schlüssel.

Valdrin Arabatzis hatte Zeit, in Ruhe zu zielen, und Linda schrie auf, als die Kugel knapp an ihr vorbeipfiff. Sie fand den Schlüssel und rannte im Zickzackkurs in den Wald zurück, warf sich auf den Fahrersitz und startete den Wagen.

Sie holperte den Weg zurück, den sie vor weniger als einer halben Stunde mit Agim Zoto gekommen war. Seine letzten Worte gingen ihr nicht mehr aus dem Kopf.

Xhoana glaubt, dass ich ein guter Mensch bin. Sie beschloss, sich, sobald es ihr möglich war, mit seiner Familie in Verbindung zu setzen. Auch ihr Versprechen gegenüber Xhoana wollte sie einhalten.

Doch zunächst musste sie fort. Zurück mit Doudou nach Deutschland und dafür sorgen, dass das Mädchen heil und möglichst schnell wieder zu seiner Mutter nach Nigeria kam.

Lindas Flug nach Lagos ging in zwei Tagen. Vielleicht hatte sie eine Chance, Doudou mitzunehmen …

Als sie die Teerstraße erreichten, sah Linda nervös in den Rückspiegel, doch von Valdrin Arabatzis war nichts zu sehen. In seinem dreirädrigen Ape hatte er wohl keine Chance, sie einzuholen. Wenn er nicht übers Handy Helfershelfer alarmierte, sollten sie ihm entkommen können. Doch sicher hatte er dort oben auf dem Pass ebenso wenig Netz wie sie.

Nach einer halben Stunde Fahrt atmete Linda auf. Sie fischte ihr Smartphone aus der Hosentasche und rief den Eintrag Zotos auf, den sie in ihrem Adressbuch abgespeichert hatte. Die Kombination aus Buchstaben und Zahlen ergab keinen Sinn.

Sa Bukai17dulkada1 437

Es würden drei Jahre vergehen, ehe sie der Bedeutung des Codes auf die Spur kam …

ZWEITER TEIL –
DER AUFTRAG DES WOLFES

Drei Jahre später.
Freitag, 3. April 2015
Irgendwo in Deutschland
Noch 505 Tage

Er zog einsam seine Kreise.

Einsam wie der Wolf, der ihm seinen Kampfnamen gegeben hatte. Doch den kannten außer ihm nur wenige, denn er hatte keine Freunde.

Nicht in diesem Land.

Nicht in diesem Leben.

Er war ein Jäger. Ein einsamer Jäger auf Menschenjagd.

Die er jagte, starben ohne Gnade.

Die, für die er kämpfte, würden ihn eines Tages lieben.

Verehren.

Sein Name würde unsterblich sein.

In Brüssel, Rotterdam, Hamburg, Paris, Kairo hatte er sich blutige Denkmäler gesetzt.

In Ägypten hatte er vor Jahren die Fährte aufgenommen. Eine Urlaubsreise. Ein bisschen Arabisch lernen.

Noch einmal war er nach Deutschland zurückgekehrt, um schon bald als *muhajirun*, als Auswanderer, nach Kilis an der türkisch-syrischen Grenze zu ziehen. In der Provinz Aleppo hatte er sich den Kämpfern der Unterstützungsfront angeschlossen und sich militärisch ausbilden lassen. Doch für die anderen blieb er der ungläubige ›Kuffar‹, und er ging fortan seinen Weg allein.

Seine Fährte zog sich bald wie eine blutige Spur durch Europa und über den Balkan bis nach Tunesien. Man hatte ihn als einen gefährlichen Fanatiker bezeichnet. Dabei tat er nur, was er tun musste. Und sie machten es ihm leicht. Nirgendwo war es leichter an Waffen zu kommen als mitten in Europa.

Er hatte Kontakte.

Ein ganzes Netzwerk.

Schmuggler, Dealer, Schleuser, Menschen- und Waffenhändler. Für eine Kalaschnikow zahlte er nicht einmal 500 Euro. Ein Geschäft unter Freunden.

In 500 Tagen würde die Welt wieder von adh-Dh'ib, dem Wolf hören.

Er verschlüsselte seine Botschaften. Was er befahl, klang für Unbeteiligte wie die Beschreibung eines Schottischen Single Malt Whiskys. Doch die Männer, denen er seine Befehle per SMS schickte, lasen aus dem Namen des Whiskys die getarnten Initialen der Opfer. Kein Mensch würde auf den Gedanken kommen, dass der Deutsche, der sich mit hochwertigen Whiskys auskannte, in Wirklichkeit ein *muhajirun* mit dem Namen adh-Dh'ib war. Seine Tarnung war perfekt.

»Abgang« war gleichbedeutend mit Tod.

Dienstag, 7. April 2015
Rottenburg – Tübingen
Noch 502 Tage

Der Nebelmorgen hatte die Wurmlinger Kapelle in einen dichten Schleier gehüllt und verbarg das Wahrzeichen der Region vor den Menschen, die sich in langen Autoschlangen durch den morgendlichen Berufsverkehr Richtung Tübingen quälten. Dabei war es ganz gleich, ob man sich durch das Ammertal über Unterjesingen oder von Rottenburg über Wurmlingen und Hirschau der Universitätsstadt am Neckar näherte, der Stau war um diese Zeit vorprogrammiert.

Linda Roloff fügte sich in das Unvermeidliche, denn an diesem Morgen hatte sie nicht, wie sonst so oft, auf das Fahrrad zurückgreifen können, um zum Sender zu fahren. Sie musste am späten Vormittag noch weiter nach Stuttgart, um Alan Scott am Flughafen abzuholen. Dieser Gedanke versöhnte sie mit der Verkehrslage am Fuß des Kapellenbergs, und sie nutzte das langsame Tempo, um den Anblick der Landschaft zu ihrer Linken zu genießen.

Satt grün zogen sich die Weinberge von der im Nebel verschwundenen Kapelle ins Tal, schon in wenigen Monaten war dort oben wieder das alljährliche Weinbergfest – in diesem Jahr zum 25. Mal –, bei dem die Winzer, die am sonnenexponierten Südhang zum Neckartal hin ihren Müller-Thurgau und Schwarzriesling anbauten, Kostproben ausschenkten und man seinen Hunger mit Spanferkel, Garnelenspießen und Willis legendären Flammkuchen stillen konnte.

Vielleicht würde sie mit Alan in den nächsten Tagen hinauf zur Kapelle spazieren und den Blick in die Ferne schweifen lassen, hinüber zum Neckar und auf die Landschaft jenseits des Flusstals, die in der Abendstimmung wie aus einem Zeichentrickfilm der Walt-Disney-Studios wirken konnte: die bewaldeten Hänge der Schwäbischen Alb, von denen sich einer vor den anderen zu schieben schien, im Vordergrund fast schwarz und dann bis zu den hauchdünnen Blautönen am Horizont in der Farbe verblassend, davor die gelb blühenden Rapsfelder und die aufblühenden Bäume der Streuobsthänge am Rande des Rammert, jenes großen Waldgebiets zwischen Rottenburg und Derendingen Richtung Süden. Wie eine träge Python glitt der Neckar durch sein Tal, verborgen und getarnt zwischen den Weiden und Pappeln an seinen Ufern.

Und aus den waldigen Hängen der Schwäbischen Alb wurden die sattgrünen Hügel der Massai Mara, aus dem Neckar der Uaso Nyiro und aus dem Raps die gelben Flocken der Akazien im Okavangodelta. Rote Elefanten überquerten die sandige Piste in Tsavo, und die ewig schönen Impalas mit ihren sanften schwarzen Knopfaugen grasten friedlich in der Savanne. Ganz weit entfernt hörte sie das Lachen einer Hyäne.

Das lautstarke Hupen ihres Hintermanns holte sie aus ihren Tagträumen. Sie unterdrückte einen Fluch, warf ihm im Rückspiegel einen »Arschlochblick« zu und fuhr an. Der Stau bewegte sich zäh fließend wieder ein paar Meter weiter. Sie schaltete das Radio ein und wechselte in den CD-Modus. Johnny Clegg & Savuka sangen »Scatterlings of Africa«, sie drehte laut, sang mit und dachte an das Wiedersehen mit Alan.

»Fernbeziehung mit Hindernissen«, hatte es Babs mal genannt. Und in der Tat, bis auf die wenigen Tage, die er sie in Deutschland besuchte, und die Wochen, die sie zusammen in Afrika verbrachten, sahen sie sich nie. Der afrikanische Naturbursche hatte sich – trotz mehrerer Versuche – nie für ein Leben in Deutschland begeistern können und sie sich immer vor der Entscheidung gedrückt, zu ihm nach Afrika zu ziehen.

Das hatte sich erst ein wenig geändert, als er vor drei Jahren nach Namibia gezogen war. Der Tod eines entfernten Verwandten hatte ihn dorthin verschlagen, und er hatte die alte heruntergewirtschaftete Farm des Verstorbenen übernommen. Für Alan war sein neuer Besitz im Norden Namibias, zwischen dem Waterberg und Etosha, das schönste Land, das er je in Afrika gesehen hatte.

Wie hatte er ihr vorgeschwärmt von den gelben Savannen und der roten Erde des Velds, von den grünen Hügeln, in deren Mopanewäldern er sogar Elefanten angesiedelt hatte. In den weiten Ebenen grasten Elanantilopen, Oryx und die seltenen Weißschwanzgnus, und sein besonderer Stolz waren die Breitmaulnashörner, von denen einige schon seit Urzeiten auf dem Gelände der Farm lebten.

Linda sah auf die Uhr. Seine Maschine musste inzwischen längst in Frankfurt gelandet sein, doch er hatte sich noch nicht bei ihr gemeldet. Das war typisch. Solange sie nichts hörte, war alles okay.

Wie damals in der Klinik in Lagos. Eine Zeit, an die sie ungern zurückdachte. Alan hatte darauf bestanden, sobald er transportfähig war, nach Namibia zu fliegen. Dort war seine Genesung rasch fortgeschritten, die Verletzungen waren geheilt, und außer einem leichten Hinken war nichts zurückgeblieben. Wie es ihm gelungen war, die beiden Anschläge zu überlegen, war ihr ein Rätsel.

Auch Sarah freute sich auf Alan. Ihre Tochter wurde demnächst 16, eine junge Frau. Wenn sie mit ihr in Afrika gewesen war, hatte sie zu Alan wie zu einem Vater aufgesehen. Linda dachte zurück an die Reise nach Südafrika, zu der sie die damals noch kleine Sarah mitgenommen hatte.

Ihre Tochter hatte sich mit einem afrikanischen Jungen in der Savanne verirrt, und Alan Scott hatte sich mit Linda im Zeppelin auf die Suche nach den beiden gemacht. Unter Lebensgefahr war es ihm gelungen, die Kinder aus einer Schlucht zu retten.*

Schon damals war ihr seine innige Beziehung zu ihrer Tochter aufgefallen. Und auch bei seinen Besuchen hier hatte er sich um Sarah wie um seine leibliche Tochter gekümmert. Wenn es nach Sarah gegangen wäre, wären sie schon vor Jahren zu ihm nach Afrika gezogen. Linda wusste, dass es für Sarah in Windhoek deutsche Schulen gab, und kannte auch einen Kollegen, der mehrere Jahre bei einem deutschsprachigen Radiosender in Namibia gearbeitet hatte. Doch inzwischen hatte sich viel verändert.

Sarah machte in drei Jahren ihr Abitur und hatte keine Lust, jetzt noch die Schule zu wechseln. Und später? Wirklich geplant hatte Linda in puncto Afrika nichts, zumal sie nach ihrem Umzug von Tübingen nach Wurmlingen gerade begonnen hatte, sich in der neuen Umgebung richtig wohlzufühlen.

Seit fast drei Jahren wohnte sie jetzt in dem kleinen Dorf, das zu Rottenburg gehörte, und genoss es in vollen Zügen. Gewiss, die Jahre in ihrer kleinen Altstadtwohnung bei der Tübinger Stiftskirche waren auch schön gewesen, aber sie hatte in ihrem Leben – immerhin war sie im vergangenen September 40 geworden – noch einmal etwas ändern müssen. Und als ihre Kollegin Babs erzählt hatte, dass im Haus ihrer ehemaligen Schwiegereltern eine hübsche Wohnung mit Gartenbenutzung frei würde, hatte sie zugeschlagen und Stadtluft mit Landluft getauscht.

---

* ELEFANTENGOLD. Linda Roloffs 3. Fall

Sie hatte es bis heute keinen Augenblick bereut, zumal es in Wurmlingen nicht schwer war, Anschluss zu finden. Zahlreiche Vereine und Feste dienten der Geselligkeit, als Radiofrau kannten viele ihre Stimme und ihren Namen, und wohin sie im Dorf kam, ob in die Besenwirtschaft an Fronleichnam, den Fasnetsumzug der »Wurmlinger Knöpfle« oder zum traditionellen Wurmlinger Pfingstritt, überall wurde sie wie eine alte Bekannte freudig begrüßt. Sogar an ihren »Jahrgang« hatte sie Anschluss gefunden, eine Tradition, die die Wurmlinger im Zusammenhang mit dem Pfingstritt pflegten, und die die Gleichaltrigen im Dorf – ob alteingesessen oder neu hinzugezogen – fest zusammenschweißte.

Sie war gespannt, wie Alan das Leben im Dorf gefallen würde. Vermutlich besser als in der Stadt, dachte sie. Er würde die Ruhe und das Beschauliche genießen und auf seine Art in null Komma nichts Freundschaften schließen. Über Lindas Gesicht huschte ein Lächeln bei dem Gedanken, ihn schon in wenigen Stunden in ihre Arme schließen zu können.

*

Kurze Zeit später
Flughafen Stuttgart

Der Mann, der die beiden am Stuttgarter Flughafen beobachtete, war zufrieden. Das Warten hatte sich gelohnt.

Seine Leute hatten den Namen des Mannes, der ihnen damals in Nigeria entgangen war, auf der Passagierliste eines Lufthansaflugs von Windhoek nach Frankfurt gefunden und ihm die verschlüsselte Botschaft per SMS geschickt.

»Dreijährigen Aultmore/Speyside entdeckt. Lieferung nach Deutschland im Flug LH 596 WDH FRA.«

Es war ein Kinderspiel gewesen, herauszufinden, dass der Gesuchte von Frankfurt nach Stuttgart weiterflog. Dort hatte ihn adh-Dh'ib erwartet und beobachtet, wie er von der gut aussehenden Frau abgeholt worden war, die ihm sein System als Journalistin aus Tübingen identifizierte.

Adh-Dh'ib fand es an der Zeit, den Mann einzuschalten, der für ihn die schmutzige Arbeit machte, und er schickte eine verschlüsselte SMS an die Adresse in Bosnien.

Abgehende SMS

»Aultmore/Speyside Lieferung nach Tübingen erfolgt. Harter Abgang.«

Mittwoch, 8. April 2015
Tübingen
Noch 501 Tage

Sie saßen beim Afrikaner im ehemaligen Tübinger Schlachthof und aßen Injera, ein säuerliches Fladenbrot mit den dazu angebotenen Gemüse- und Fleischbeilagen. Es war eine Art Ritual, wenn Alan Scott aus Afrika nach Deutschland kam, und Linda hatte einen Tisch für zwei bestellt. Sarah hatte protestiert, weil auch sie die scharfe äthiopische Küche liebte, doch Linda bestand darauf, allein mit Alan auszugehen.

Das Restaurant, das von einem sympathischen äthiopischen Wirt mit seiner Familie geführt wurde, lag direkt hinter dem Universitätsgelände an der Ammer, die an der kleinen Terrasse vorbeifloss. Von Springbock und Strauß bis zur Kochbanane und Couscous reichte die Auswahl an afrikanischen Speisen, das Ambiente entsprach dem Namen des Restaurants, ein äthiopisches Kaffeeservice fehlte ebenso wenig wie Masken, Schnitzereien und die Porträts afrikanischer Menschen an den Wänden.

Alan Scott hatte wieder einmal Strauß-Tibs bestellt, die in einer scharfen Soße in einem heißen Grilltopf gereicht wurden und die er mithilfe der Injerafladen natürlich mit den Fingern aß. Linda beobachtete ihn und genoss ihren vegetarischen Probierteller. Auch sie aß ohne Besteck, eine Selbstverständlichkeit, wenn sie mit Alan im »Afrika« war.

»Hast du in den letzten Wochen mal etwas von dieser Hadé gehört?«, fragte der Kenyaner jetzt. Er sprach langsam, da er sich zwar bemüht hatte, Deutsch zu lernen, sich aber in den letzten Jahren kaum mehr mit der Sprache befasst hatte.

»Sie hat mir damals geschrieben und sich bedankt, nachdem ich Doudou nach Nigeria gebracht hatte. Seither bekomme ich hin und wieder eine SMS. Sie lebt immer noch in Abeokuta nördlich von Lagos. Ihre kleine Boutique läuft ganz gut, und Doudou geht dort in die Schule. Und was ist mit dir und Ulla?«, fragte sie und spielte damit auf die Frau an, die ihn während seines langen Krankenhausaufenthalts in Lagos gepflegt hatte.

»Ulla geht's gut«, sagte er nur und schob sich mit drei Fingern ein Stück Injera mit Straußenfleisch in den Mund. Linda war sich nicht sicher, ob zwischen Ulla und Alan etwas gelaufen war oder ob die beiden wirklich einfach nur »gute Freunde« waren, wie er immer wieder betonte.

»Sie ist jetzt in Kanada. Hat 'nen Kerl aufgegabelt, der dort als Ranger arbeitet. Ich glaube, sie hatte von Afrika die Schnauze voll.«

»Diese Leute, die dir ans Leder wollten ...«, Linda wechselte bewusst das Thema, »haben dich in Namibia nicht gefunden?«

»Nein. Ein besseres Versteck als Ojumamuya gibt es überhaupt nicht.« Ojumamuya war der Name seiner namibischen Farm.

»War schon 'ne komische Aktion im Lagoon Hospital. Du weißt ja, wenn Schwester Emeka nicht zufällig gekommen wäre, hätte es mich erwischt. Die hat sofort Alarm geschlagen, und die Ärzte haben mir noch mal von der Schippe geholfen.«

»Du erzählt das, als ob es ein dummer Jungenstreich gewesen wäre. Man hat doch versucht, dich umzubringen!«, protestierte Linda.

»Und das Dumme ist, ich weiß bis heute nicht, warum. Ich habe allerdings herausgefunden, dass dieser Typ, der damals bei mir im Zimmer lag – du weißt, der Kerl mit dem seltsamen Schlangenbiss – einer der besten Langstreckenläufer der Welt ist.«

»Echt?«, fragte Linda interessiert. Immerhin trainierte sie auch schon seit Monaten auf den Tübinger Stadtlauf. »Und wie heißt er?«

»Sunday Sanusi.«

»Sunday Sanusi? Kommt mir irgendwie bekannt vor. Ich werd ihn mal googeln.«

»Ach ja, ich bin jetzt ja wieder in Deutschland, wo man alles am Computer erledigt, den ganzen Tag am Handy hängt und sich mit den Dingern unterhält, obwohl man leibhaftigen Menschen gegenübersitzt!«

Linda lächelte.

Auch das war typisch Alan. Er besaß nicht mal einen Computer, geschweige denn Tablet oder Smartphone. Sein Handy stammte aus der digitalen Steinzeit, und er benutzte es nur, um zu telefonieren oder eine SMS zu schreiben. Allenfalls noch für ein Foto, wenn er mal seine – analoge – Spiegelreflexkamera nicht dabei hatte. Wenn er allein war, spielte er nicht mit seinem Handy, sondern auf seiner Mundharmonika.

»Ich komme auch ohne dieses moderne Zeug aus«, pflegte er zu sagen. »Man kann doch viel besser miteinander reden und dabei gleich noch gemütlich ein Bier trinken. Wozu soll ich da eine ›Whatsapp‹ schreiben? Oder diese Navis, total unnötig, wenn du eine gute Landkarte hast und eine Scheibe, die du runterkurbeln kannst, um nach dem Weg zu fragen.«

»Oder glaubst du vielleicht, ein Wasserloch auf Ojumamuya findest du mit dem Navi?«, fragte er jetzt und grinste.

»Nein«, sagte sie, »wahrscheinlich gibt es da weder WLAN noch überhaupt ein Netz.«

»Natürlich nicht, wozu auch? Damit die schweren Jungs mich doch noch finden? Wir haben Walkie-Talkie, damit bist du auf der ganzen Farm erreichbar. Und wer telefonieren muss, fährt zu Papa Joe an die Tankstelle.«

»Und trinkt dabei gleich ein Bier, stimmt's?«

»Stimmt!«, pflichtete er ihr bei und lachte. Dann wurde sein Blick wieder ernst, und er fragte:

»Sag mal, in dieser Stadt Tübingen gibt es doch ein Tropeninstitut. Kennen die sich auch mit Schlangenbissen aus?«

»Ich glaube schon. Meines Wissens wird an den Tropeninstituten Serum gelagert. Warum interessiert dich das?«

»Ich würde zu gerne etwas über die Schlange wissen, die meinen Bettnachbarn in Nigeria gebissen hat. Weil es die doch in Westafrika gar nicht gibt.«

»Und du bist dir sicher, dass du das alles richtig mitbekommen hast?«

Alan zögerte.

»Die haben so viel gefaselt, und ich war auch nicht so ganz bei mir. Aber ich weiß noch, dass einer sagte: ›Wenn sich das Gift dieser Schlange in deinem Blut ausgebreitet hat, wird niemand schneller sein als du.‹ Und das zu einem Langstreckenläufer!«

Er schüttelte den Kopf.

»Und diese Wortfetzen, die mir noch hängen geblieben sind. ›Kampf‹ und ›Märtyrer‹. Und dann habe ich die Ärzte nach dem Namen der Schlange gefragt.«

»War das noch, bevor man versuchte, dich umzubringen?«

»Ja, und ich dachte, die hätten das vielleicht verwechselt, aber die Ärzte sagten, es sei ohne Zweifel eindeutig eine Jararaca gewesen, die ihn gebissen hat.«

»Giftig, aber nicht unbedingt tödlich, sagtest du mir in Nigeria.«

»Richtig. Ich habe dann später mit Willy ter Voeert gesprochen, der leitet den Reptilienpark auf einer Lodge in der Nähe von Ojumamuya. Er sagt, dass ihr Gift in der Medizin eine wichtige Rolle spielt, und ich dachte, die Jungs von deinem Tropeninstitut könnten mir vielleicht weiterhelfen.«

»Hallo – normalerweise bin doch ich die Kriminalistin von uns beiden!«, protestierte Linda scherzhaft.

»Es kann ja auch alles gar nichts bedeuten, meinst du, ich soll trotzdem mal fragen?«

»Klar, ruf doch einfach an.«

»Anrufen? Ich könnte doch auch hinfahren!«

»Hinfahren? – Na klar. Und gleich ein Bier trinken.«

»Richtig. Wie bei Papa Joe an der Tankstelle.«

Donnerstag, 9. April 2015
Goražde, Bosnien und Herzegowina
Noch 500 Tage

In Valdrin Arabatzis Augen glühte der Hass, als er die verschlüsselte Botschaft las. Es waren genau die Worte, die er hören wollte.

Auf die er gewartet hatte.

Und er hatte lange gewartet.

Seit Tagen.

Seit Wochen.

Seit Monaten.

Seit drei Jahren.

Seit ihm dieser Verräter Agim Zoto mit seiner Tokarew die Schulter zerfetzt und seinen linken Arm gelähmt hatte. Er hatte geblutet wie ein Schwein, doch der andere war dafür an der Kugel aus seiner Kalaschnikow verreckt.

Valdrin Arabatzis, der Albaner, den sie a-Shqiptari nannten, hatte überlebt.

Überlebt, um zu töten.

Und nun sollte er töten.

Wieder und wieder las er die verschlüsselte Botschaft. Der Mann, den sie betraf, war ihnen schon einmal entwischt. Vor drei Jahren in Nigeria.

Doch Valdrin a-Shqiptari würde es besser machen als der Afrikaner Abayomi Akande, der den Namen Al-Thu'bân, der Drache, trug.

Freitag, 10. April 2015
Institut für Tropenmedizin, Tübingen
Noch 499 Tage

Alan Scott kannte sich ganz gut in Tübingen aus, wenn man in Betracht zog, dass der Kenyaner erst wenige Mal hier zu Besuch war, und dann nur für kurze Zeit. Doch der afrikanische Busch hatte, was Orientierung anging, seine eigenen Gesetze, und diese wandte der Safariguide aus Kenya auch in der schwäbischen Universitätsstadt an.

Wie am Uaso Nyiro im Samburuland verriet ihm auch hier die Sonne die Himmelsrichtungen, Flüsse wie Steinlach, Ammer, Goldersbach und natürlich Neckar hatte er bei seinen Streifzügen in der Natur kennengelernt und kannte die Richtungen, in die sie flossen.

Er war auf dem Steinenbergturm gewesen und hatte sich von dort, mit Sicht auf die Klinikgebäude des Schnarrenbergs und den Schönbuch, einen Überblick über die Stadt verschafft, hatte den Rundumblick vom Turm der Stiftskirche auf die Unterstadt, den Österberg und das Univiertel genossen und auch vom Schloss Hohentübingen aus auf

Neckar, Rammert und die Höhenzüge der Schwäbischen Alb geblickt. Er hatte sich von Linda auf dem Stadtplan die Lage des Tropeninstituts zeigen lassen und sich mit ihrem Fahrrad von Wurmlingen aus auf den Weg gemacht.

Die Radwege im Neckartal brachten ihn am späten Nachmittag entlang des Spitzbergs über Hirschau am Freibad vorbei in die Stadt, er unterquerte den Schlossberg im Fußgängertunnel und durchstreifte die Altstadtgassen entlang des Ammerkanals, bis er die Wilhelmstraße, die direkt ins alte Univiertel führte, erreichte. In Nummer 27 befand sich das Institut für Tropenmedizin.

»Können Sie mir sagen, wer hier über Giftschlangen Bescheid weiß?«, fragte er eine junge Frau, die ihm im weißen Arztkittel auf der Außentreppe entgegenkam.

»Was wollen Sie denn wissen?«, fragte sie zurück und lächelte ihn an. »Oder sind Sie gebissen worden?«

»Nein«, sagte er und fügte lachend »noch nicht!« hinzu. »Aber ich interessiere mich für das Gift einer bestimmten Art.«

»Okay, und darf ich wissen, welcher?«

Alan beschloss, die junge Ärztin auf die Probe zu stellen, und sagte daher nur:

»Jararaca.«

»Die brasilianische Lanzenotter?«, kam es, wie aus der Pistole geschossen. »Bothrops jararaca«, lieferte sie gleich den wissenschaftlichen Namen dazu. Alan war sprachlos.

»Woher wissen Sie …?«, fragte er.

Sie zuckte mit den Schultern. »Ich war während meines Studiums zwölf Monate in den Tropen. Brasilien. Da lernt man auch die Giftschlangen des Landes kennen. Aber weshalb interessiert Sie gerade die Jararaca?«

»Dann sind Sie Tropenärztin?«, überging er ihre Frage.

»Doktorandin«, korrigierte sie.

»Haben Sie es sehr eilig?«

Sie sah auf die Uhr.

»Wie man's nimmt. Ich muss in die Tropenklinik in der Paul-Lechler-Straße. Eine Viertelstunde zu Fuß den Berg hoch.«

»Klingt, als hätten Sie nichts dagegen, wenn ich Sie ein Stück begleite?«

Sie lachte.

»Naja. Ein fremder Mann, der sich mitten in Tübingen für die Jararaca interessiert, macht mich neugierig. Zumal Sie nicht der Einzige sind ...«

»Wie, nicht der Einzige?«, unterbrach Alan, gespielt vorwurfsvoll.

»Erst vor ein paar Tagen hat sich ein Afrikaner bei Professor Lengwer auch nach der Jararaca erkundigt. Gehen wir?«

Alan nickte und fragte, während sie nebeneinander in die Melanchthonstraße einbogen:

»Ein Afrikaner?«

Er hatte sofort den Mann aus der Klinik in Lagos vor Augen.

»Ja. Einer der Kenyaner, die beim Stadtlauf mitmachen.«

Sie kann nur Sanusi meinen, durchzuckte es Alan, doch er unterbrach sie nicht.

»Die trainieren manchmal drüben beim Sportinstitut auf der Finnbahn. Da hat er einen Kollegen, Professor Lengwer, aus dem Institut kennengelernt, und sie haben sich über die Jararaca unterhalten. Lengwer hat es mir erzählt, weil ich vorletzte Woche aus Brasilien zurückgekommen bin und vorhabe, über ein bestimmtes Enzym des Jararacagifts zu promovieren.«

»Ich verstehe jedes Wort«, sagte Alan und ging neben der jungen Doktorandin Richtung Hackersteigle, von wo aus die Treppe hinauf zur Tropenklinik führte.

Sie ging rasch, ihre Eile war nicht zu übersehen. Alan versuchte, mit ihr Schritt zu halten, obwohl ihm sein linkes Bein beim Gehen immer noch Schwierigkeiten bereitete. Immerhin war er bis vor einem halben Jahr noch mit Krücken unterwegs gewesen. Auch seine gequetschte Lunge schmerzte immer noch, wenn er sich beim Atmen zu sehr anstrengte. Doch die Ärzte hatten ihm prophezeit, dass er noch längere Zeit kurzatmig bleiben würde.

»Bin ich zu schnell für Sie?«, fragte die Doktorandin, als sie an den untersten Treppenstufen angelangt waren.

»Geht schon«, sagte er, ohne ihr den Grund für seine unsportlich erscheinende Langsamkeit auf die Nase zu binden.

»Sie sind kein Deutscher, stimmt's? Woher kommen Sie?«

»Ich komme auch aus Kenya.«

Sie ging die ersten Stufen der Treppe nach oben. Alan bemühte sich, so gut es ging Schritt zu halten.

»Und was verschlägt Sie als Kenyaner ausgerechnet nach Tübingen?«, fragte sie.

»Meine Freundin arbeitet hier.«

»Hm. Und Sie forschen so lange am Tropeninstitut nach brasilianischen Schlangen?«

Sie machte eine Pause und blieb stehen. »Seltsam.«

»Was?« Alan war froh, Atem schöpfen zu können.

»Naja, zwei Kenyaner, die sich innerhalb weniger Wochen für die Jararaca interessieren. Sie sollten übrigens was für Ihre Kondition tun! Kommen Sie doch auch mal zum Lauftraining am Sportinstitut. Wir laufen fast jeden Abend, meist kurz nach sieben.«

»Und da ist dieser Kenyaner auch dabei?«, fragte er.

»Sanusi?« – Also doch! Sunday Sanusi!

»Nicht zu unserer Zeit. Die trainieren auch im SV-03-Stadion oder rennen durch die Stadt. Weshalb interessiert Sie das alles?«

»Wenn hier schon Landsleute beim Stadtlauf mitmachen ...« Er schnaufte unüberhörbar bei jedem Schritt.

»Nicht das erste Mal! Ich weiß nicht, wie oft die Kenyaner den Lauf schon gewonnen haben. Und Sanusi gilt in diesem Jahr als einer der Favoriten. Naja, er läuft ja auch in Peking und sicher auch in Rio im nächsten Jahr.«

Alan Scott überhörte den letzten Satz. Zu sehr war er mit dem Namen Sanusi beschäftigt. War es wirklich derselbe Mann, der in Nigeria von der Lanzenotter gebissen wurde und der sich jetzt, drei Jahre später, in Tübingen nach derselben Schlange erkundigte?

»Ja, es gibt schon merkwürdige Zufälle«, sagte er jetzt und versuchte, belanglos zu klingen. »Aber wenn Sie schon über diese Schlange promovieren, was macht sie denn so interessant?«

»Ihr Gift.«

»Ihr Gift?«

»Ja. Und ich glaube, das war auch der Grund, weshalb Sanusi was über die Jararaca wissen wollte. Man hat organische chemische Verbindungen aus ihrem Gift als Vorlage für ACE-Hemmer verwendet. Schon mal gehört?«, testete sie nun ihn.

»ACE-Hemmer? Das hat doch was mit Bluthochdruck zu tun?«

»100 Punkte!«

»Und Sie meinen, deshalb interessiert sich ein Marathonläufer für diese Schlange?«

»Ich wüsste nicht, warum sonst. Sie laufen ja wohl eher nicht beim Stadtlauf mit?«

»Nein«, Alan deutete auf sein lädiertes Bein. »Sie haben doch schon bemerkt, dass ich zu langsam bin. Oder meinen Sie, mit dem Gift der Jararaca im Blut hätte ich gegen Sanusi eine Chance?«

Sie lachte, aber ihm war bei seinen eigenen Worten das Lachen im Hals stecken geblieben. Nur für den Bruchteil einer Sekunde schoss ihm ein Gedanke durch den Kopf, den er sofort verdrängte.

»Wenn ich mir hier in Deutschland Jararacagift besorgen wollte, was glauben Sie, wo würde ich es bekommen?«

»Sie können fragen! Mal im Ernst, was haben Sie denn vor?«

»Nichts«, sagte Alan und versuchte, so harmlos wie möglich zu klingen. »Wenn ich Ihnen meine Geschichte erzähle, glauben Sie mir eh kein Wort. Außerdem haben Sie es – für mein Tempo – eine Spur zu eilig.«

Er schnaufte und blieb stehen. Sie hielt ebenfalls inne und drehte sich nach ihm um.

»Was ist mit Ihrem Bein?«, fragte sie, mit dem geschulten Blick einer Medizinerin. »Sie hinken schon ziemlich lange, was?«

»Seit drei Jahren. War ein Unfall.«

»In Afrika?«

»Mhm. Üble Sache. Dort ist mir im Krankenhaus zum ersten Mal ein Mann mit einem Jararacabiss begegnet.«

»In Afrika? Das kann wohl kaum sein! Die Jararaca gibt es nur in Südamerika.«

»Das habe ich später auch herausgefunden. Aber es gibt keinen Zweifel.«

»Das muss dann ein seltsamer Zufall gewesen sein.«

»Möglich. Vielleicht aber auch nicht. Und deshalb interessiere ich mich für diese Schlange.«

Erst jetzt ging sie auf seine Frage nach dem Gift ein.

»Ich denke, dass am ehesten die Giftinformationszentralen wissen, wo es in Deutschland ein Serum gegen Jararacabisse gibt. Die nächste ist meines Wissens in Freiburg.«

»Bisschen weit vielleicht.«

»Serum hat auch der Stuttgarter Zoo, die Wilhelma. Aber ich weiß nicht, ob die eine Jararaca haben.«

»Das lässt sich rausfinden. Da will ich eh in den nächsten Tagen mal hin.«

»Haben Sie Sehnsucht nach den Tieren?«

Alan lächelte, und sie gingen langsam weiter die Stufen nach oben.

»Wenn Sie in Afrika aufgewachsen sind so wie ich, werden Sie diese Sehnsucht immer in sich tragen. Haben Sie schon einmal Netzgiraffen am Fluss stehen und trinken sehen? Oder Tausende von Gnus, die das Savannenland in ein gesprenkeltes Leopardenfell verwandeln?«

»Nein. Ein Capybara am Rio Solimões war bisher das Höchste der Gefühle.«

»Capybara ist ein Wasserschwein, okay, aber wo fließt der Rio Solimões?«

»Das ist der Oberlauf des Amazonas, genauer gesagt der südliche Zufluss aus Peru bis zum Zusammenfluss mit dem Rio Negro bei Manaus.«

»Und da sieht man nur Capybaras?«

»Naja, für mich war das schon okay, ich war ja nicht wegen der Tiere dort. Und Jaguar oder Tapir haben mir nicht den Gefallen getan.«

»Es muss ein faszinierendes Land sein. Ich würde gern mal das Pantanal sehen.«

»Dann nichts wie hin!«, lachte sie. »Oder eben doch in die Wilhelma, die haben auch Capybaras. Und Nandus und was es sonst in Südamerika noch so gibt.«

»Ja. Die Wilhelma ist ein toller Zoo. Die Menschen hier haben ja sonst keine Chance, mal einen Elefanten oder einen Tapir zu sehen. Haben Sie damals von dem Toten gehört, den man in der Tigeranlage der Wilhelma gefunden hat? Ist vielleicht zehn Jahre her.«

»Kann sein. Kann mich nicht so genau erinnern.«

»Es hieß damals gleich, die Tiger hätten ihn getötet. Zu der Zeit gab es einen ähnlichen Fall in der Maasai Mara in Kenya. Und ob sie es glauben oder nicht, der Tote im Zoo und die Leiche am Löwenriss waren Opfer desselben Mörders!«*

»Und das haben sicher Sie herausgefunden!«, höhnte sie, und er merkte an ihrem Ton, dass sie ihn für einen Aufschneider hielt. Trotzdem sagte er:

»Genau. Und deshalb glaube ich auch, dass es kein Zufall ist, wenn ein Mann in Afrika von einer brasilianischen Schlange gebissen wird statt von einer Gabunviper oder Mamba.«

»Ich würde Smeja fragen«, sagte sie unvermittelt.

»Smeja?«

»Ja. Denis Lasarew, genannt Smeja. Ihn als Schlangenliebhaber zu bezeichnen, wäre noch harmlos. Denis vergöttert Schlangen. Sein ganzes Haus ist voll. Im Keller, auf dem Dachboden. Sogar im Wohnzimmer hat er Klapperschlangen, und ich wette, im Schlafzimmer eine Python.«

»Und wo finde ich diesen ›Smeja‹?«

»Er hat einen Reptilienshop in einem Vorort von Rottenburg. Serpent Paradise. Verkauft alles, von der Boa bis zur Vogelspinne. Steht im Telefonbuch oder Sie googeln ihn.«

---

* LÖWENRISS. Linda Roloffs 2. Fall

»Und Sie glauben, er hat auch eine Jararaca?«

»Ich weiß, dass er eine hat. Hab sie selbst schon gesehen. Er hat alles, von der Anakonda bis zur Mamba. Ich sag doch: schlangenverrückt! ›Smeja‹ heißt auf Deutsch Schlange. Und jeder nennt ihn nur Smeja.«

»Klingt russisch.«

»Ich glaube, er kommt ursprünglich aus Russland. Hat zumindest diesen Akzent.«

»Sie haben mir ganz schön geholfen – und ich weiß nicht mal, wie Sie heißen!«

»Nor do I«, sagte sie.

»Alan Scott!«, stellte er sich vor.

Sie lächelte.

»Ich muss weiter.« Sie zeigte nach oben. »Tropenklinik. Bin eh schon zu spät dran. War nett, Sie kennengelernt zu haben.«

Alan starrte ihr nach, als sie schwungvoll die letzten Stufen nahm.

»Doris?«, rief er.

Sie schüttelte den Kopf.

»Andrea?« – »Daniela?« – »Heike?« – »Ute?«

Als sie ganz oben war, blieb sie stehen und drehte sich um.

»Isabel!«, rief sie.

Er ahnte nicht, dass sie log.

Und so brachte er den Namen der Frau in ihrem Alter, den er einige Tage später im »Schwäbischen Tagblatt« in einer Todesanzeige las, nicht mit der Doktorandin des Tübinger Tropeninstituts in Verbindung. Und auch nicht den Artikel über einen Mord in der Unistadt.

Erst über ein Jahr später, in Brasilien, erfuhr Alan Scott von ihrem gewaltsamen Tod.

Samstag, 11. April 2015
Lagos, Nigeria
Noch 498 Tage

Adh-Dh'ib hatte ihm den Auftrag erteilt. Es ging um den Mann, der die Zünder bauen und programmieren sollte.

Rashid bin Malik.

Es war keine leichte Aufgabe, denn Rashid bin Malik war zum Tod durch das Schwert verurteilt worden, und es gab nur eine Möglichkeit, ihn vor dem Todesschwert der Scharfrichter zu bewahren.

Abayomi Akande, den sie Al-Thu'bân, den Drachen nannten, hatte einen Plan.

Seine Maschine ging am Mittag von Lagos über Addis Abeba nach Riad.

Montag, 13. April 2015
Meldung des SID (Sport-Informations-Dienst)
Noch 496 Tage

Nach Dopingskandal: Kenias Verband entzieht europäischen Lauf-Managern Lizenz

Nairobi (SID) – Der kenianische Leichtathletik-Verband AK hat im Zuge des heimischen Dopingskandals zwei europäischen Managern von Topläufern die Lizenz entzogen. Sie wurden mit Sperren von zunächst sechs Monaten belegt, um eine mögliche Beteiligung an unerlaubten Praktiken zu klä-

ren. Mehr als 30 kenianische Athleten, vornehmlich Langstreckenläufer, waren in den vergangenen beiden Jahren positiv auf Doping getestet worden. Der jüngste Fall war eine Marathonläuferin mit vier Siegen, die wegen Epo-Dopings zwei Jahre gesperrt wurde.

Dienstag, 14. April 2015
Riyadh, Saudi-Arabien
Noch 495 Tage

Die Scharia forderte ihren Tribut.

Rashid bin Malik würde heute sein Leben verlieren. Das Urteil war gesprochen und würde auf dem Al-Safah-Platz in der Hauptstadt des Königreichs vollstreckt werden. Der an den Händen gefesselte Mann mit den scharf geschnittenen arabischen Gesichtszügen, der gekrümmten Adlernase und dem kurz geschorenen schwarzen Bart ahnte, dass ihn das Licht der Sonne in diesen Minuten zum letzten Mal in seinem Leben blenden würde, als er den dunkelgrauen Transporter mit seinen getönten Scheiben verließ und in der Mitte des Platzes auf den Deckenstapel kniete, der zu einem Graben hin aufgeschichtet war.

Vom Minarett der Turki-bin-Abdullah-Moschee verklang in dieser Minute das Duha-Gebet des Vormittags. Auch der andere Delinquent war ausgestiegen. Immer mehr Menschen kamen auf den Platz und sammelten sich hinter den Absperrgittern. Es schien, als strömten alle Bewohner der Medina herbei, Männer und Frauen jeden Alters, sogar

Kleinkinder und Säuglinge im Kinderwagen wurden von ihren Eltern zu dem Schauspiel mitgenommen.

Unter den Arkaden der Moschee erkannte Rashid bin Malik ein paar Verwandte, die sicher mehr aus Neugier denn aus Mitleid gekommen waren. Überall in der Menschenmenge hatten sich Uniformierte postiert, Militärpolizisten kontrollierten die Zugänge.

Auf dem Flachdach des großen Backsteinbaus mit seinen Funkmasten und den im Wind knatternden Fahnen verharrten die Scharfschützen wie aus Beton gegossene Statuen. Der Krankenwagen, in dem man später die Leichen der Hingerichteten fortschaffen würde, parkte im Schatten der Arkaden, zwei Sanitäter standen gelangweilt daneben.

Rashid bin Malik ließ seinen Blick noch einmal über den inzwischen gut gefüllten Platz schweifen. Dicht gedrängt standen die Menschen in mehreren Reihen, und Rashid bin Malik fühlte, wie ihn viele Augenpaare anstarrten.

Welch ein Schauspiel, einem Mann in die Augen sehen zu können, der an der Schwelle des Todes kniete. Sein Gesicht war starr wie eine Maske, seinen Zügen war keine Regung, kein Gefühl anzumerken. Aufrecht, fast stolz, hatte er den Kopf erhoben und drehte ihn langsam von der einen Seite zur anderen, so, als wolle er jeden der Anwesenden zum Abschied grüßen. Der andere Verurteilte starrte bewegungslos zu Boden. Die beiden weiß gewandeten Scharfrichter traten jetzt auf sie zu, um ihnen mit einem grauen Tuch die Augen zu verbinden.

Rashid bin Malik hatte bei seinem Blick in die Menge einen Mann übersehen, der nur ihn, nicht aber den anderen Gefangenen fixierte. Jetzt, in dem Moment, als der ältere der beiden Henker von hinten auf ihn zutrat, um ihm das Tuch um den Kopf zu legen, blieben seine Augen an dem dunkelhäutigen Zuschauer hängen. Etwas durchzuckte ihn wie einen Stromschlag.

Kannte er ihn?

Was war in diesem Blick?

Hatte er ihm zugeblinzelt?

Galt das sanfte Nicken seines Kopfes ihm?

Eine Windböe fegte über den Platz, und der Sand brannte in seinen Augen. Er schloss im Reflex die Lider, und als er wieder aufsah, war der Schwarze verschwunden.

Sein letzter Blick fiel auf die krumme Klinge des meterlangen Jowharsäbels an der Seite des Henkers, als dieser vor ihn trat und ihm das dunkle Tuch von der Stirn über die Augen streifte. Mit einem Mal war es Nacht geworden.

Eine Hand beugte seinen Oberkörper nach vorne und drückte ihm den Kopf auf die Brust. Sein Nacken wölbte sich der Sonne entgegen, der Kaftan war im Schulterbereich so weit aufgerissen, dass die nackte Haut bis zu den Oberarmen zu sehen war.

Abayomi Akande suchte sich einen Platz, von dem aus er die Hinrichtung noch besser verfolgen konnte. Vor allem wollte er den Mann beobachten, der drüben neben der weißen Limousine bei den Angehörigen der Mordopfer wartete. Es war der Vater des Mannes, den Rashid bin Malik getötet hatte.

Miktar al-Abdin wusste, dass er beobachtet wurde. Sein Blick war starr auf den Mörder seines Sohnes gerichtet. Schon oft hatte er zu den Schaulustigen bei Hinrichtungen gezählt. Gleich würde das Urteil noch einmal verlesen werden, danach eine Sure aus dem Koran. Ein letztes Mal würden die Menschen den Namen des Mörders aus dem Lautsprecher hören, kurz bevor sein Kopf über den Al-Safah-Platz rollte.

Jetzt waren die Augen beider Verurteilter hinter den Tüchern verhüllt. Das Gemurmel der Zuschauer verebbte. Der Wind hatte zugenommen und trieb die Worte aus dem Lautsprecher wirr über den Platz. Nur einzelne Wortfetzen drangen bis zu Miktar al-Abdins Ohren. Dann hörte er ein letztes Mal den Namen seines Sohnes: Hammad bin Miktar al-Abdin.

Hammad, Sohn des Miktar vom Stamme der Abdin.

Ermordet von Rashid bin Malik.

Das war das Zeichen, er musste jetzt handeln, wenn er seine Frau und die Frau seines Sohnes retten wollte.

*

Abayomi Akande ließ den Alten keine Sekunde aus den Augen. Er fühlte sein Handy in der Tasche, bereit, den Männern in Miktar al-Abdins Haus die verhängnisvolle Botschaft zu übermitteln, falls der Alte seinen Auftritt verpasste.

Ein Knacken im Lautsprecher verkündete den Zuschauern das Ende der Ansprache. Der erste Scharfrichter trat auf die Verurteilten zu, den mächtigen gekrümmten Jowharsäbel in beiden Händen stand er breitbeinig da.

Die schwarz-weiße Kufiya bedeckte seinen Kopf, und er hatte sie so um das Gesicht geschlungen, dass Kinn, Mund und Nase vollständig darunter verborgen waren, eine verspiegelte Sonnenbrille tarnte die Augen. Niemand würde den Henker später wiedererkennen.

Die Muskulatur des Scharfrichters spannte sich an, als er die Arme hob und das Schwert über ihm in den Himmel ragte. Die Schreie zerrissen die atemlose Stille über dem Platz: »Rahma!« und wieder: »Rahma!« – Gnade! Gnade!

Die Stimme gehörte dem Alten, der sich zusammen mit anderen Angehörigen der beiden Verurteilten an einem bestimmten Platz unter den Arkaden aufgehalten hatte. Sein weißer Khameez flatterte im Wind, als er mit hoch erhobenen Armen auf die Richtstatt stürmte und das Wort rief, das nach dem geltenden Recht der Scharia jedem Verbrecher das Leben schenkte. Rahma!

Miktar al-Abdin flehte um Gnade für den Mörder seines Sohnes. Als Vater des Opfers lag es in seiner Macht, den Täter zu begnadigen. Er hatte damit bis zur allerletzten Sekunde gewartet.

Abayomi Akande grinste und nahm das Handy aus der Tasche. Nur kurz blickte er auf die abgespeicherte, ungesendete Nachricht.

»Tötet sie!«

Er wählte eine Nummer und wartete.

Am selben Tag
Tübingen, Fußgängertunnel Schlossberg

Der Motorradfahrer, der auf dem kleinen Parkplatz am Schleifmühleweg an der Ammer wartete, hatte das Nordportal des Fußgänger- und Radfahrertunnels am Haagtorplatz im Blick. Die Röhre führte auf 250 Meter Länge kerzengerade unter dem Schlossberg hindurch zur Neckarhalde.

Der Mann, auf den er wartete, musste den Tunnel durchqueren, wenn er die Stadt auf demselben Weg verlassen wollte, den er gekommen war. Doch auch, wenn er über das Ammertal nach Wurmlingen fuhr, würde er hier vorbeikommen, um dann Richtung Schwärzloch stadtauswärts zu fahren. Selbst für den unwahrscheinlichen Fall, dass er im Dunkeln auf den waldigen Höhenrücken von Schlossberg und Spitzberg Richtung Wurmlinger Kapelle fuhr, würde er hier auf den steil ansteigenden Burgholzweg einbiegen.

Die ehemals schwarze Motorradlederkombi des Wartenden trug deutliche Gebrauchsspuren, zwei der Protektoren an Ellbogen und Knien hingen in Fetzen, und das Rindleder zeigte graue und weiße Risse, auch die Stiefel waren alt und abgetragen. Unter dem mattschwarzen Klapphelm verbarg eine schwarz-weiße Windmaske im Totenkopflook Mund und Nase, das Visier war nach oben geklappt.

Der Mann saß in Startposition auf seinem Bike, einer alten schweren Yamaha FJ1200 – auch »Eisenfass« genannt –, die er über ein gängiges Onlineportal unter falschem Namen gekauft hatte und die er später in einem der Baggerseen zwischen Hirschau und Kirchentellinsfurt versenken würde.

Selbst wenn es Zeugen gäbe, seine Spur würde niemand finden, und schon heute Abend saß er im Zug nach Frankfurt, wo morgen seine Maschine über Amsterdam nach Curitiba ging. Dort würde er sich mit den anderen treffen und das Attentat vorbereiten. Dagegen war das, was er jetzt vorhatte, ein Kinderspiel. Er unterdrückte die Schmerzen in seiner linken Schulter und massierte den Arm, dessen Lähmung spürbar nachgelassen hatte.

Seine Geduld wurde strapaziert, denn Alan Scott hatte sich noch eine »Curry Spezial« im »X« gegönnt, dem legendären Straßenimbiss in der Kornhausstraße, und dazu ein helles Hefe getrunken. Linda war an diesem Abend ohnehin noch beim Spätdienst im Sender unterwegs, und was sollte er allein zu Hause? Also trank er noch ein zweites, diesmal alkoholfreies Weißbier und machte sich, als die Sonne sich am westlichen Horizont hinter Wolken versteckte, langsam auf den Heimweg.

Er schob sein Rad über den Marktplatz, bog hinter dem Rathaus in die Haaggasse ein und ließ es, vorbei an den Altstadtlokalen »Mayerhöfle« und »Alter Simpl«, bergab bis zum Haagtor rollen. Ein Eis lockte ihn in die Diele direkt neben der Tunneleinfahrt, und gemütlich, in einer Hand die Vanille-Schoko-Eis-Waffel, radelte er in die leicht abschüssige menschenleere Röhre.

Der Biker klappte das Visier seines Helms herunter und startete die Maschine. Dann ließ er die Yamaha langsam Richtung Tunnelportal rollen und ging in Position.

Von der anderen Seite näherte sich eine Mutter mit Buggy und einem Dreijährigen an der Hand dem südlichen Tunnelportal. Der Kleine zog und zerrte, wollte er doch so gerne diese dunkle Höhle alleine erkunden, doch seine Mutter gab nicht nach. Mit einer Hand lenkte sie den Buggy, mit der anderen hielt sie Kontakt zu ihrem Sohn, als sie in den Tunnel traten.

Sie sah den Radfahrer im Gegenlicht und wurde irritiert durch den starken Scheinwerfer, der plötzlich hinter ihm in der Tunneleinfahrt aufleuchtete. Hätte sie nicht gewusst, dass der Tunnel nur von Fußgängern und Radfahrern benutzt werden durfte, hätte sie geschworen, dass ein Motorrad mit hoher Geschwindigkeit in die Röhre brauste.

*

In der Provinz ach-Scharqiyya, 300 Kilometer westlich Richtung Persischer Golf, summte in einem Haus in Al Hofuf ein Handy.

Die beiden Frauen, die in dem Zimmer auf dem Boden saßen und sich verängstigt aneinander drückten, starrten mit tränenüberströmten Gesichtern auf die zwei Männer.

Breitbeinig standen sie in den beiden Türen, blitzende Dolche hingen an ihren Gürteln, und sie ließen die Frauen keine Minute aus den Augen. Sie hatten gedroht, ihnen die Nasen aufzuschlitzen, sollten sie zu fliehen versuchen. Der größere der beiden, dessen Handy gesummt hatte, sprach nur kurz, dann trat er auf die beiden Frauen zu und sagte:

»Ihr habt Glück gehabt. Miktar al-Abdin hat gehorcht. Wir lassen euch am Leben.« Und zu dem anderen gewandt: »Los, wir verschwinden! Rashid ist frei!«

Sie verließen das Haus in der Abu Bakr As Siddiq Road, stiegen in den silbernen Toyota Crosser, fuhren aus der Stadt und folgten der R 522 nach Riyadh.

*

Der Biker hatte den Weg genau berechnet. Die Yamaha beschleunigte in 3,7 Sekunden von null auf hundert. In weniger als zehn Sekunden würde er den Radfahrer an der Tunnelwand schreddern!

Das laute Starten des Motorrads nahm Alan Scott wahr, doch er wusste, dass das Befahren des Tunnels für Biker verboten war. Er hörte das Aufheulen der Maschine, als sie am Tunnelportal beschleunigte, und der Lärm schien die Röhre zum Explodieren zu bringen.

Alan Scott trat in die Pedale, um noch vor dem Raser den Tunnelausgang zu erreichen. Er nahm das Bike nicht als Bedrohung wahr, ein Verrückter, dachte er, und sah es als eine sportliche Herausforderung an, vor ihm draußen zu sein.

Noch 150 Meter bis zum Ausgang.

Die Tunnelwand raste an ihm vorbei, und der Biker hielt die Yamaha genau auf der Fahrradspur. Der Radfahrer schien zu beschleunigen, doch es würde ihm nichts nützen gegen die ungedrosselten 126 PS.

Alan schleuderte fluchend die Eiswaffel zu Boden, die Tauben würden sich darum kümmern. Er konzentrierte sich auf die Strecke, die noch vor ihm lag.

Die Frau registrierte das ungewöhnliche Rennen und erkannte die Gefahr. Sie drehte den Buggy hastig um, zerrte ihren Sohn auf die andere Seite und eilte zum Ausgang zurück. 50 Meter erschienen ihr unendlich weit.

Das Röhren seines Verfolgers kam mit atemberaubender Geschwindigkeit näher. Alan Scott hatte keine Chance, das Rennen zu gewinnen. Jetzt erst erkannte er auf der Fußgängerspur die Silhouette einer Frau, die einen Buggy schob, etwa 100 Meter vor sich. Irgendwie schien auch sie von dem Motorradfahrer irritiert, denn sie hatte gerade kehrtgemacht und zerrte und zog an etwas Kleinem neben sich.

Erst als ihn das dröhnende Röhren akustisch zu überholen schien, blickte Alan Scott für einen Sekundenbruchteil zurück und sah die Yamaha auf der Fahrradspur auf sich zurasen. Wie ein Blitz durchzuckte ihn der Gedanke, dass es der Biker auf ihn abgesehen haben könnte.

Als er wieder nach vorne schaute, sah er das Kind, etwa drei Jahre alt, das keine Lust hatte, an der Hand der Mutter zu bleiben.

Alan war jetzt keine 100 Meter mehr vom Ausgang und etwa 50 Meter von der Mutter mit ihrem Kind entfernt. Sie begann zu laufen, das Kind heulte und riss sich los.

Der Biker bemerkte das Kind, doch es interessierte ihn

nicht. Sollten die Mütter doch auf ihre Gören besser aufpassen!

40 Meter.

Wie konnte Alan dem Raser in der Enge des knapp fünf Meter breiten Tunnels ausweichen?

»Max!«, kreischte die Mutter.

Das Motorrad brüllte unmittelbar in seinem Genick, schon konnte er die Abgase des Geistesgestörten riechen. Als Alan den kreischenden Aufschrei der Mutter hörte, sah er das Kind, das sich von ihr losgerissen hatte.

30 Meter.

Max lief in den Tunnel zurück, Alan entgegen. Der spürte, dass ihn der Biker jeden Augenblick eingeholt haben würde und dabei auch das Kind erfassen musste.

20 Meter.

Hatte der Raser das Kind bemerkt? Es war auf die Fahrradspur gerannt und dort gestolpert. Die Mutter hatte ihren Buggy stehen gelassen, rannte in den Tunnel zurück und schrie sich die Stimme aus dem Leib.

»Max!«

Doch Max war aufgestanden und sah nur das rasende Motorrad auf sich zukommen. Und den angestrengt strampelnden Radfahrer dazwischen. Max war fasziniert von dem seltsamen Rennen und setzte sich auf den kalten Boden.

Das Dröhnen der Maschine im Tunnel war zu einem ohrenbetäubenden, schmerzenden Lärm angeschwollen. Alan sah die Silhouette der Yamaha jetzt im schärfsten Augenwinkel rechts neben sich heranbrausen.

Zehn Meter.

*

Auf dem Al-Safah-Platz bekam das Volk trotzdem noch sein Schauspiel zu sehen. Die Begnadigung des ersten Verurteilten wurde von den meisten Zuschauern unter Beifall aufgenommen, selbst wenn die Hinrichtung nun ins Wasser fiel, Gnade in letzter Sekunde kam nur sehr selten vor und wurde als großmütig und ehrenvoll angesehen. Es war für den Vater gewiss nicht leicht, dem Mörder seines eigenen Sohnes gegenüberzutreten und ihn vor dem Schwert zu bewahren. Anerkennende Worte huschten getuschelt über den Platz, als der zweite Scharfrichter auf den anderen Verurteilten zutrat und, nachdem aus dem Lautsprecher die Tat verkündet und der Name von Opfer und Täter genannt waren, keinen Augenblick zögerte.

Der Säbel fuhr nieder, und die Klinge spaltete das Genick des Mörders, der sein Opfer mit Gift umgebracht haben sollte. Er hatte bis zuletzt seine Unschuld beteuert, doch es gab keinen Verteidiger, der Beweise erbrachte, und das Todesurteil wurde gesprochen. Der Scharfrichter hatte gut gezielt, die Menge vor den Gittern begann sich zu zerstreuen.

Rashid bin Malik erhob sich von dem Deckenstapel, der sein Totenbett hätte werden sollen, und der Henker durchtrennte ihm mit seinem Säbel die Fesseln an den Händen. Rashid bin Malik war ein freier Mann, doch über sein Gesicht huschte ein Schatten, als er hinter den Absperrgittern den dunkelhäutigen Mann erkannte, der ihm schon vor einigen Minuten aufgefallen war, als ihm der Wind den Sand in die Augen getrieben hatte. Die Feuermale in seinem Gesicht waren nicht zu übersehen.

Abayomi Akande.

Nun wusste Rashid bin Malik, wer hinter der kurzfristigen Begnadigung steckte, und weshalb man ihm heute das Leben geschenkt hatte. Dass der Vater des Mannes, den er im Hafen von Dammam erstochen hatte, ihm einfach so Gnade gewährte, hatte er keine Sekunde lang geglaubt.

Und während die Sanitäter den Torso und den Kopf des anderen in die vom Blut verfärbten Decken wickelten, sie auf einer Trage in den Krankenwagen luden und die pakistanischen Putzkräfte begannen, die Blutspuren auf dem Platz zu beseitigen, zwängte sich der Dunkelhäutige zwischen zwei Absperrgittern hindurch und kam auf Rashid bin Malik zu.

Der Nigerianer sprach Rashid bin Malik mit seinem Kampfnamen an.

Malik al-Mot.

Der Todesengel.

*

Alan Scott reagierte im Bruchteil einer Sekunde, sprang in voller Fahrt vom Rad und gab seinem Fahrrad im Stürzen einen heftigen Stoß, der es dem Motorrad entgegenkatapultierte.

Er rollte sich über die Schulter ab, ließ sich nach links gegen die Tunnelwand fallen, hielt die Ellbogen schützend vor sein Gesicht und versuchte, sofort wieder auf die Beine zu kommen. Die Schmerzen in der Schulter und das Brennen der aufgeschürften Haut durchfuhren ihn, doch er kam hoch.

Das Mountainbike prallte mit seinem schweren Rahmen voller Wucht auf das heranbrausende Motorrad, blockierte dessen Vorderrad, die Maschine rutschte seitlich weg, warf den Fahrer aus dem Sattel und schlitterte und krachte mit lautem Getöse wie ein motorisierter Tsunami an der rechten Tunnelwand entlang, schleuderte mit einem Überschlag zur anderen Seite und wieder nach rechts zurück.

Der lang gezogene Schrei der Mutter mischte sich mit dem Gekreische des Metalls, das blitzend und Funken schlagend über die kalte Mauer und den Tunnelboden donnerte.

Alan hechtete auf das Kind zu, bekam es unsanft an den Oberarmen zu fassen, zog es mit einem Ruck zur Seite und drückte es, seinen Körper wie ein Schutzschild gebrauchend, gegen die linke Tunnelwand, gerade als eine Vierteltonne Eisenfass-Metall noch einmal gegen die rechte Tunnelwand prallte, jaulend an ihnen vorbeischrammte und an der Stelle, wo das Kind gerade noch gesessen hatte, eine tiefe Kerbe und glühende Metallpartikel auf dem Asphaltboden hinterließ.

Keine fünf Meter vor dem Tunnelausgang blieb die Maschine mit langsamer drehenden Rädern liegen. Ein unangenehmer Geruch aus Metall, Benzin und verbranntem Gummi stieg Alan in die Nase.

Der Fahrer hatte sich sofort aufgerappelt, seine Schutzkleidung und der Helm hatten ihn offensichtlich vor größeren Blessuren bewahrt. Er hielt sich die linke Schulter und kam wankend auf Alan zu, der geduckt in Verteidigungsposition ging. Doch der Verrückte taumelte an ihm vorbei, ohne ihn eines Blickes zu würdigen. Er hielt auf seine lädierte Maschine zu und richtete sie auf.

Zu Alans Verwunderung ließ sie sich – wenn auch ruckelnd – wieder starten. Mit seltsam stotterndem und immer wieder aussetzendem Motor beschleunigte der Raser aus dem Tunnel und holperte über die Alleenbrücke Richtung Europastraße davon.

Alan war sich sicher, dass die Maschine nicht mehr lange durchhalten würde, rieb sich die blutenden aufgeschürften Hautstellen und zog sein Handy aus der Hosentasche, um die Polizei zu rufen. Seine Schulter schmerzte höllisch.

Die Mutter von Max zog ihr Kind hysterisch schluchzend an sich. Ihre ganze Angst und der Schock entluden sich in Hasstiraden gegen den Amokfahrer, und wie in Trance drückte sie ihren Sohn immer wieder neu. Sie schien Alan überhaupt nicht wahrzunehmen, während der die Leitstelle ersuchte, auch einen Krankenwagen und einen Notarzt mitzuschicken.

*

Beamte der Bundespolizei fanden die lädierte Yamaha FJ1200 am Abend desselben Tages auf dem Gelände des Tübinger Hauptbahnhofs. Motorradhandschuhe und ein mattschwarzer Klapphelm lagen daneben.

In der Toilette eines der Regionalzüge, die täglich mehrmals zwischen Tübingen und Stuttgart pendelten, fand das Zugpersonal in der darauffolgenden Nacht eine schwarze Herren-Lederkombi, deren Protektoren an Ellbogen und Knien nur noch aus Fetzen bestanden, ein paar alte Motorradstiefel und eine schwarz-weiße Windmaske im Totenkopflook.

*

Als Alan Scott am Abend erschlagen nach Hause kam, hatte Linda Spätdienst. Die Sanitäter hatten seine Wunden versorgt und ihm bescheinigt, dass er Glück gehabt hatte.

Er würde Linda die Geschichte am Morgen erzählen, wenn sie vom Lauftraining kam, nahm er sich vor.

Kurz nach Mitternacht
Flughafen Frankfurt am Main
Noch 494 Tage

Valdrin a-Shqiptari stieg im Fernbahnhof Frankfurt aus dem ICE, der von Stuttgart nach Hamburg unterwegs war. Er hatte in der Motorradkluft geschwitzt, und seine Haare waren unter dem Helm zu einer unförmigen Masse gequetscht worden. Nun hatte er Zeit, vor dem Abflug ausgiebig zu duschen, seine Blessuren zu versorgen und sich frisch zu machen.

Sein Fluggepäck wartete in einem Schließfach im Abflugterminal eins, und keiner des Sicherheitspersonals würde ihn mit dem Mann in Verbindung bringen, der in Tübingen fast ein Kind und einen Radfahrer zu Tode gefahren hätte.

Um diesen verteufelten Kenyaner würde sich adh-Dh'ib jetzt selbst kümmern müssen.

Mittwoch, 15. April 2015
Schloss Hohentübingen
Noch 494 Tage

Linda Roloff brauchte das tägliche Lauftraining. Seit sie für die Kilimanjaro-Tour ihre Kondition auf Vordermann gebracht hatte, waren auch Bergläufe für sie kein Problem, und sie rechnete sich eine gute Zeit beim Tübinger Stadtlauf aus. Ihre Trainingseinheiten folgten einem strengen Zeitplan. Wenn sie abends Dienst hatte, trainierte sie in den frühen Morgenstunden und umgekehrt.

Ihre Routinestrecke führte sie auf die Wurmlinger Kapelle und von dort weiter in den Spitzbergwald hinein Richtung Tübinger Schloss, immerhin etwas mehr als sechs Kilometer lagen diese beiden Sehenswürdigkeiten voneinander entfernt.

Wenn sie durch den Gewölbegang an der Rückseite des Renaissanceschlosses dann den Innenhof erreichte, machte sie eine kurze Pause und genoss vom Platz vor dem Schlossportal aus den Blick hinunter auf die erwachende Altstadt, auf die Dächer des Raupenviertels und hinüber zum Österberg. Noch immer bekam sie Gänsehaut, wenn sie an die unheimliche Begegnung vor fast zehn Jahren dachte, in jener Nacht, als man versucht hatte, sie dort oben über die Mauer in die Tiefe zu stoßen …

Im Vergleich zum belebten Marktplatz empfand sie Stille und Einsamkeit hier oben beim Schloss als fast etwas unheimlich. Linda stützte sich für einen Augenblick auf die breite Mauer beim prunkvollen Torportal und blickte hinunter zum Neckar, auf dem noch vereinzelt Stocherkähne mit romantischen Grillfeuern im Bug zu erkennen waren. Die Platanenallee lag im Dunkel ihrer alten Bäume.

Sie durchschritt die mächtige, durch eine Deckenlampe erleuchtete Toranlage, deren Tuffquader schon seit Anfang des 17. Jahrhunderts das Schloss bewachten, und erreichte über die Bastei den fünfeckigen Turm, neben dem ein Portal ins Innere des Schlosshofs führte.

Sie ging an der Schlossmauer entlang und am Portal vorbei, bis sie an der Mauer des Schlossgrabens stand.

Auf einer Führung hatte sie davon gehört, dass einer der Herzöge sich in diesem Bärengraben einst ein Löwenpaar gehalten hatte. Sie ging einige Meter, bis sich das diffuse Licht der einzigen Straßenlaterne hier oben im dichten Blattwerk eines Ahorns verlor, reckte sich vorsichtig über die Mauer und versuchte, trotz Dunkelheit den Boden des Grabens auszumachen. Mit beiden Armen stützte sie sich auf, lehnte sich nach vorne und beugte ihren Oberkörper über den Abgrund. Fasziniert stellte sie sich vor, dass unter ihr vor fast 500 Jahren lebendige Löwen auf ihre Beute gelauert hatten, und sie hörte das Geräusch hinter sich zu spät.

Sie spürte den Griff um ihre Fußgelenke und fuhr herum. Eine schwarze schlanke Gestalt hielt ihre Knöchel fest und versuchte, sie über die Mauer zu stoßen. Linda schrie auf und stemmte sich mit aller Kraft dagegen. Ihre Hände schrammten über die raue Steinoberfläche der Mauer, noch 20 Zentimeter bis zum Abgrund! Sie versuchte, mit den Beinen zu strampeln und ihren Gegner fortzustoßen, doch er war ihr an Kraft und Gewandtheit überlegen.

Verzweifelt wehrte sie sich, ihre Hände suchten auf der Steinfläche Halt, ihre Knie stemmten sich gegen den Mauersims, sie dehnte und wand sich wie ein Wurm an der Angel. Vergebens versuchte sie zu entdecken, wer hinter der Attacke steckte, ihre Schreie verhallten ungehört in der nächtlichen Einsamkeit des Tübinger Schlosses.

Die Hände glitten weiter Richtung Abgrund, plötzlich fühlten ihre Finger einen leichten Widerstand. Mit aller Kraft krallten sich beide Hände in die Efeuranken, sie spürte einen schwachen Halt und mobilisierte all ihre Energie, um mit den Füßen loszutreten. Irgendwie schaffte sie es, eine Hand ihres Gegners durch eine geschickte Drehung an der Mauer entlangschrammen zu lassen, für eine Sekunde ließ er ihr Gelenk los, sie holte abermals aus und versetzte ihm einen gezielten Tritt gegen den Unterleib. Sie hörte sein Stöhnen, die andere Hand ließ los, er taumelte zurück, kam erneut auf sie zu, aber da hatte sie sich schon geduckt und entglitt seinem erneuten Zugriff durch eine rasche Wendung nach rechts.

Sie hechtete um die Ecke der Mauer und suchte Schutz zwischen den Sträuchern und Büschen, die auf der Bastion standen. Alles blieb ruhig. Minuten bangen Wartens vergingen, nichts rührte sich. Wo war der Kerl? Linda wartete, bis sich ihr Puls wieder etwas beruhigt hatte, dann sprang sie auf und rannte in schnellen Sätzen über das Kopfsteinpflaster zurück zum Torportal.

Linda bemühte sich, wieder ruhig zu werden und zu Luft zu kommen. Der Überfall ließ ihr Herz immer noch rasen, ihre Fußgelenke schmerzten dort, wo sie der Unbekannte gepackt hatte.

Sie schritt eilig durch das hohe Portal. War da eine Bewegung im diffusen Lampenschein? Hörte sie nicht unbestimmte Geräusche, das Rascheln von Kleidung im Gewölbe? Sah sie nicht einen Schatten am Ende des Tors verschwinden? Sie beschleunigte ihre Schritte, und so schnell es die Pflastersteine zuließen, rannte sie die Burgsteige hinunter, wagte nicht einmal, sich umzusehen oder gar stehen zu bleiben.

Sie spürte förmlich, dass ihr jemand folgte, doch was sie hörte waren nur ihre eigenen Tritte und ihr eigener hastiger Atem. Spärlich beleuchteten die Straßenlaternen die düstere Münzgasse mit ihren hohen Giebeln, eine Katze sprang maunzend von einem der Mülleimer auf die Straße und verschwand im Häuserschatten. Plötzlich Stimmen. Eine Gruppe nächtlicher Heimkehrer, fröhlich, fast die ganze

Breite der Straße für sich in Anspruch nehmend. Heiteres Lachen, keine Beachtung, als sie an ihr vorbeizogen. Sie hatte ihr Tempo verlangsamt und war kurz stehen geblieben, um auszuschnaufen.

Die Schritte verhallten in der Nacht. Dann sah sie den Schatten wieder. Er wurde länger und schmaler, je weiter er sich von der Straßenlampe entfernte.

Leise Schritte kamen näher.

Linda rannte.

Im Laufen fischte sie den Hausschlüssel aus ihrer Tasche, zitternd schob sie ihn ins Schloss, die alte Eingangstür öffnete sich schwer und fiel mit einem lauten Knall zu, als sie sich von innen dagegen warf. Der Bewegungsmelder im Treppenhaus hatte das Licht angehen lassen, sie lehnte mit dem Rücken an der Tür und lauschte.

Die Schritte draußen gingen vorbei.

Mit einem beklemmenden Gefühl verließ sie auch heute wieder den Schlosshof durch den engen, schmalen Gang, der über eine steile Treppe in einen zweiten Gang mündete und schließlich nach draußen führte. Über das Burgholz trabte sie am Bismarckturm vorbei zurück in den Wald und fühlte, wie die Kälte des frühen Morgens erneut unter ihre Laufklamotten kroch.

Hier oben war sie allein, und sie genoss es, beim Joggen ihren Gedanken nachhängen zu können, sich treiben zu lassen und Zeit für sich selbst zu haben. Sie hatte ein gutes Lauftempo, ihre Atmung ging regelmäßig, und sie war sich sicher, beim Tübinger Stadtlauf in wenigen Monaten keine schlechte Figur abzugeben.

Die Teilnehmerliste wies, wie in jedem Jahr, nationale Spitzenläufer auf, und auch international gab es immer wieder Prominenz. Ein Jahr zuvor waren der Deutsche Meister über 3.000 Meter Hindernis, Benedikt Karus, und der Deutsche U 23-Meister Marcel Fehr am Start gewesen. Auch der siebenfache Deutsche Meister Arne Gabius hatte in den vergangenen Jahren mehrfach teilgenommen und auf dem Podest gestanden. Als Favoriten galten jedoch immer wieder die Läufer aus Kenya, die meist von einer Agentur zur Teilnahme an deutsche Straßenrennen vermittelt wurden. Auch 2014 hatten drei Ostafrikaner die ersten Plätze für sich erobert.

Mit Stolz hatten die Veranstalter am Vortag auf der Pressekonferenz verkündet, dass in diesem Jahr der erfolgreiche Marathonläufer Sunday Sanusi in Tübingen trainiere und seinen Start beim Erbe-Lauf, wie der Stadtlauf jetzt hieß, fest zugesagt habe.

Sunday Sanusi!

Der Mann, dem Alan in Nigeria begegnet war und den er als den »Kerl mit dem seltsamen Schlangenbiss« bezeichnet hatte! Heute Abend wollte Linda Alan mit dieser Nachricht überraschen und ihn überreden, noch bis zum Stadtlaufwochenende im September in Deutschland zu bleiben.

Insgeheim spürte sie schon jetzt seine Unruhe, wenn er abends von seinen Streifzügen nach Hause kam und den Pfaffenberg mit den Kopjes der Serengeti verglich oder ihr von den Rothirschen im Schönbuch vorschwärmte, die ihn an die Kudus auf seiner Farm erinnerten. Alan Scott blieb Afrikaner, egal wo er sich aufhielt.

Während Linda ihren Gedanken nachhing, bemerkte sie nicht, wie sich ein Läufer von hinten näherte.

Mochte es daran gelegen haben, dass seine Schritte im selben Rhythmus trabten oder er bewusst auf den Überraschungseffekt setzte, Linda wäre fast auf dem unebenen Waldweg gestolpert, so sehr erschrak sie, als der hochgewachsene Mann sie überholte, vor ihr einscherte und sie, während er eine halbe Armlänge vor ihr lief, ohne Vorwarnung mit ihrem Namen ansprach:

»Linda Roloff, stimmt's?«

Er machte bewusst eine Pause und setzte dann hinzu:

»Ich hoffe, ich habe Sie nicht erschreckt!«

Linda sah ihn von der Seite an. Groß, südländischer Teint, dunkle Haare, Dreitagebart. Er war überhaupt nicht wie ein Sportler gekleidet, mit Ausnahme der Laufschuhe, die zu seinem Nadelstreifenanzug und der schlecht sitzenden Krawatte wie Hohn wirkten.

»Doch, das haben Sie!«, fauchte sie und legte im Tempo zu, in der Hoffnung, den ungebetenen Begleiter abhängen zu können. Doch der Fremde hielt trotz seiner unpassenden Kleidung mit.

»Noch mal sorry«, begann er erneut, »aber ich muss dringend mit Ihnen sprechen.«

»Und dazu lauern Sie mir beim Joggen auf und verfolgen mich?«

Sie fluchte innerlich, weil sie ihren Pfefferspray nicht in die Rückentasche ihres Laufshirts gepackt hatte.

»Es geht um einen gemeinsamen Bekannten«, sagte er. »Agim Zoto.«

Linda hielt in vollem Lauf an. Der Anblick des erschossenen Bosniers hackte sich in ihre Gedanken.

»Was wollen Sie?«, fragte sie schroff.

Der Fremde war ebenfalls stehen geblieben und schöpfte Luft.

»Oh Mann, Sie haben ein ordentliches Tempo drauf!«, japste er. »Können wir ein paar Schritte gehen – bitte?«

Linda schwieg und sah ihn an, während sie langsam weitergingen.

»Ich heiße Detlef Haverkamp. Wie der Tatortkommissar. Hansjörg Felmy, erinnern Sie sich?«

Sein Lächeln war nicht unsympathisch.

»Was wollen Sie?«, fragte sie erneut und begann anzutraben.

»Halt!«, rief er, »warten Sie!«

»Also?«

Erneutes Gehtempo.

»Sie kannten Agim Zoto.«

Es war eine Feststellung, keine Frage.

Linda reagierte nicht, obwohl sie der Name Zoto ins Mark traf.

»Hören Sie, Frau Roloff«, seine Stimme hatte einen seltsam harten Klang angenommen, »ich bin nicht hier, um Sie beim Laufen zu stören, sondern weil wir Ihre Hilfe brauchen. Fünf Minuten, okay?«

Sie blieb erneut stehen und stemmte ihre Hände in die Hüften.

»Okay, fünf Minuten ab jetzt. Die Zeit läuft.«

Sie drückte die Stoppfunktion an ihrer Armbanduhr.

»Ich arbeite für die WADA. Schon mal gehört?«

»Ja. Hat was mit Dopingkontrollen zu tun.«

»World Anti-Doping Agency. Meine Agentur ermittelt im Auftrag der WADA und der deutschen NADA. Wir sind als international tätige Wirtschafts- und Privatdetektei auf Lebensmittel- und Drogenkriminalität spezialisiert. Unser Sitz ist in London. Streng geheim natürlich. Einer unserer Leute war maßgeblich an den Enthüllungen des Dopingsystems in Russland zu Beginn des Jahres beteiligt. Agim Zoto gehörte zu den ›dicken

Fischen‹. Wir standen kurz davor, über ihn an die Drahtzieher heranzukommen, als er starb. Laut unseres Informanten waren Sie die letzte Person, die damals zu ihm Kontakt hatte. Sie haben kurz vor seinem Tod noch mit ihm telefoniert.«

»Das ist Jahre her!«

»Wir haben sichere Hinweise darauf, dass Zoto in eine internationale Dopingaktion verstrickt war. Alles spricht dafür, dass eine ganze Bande von Kriminellen die kommenden Olympischen Spiele mit einer neuen Substanz torpedieren will.«

»Rio?«

»Genau.«

»Und was habe ich damit zu tun?«

»Zoto war unter anderem beauftragt, einen Journalisten als Helfershelfer an Land zu ziehen.«

»Ach, ein schwarzes Schaf?«

»Sozusagen. Um es kurz zu machen: Hat in den letzten Wochen jemand Kontakt zu Ihnen aufgenommen?«

»Sie halten mich für das schwarze Schaf?«

»Nein. Nicht wir. Aber vielleicht das Dopingkartell. Nachdem Sie damals Kontakt zu Zoto hatten, stehen Sie mit Sicherheit im Fokus der Bande.«

Linda schüttelte den Kopf. »Nicht wirklich, oder?«

Er schwieg einen Augenblick, holte tief Luft und sagte dann:

»Ich habe Sie hier im Wald beim Joggen abgepasst, damit wir nicht abgehört werden können. Fakt ist, dass man Sie in den nächsten Wochen oder Monaten kontaktieren wird. Sagt Ihnen der Name Valdrin Arabatzis etwas?«

Linda verneinte. Sie dachte keine Sekunde an den Albaner, dem sie vor drei Jahren entkommen war.

»Arbeitet unter anderem für das Dopingkartell. War aber auch in Menschenhandel verstrickt.«

Jetzt sah sie das Gesicht des Albaners vor sich, der Zoto erschossen hatte. Ja, er hieß Valdrin Arabatzis.

»Wir haben in einer seiner Botschaften Ihren Namen entdeckt. Und wir hoffen, mit Ihrer Hilfe die Hintermänner schnappen zu können.«

»Mit meiner Hilfe?«, fragte sie.

»Darum bin ich hier. Passen Sie auf, wir haben einen Plan: Wir gehen davon aus, dass das Kartell jemanden aus der Medienbranche braucht, um Dopingstoffe ins Olympische Dorf einzuschleusen. Sportler und Funktionäre werden strenger kontrolliert als Journalisten.«

»Und Sie glauben, das funktioniert?«

»Ja. Wir haben bis vor einer Woche ihre Handys abgehört. Jetzt haben sie die Nummern geändert. Das heißt für uns, dass die heiße Phase beginnt. Der Countdown läuft.«

»Und was erwarten Sie von mir?«

»Dass Sie für uns den Lockvogel spielen, um es auf den Punkt zu bringen. In Rio.«

Er ließ ihr keine Zeit, etwas zu entgegnen, sondern fuhr fort: »Wir haben recherchiert. Sie sind Problemen noch nie aus dem Weg gegangen. Ihre Erfolgsbilanz ist beachtlich. Sie haben 2005 den Mörder der Schwester Ihres Ex überführt.*

Kurz darauf einen Mord in Stuttgart aufgeklärt. Sie haben vor ein paar Jahren einen Serienmörder entlarvt und haben während der Fußball-WM in Südafrika ein Attentat verhindert. Ich bin überzeugt, dass Sie uns helfen können, Rio vor einem gigantischen Dopingskandal zu bewahren.«

* NASHORNFIEBER. Linda Roloffs 1. Fall

»Sie haben ausgezeichnet recherchiert«, antwortete Linda und konnte ein Lächeln nicht unterdrücken. »Aber was macht Sie so sicher, dass die darauf hereinfallen?«

»Diese Burschen sind keine Anfänger«, gab er zu, »aber wir auch nicht. Werden Sie uns helfen?«

»Wann brauchen Sie meine Entscheidung?«

»Heute.«

Linda ertappt sich dabei, dass sie den Gedanken spannend fand.

»Für wie lange müsste ich in Brasilien sein?«

»Kommt darauf an. Einen Monat während der Spiele mindestens.«

»Ich muss das auch im Sender absprechen.«

»Nicht nötig. Wir haben das schon geklärt.«

Haverkamp verblüffte sie.

»Sie haben *was*?« Es gelang ihr nicht, ihre Überraschung zu verbergen.

»Das lief auf höchster Ebene. Sie sind als Sportjournalistin bereits akkreditiert.«

»Das geht mir alles ein bisschen zu schnell. Woher soll ich wissen, ob Ihre Geschichte stimmt?«

»Recherchieren Sie!«

»Das werde ich, verlassen Sie sich darauf, Herr Haverkamp. Aber ich brauche Zeit bis übermorgen.«

»Okay. Aber mehr Zeit haben wir nicht! Wenn Sie nicht mitziehen, haben wir noch keinen Plan B.«

Linda überlegte nur kurz.

»Okay, ich ruf Sie an.«

»Keine Telefonate, keine SMS. Die haben mit Sicherheit auch Ihr Handy angezapft. Denken Sie auch daran, wenn Sie … recherchieren.«

Linda schluckte trocken. O Gott! Was hatten die alles über sie herausgefunden?

»Wie dann?«

»So wie hier. Ohne Wanzen.«

»Wann?«

»Freitagmittag um zwölf!«

»High noon. Wo?«

»Hier oben auf dem Spitzberg. Kennen Sie die Stelle, wo im Mai die Knabenkräuter stehen?«

»Zwischen Hirschau und Wurmlingen?«

»Ja.«

»Das ist meine Laufstrecke.«

»Ich weiß. Ich habe ausgezeichnet recherchiert.«

Es schien, er wusste alles über sie.

»Ich warte auf der Bank dort«, fügte er jetzt noch hinzu. »Wir rechnen fest mit Ihrer Hilfe, Linda!«

Er reichte ihr die Hand.

»Joggen Sie nicht noch ein Stückchen mit?«, fragte sie.

Er schüttelte den Kopf.

»Das ist nicht mein Lieblingssport.«

»Ach, und was dann?«

»Boxen. Schießen. Motorrad fahren.«

»Interessante Kombination.«

Er nickte. »Bis übermorgen!«

Er drehte um und ging den Weg zurück, den sie gekommen waren. Sie sah ihm nach, bis er seitlich zwischen den Bäumen verschwand.

Seine Maschine wartete im Unterholz. Er setzte den Helm auf, und Linda hörte kurz darauf, wie sich ein Motorrad dröhnend Richtung Tübingen entfernte.

*

Ankommende SMS

»Aultmore/Speyside Lieferung defekt. Abgang flach.«

Adh-Dh'ib las die Botschaft und verstand. Seine Antwort bestand aus nur vier Worten.

*

Als Linda aus der Dusche kam, stand Alan in der Küche und machte Rührei.

»Na, Sportlerin, alles frisch?«, begrüßte er sie mit einem Kuss, der nach Kaffee schmeckte. Alan trank ihn schwarz ohne Zucker.

»Na, Langschläfer«, konterte sie lächelnd und nahm am gedeckten Frühstückstisch Platz.

Sie schlug das »Schwäbische Tagblatt« auf und legte Alan den Regionalsportteil auf den Tisch. Das Porträt von Sunday Sanusi und der Bericht über seine Teilnahme beim diesjährigen Tübinger Erbe-Lauf nahmen knapp ein Drittel der Seite ein.

»Schon seltsam«, sagt er. »Irgendwie scheint mich der Typ zu verfolgen. Weißt du zufällig, ob der Motorrad fährt?«

»Nein, wieso fragst du?«

»Nun, weil ich gestern eine etwas seltsame Begegnung mit einem Motorradfahrer im Fußgängertunnel hatte.«

Alan schilderte ihr die vermeintliche Attacke in wenigen Sätzen. Sie hörte wie versteinert zu, nicht in der Lage, an der Kaffeetasse zu nippen, die sie mit beiden Händen hielt. Die Begegnung mit Haverkamp ging ihr durch den Kopf. Er fuhr Motorrad …

»Was ist?«, fragte Alan, nachdem er geendet hatte, und schob sich ein Stück gebratenen Speck in den Mund. »Ist dir der Appetit vergangen?«

Linda schüttelte sich, als ob sie einen bösen Traum aus ihren Gedanken verbannen wollte.

»Hallo? Du wirst von dem Typen fast umgebracht und frühstückst in aller Ruhe Rührei mit Speck?«, sagte sie.

»Soll ich deswegen Nutella frühstücken?«, fragte er scherzhaft zurück und deutete auf ihr Brot. »Hey, der Typ war einfach durchgeknallt. Warum sollte mich jemand umbringen wollen ausgerechnet hier in Tübingen?«

»Es passieren ein bisschen zu viele seltsame Zufälle, finde ich«, sagte Linda und erzählte von ihrer Begegnung mit dem Dopingagenten vor etwas mehr als einer Stunde.

»Und – hast du dich schon entschieden?«, fragte Alan vorsichtig, nachdem sie ihm alles berichtet hatte.

Linda zögerte.

»Ich weiß nicht«, sagte sie und nippte lustlos an ihrem inzwischen kalten Kaffee. »Agim Zoto. Das ist drei Jahre her! Dann Sanusi in Nigeria. Die brasilianische Schlange. Dann Sanusi hier in Tübingen. Die Motorradattacke gestern. Dieser Dopingmensch. Und jetzt soll ich auf einmal als Dopinglockvogel nach Brasilien.«

»Hast du Angst?«, fragte Alan.

»Ein bisschen schon«, gab sie zu. »Wir hatten bisher immer Glück. Weißt du, damals in Südafrika. Wenn die Bombe hochgegangen wäre …«*

»Glaubst du wirklich, dass es wieder so gefährlich wird?«

»Keine Ahnung. Agim Zoto wurde erschossen. Einfach so. Erschossen. Vor meinen Augen. Und dann kommt drei Jahre später so ein Typ, gibt sich als Dopingagent aus und schickt mich wie einen verdeckten Ermittler nach Brasilien? Alan, ich bin Journalistin, keine Agentin. Wenn ich solche Abenteuer wollte, wäre ich Polizistin geworden.«

---

* BOMBENSPIEL. Linda Roloffs 5. Fall

Er stand auf, ging um den Tisch herum und zog sie an sich.

»Bleib bei mir«, flüsterte sie, während er sie zärtlich umarmte.

»Ich bin ja da«, antwortete er. Sie wagte nicht, ihn zu bitten, bis September zu bleiben. Das andere war ihr wichtiger, und sie fragte:

»Würdest du mitkommen?«

»Nach Brasilien?«

»Mhm.«

»Nur, wenn wir auch ins Pantanal fahren«, antwortete er wie aus der Pistole geschossen.

»Ins Pantanal?«

»Ja. Ich möchte dir eine Anakonda fangen! Als Verlobungsgeschenk.«

»Du Scherzkeks. Im Ernst: Ich mach das nur mit dir.«

»Was?«, fragte er, und seine Hände wanderten zärtlich über ihren Hals abwärts.

»Die Reise!«

»Welche Reise?« Seine Finger fuhren über ihre Brüste, und er spürte, wie sich ihre Knospen aufrichteten.

Ihre Antwort erstickte in seinem Kuss.

Donnerstag, 16. April 2015
Univiertel Tübingen
Noch 493 Tage

Eva Hassler verließ das Institut für Tropenmedizin um 22.30 Uhr. Zu Fuß benötigte sie eine Viertelstunde, um ihre

Einzimmerwohnung im Dachgeschoss der Unterstadt-WG zu erreichen. Die Abkürzung durch den Alten Botanischen Garten ersparte ihr fünf Minuten.

Es hatte am Abend leicht zu regnen begonnen, und die Radfahrer, die man in Tübingen nahezu rund um die Uhr antraf, waren entlang der Wilhelmstraße mit Regencapes und Anoraks unterwegs. Ein paar wenige Fußgänger pendelten noch zwischen der Gaststätte »Zum Unckel« und den Gebäuden des Univiertels, nur ein paar wenige Autofahrer waren stadtauswärts Richtung Lustnau unterwegs.

Die Glasfront der Mensa spiegelte den nassen Asphalt mit Straßenlichtern und Autoscheinwerfern wider, wie stählerne Gerippe standen die angeketteten Fahrräder vor dem düsteren Gebäude.

Eva ging rasch, obwohl der Regen inzwischen nachgelassen hatte, sie war müde und sehnte sich nach ihrem Bett. Ihre Schuhe klapperten den Rhythmus ihrer Schritte.

Ta-tack, ta-tack.

Auf Höhe des unbeleuchteten Eingangsbereichs löste sich ein Schatten aus den Umrissen der Fensterfront, und ein Mann kam direkt auf sie zu. Sie atmete auf, als sie Denis Lasarew erkannte, den Schlangenzüchter, den seine Freunde Smeja nannten.

»Hallo, Eva, so allein noch unterwegs heute Abend?«, begrüßte er sie.

»Ja«, antwortete sie, »die Dissertation. Aber es geht nach Hause. Und Sie?«

»Ein paar Freunde. Was trinken. Bisschen Wodka, Sie wissen. Wie geht es Ihrem Freund? Sind Sie noch mit ihm zusammen?«

Smeja und Hakan kannten sich, nachdem Eva ihn einmal zu Smeja mitgenommen hatte.

»Ja. Er bereitet sich gerade auf seine Masterarbeit vor.«

»Sagen Sie ihm doch einen Gruß von mir.«

»Danke, mach ich gerne.«

»Was macht die Jararaca?«, fragte er jetzt, »kommen Sie weiter?«

»Ja, ganz gut. Die Laboranalysen sehen sehr vielversprechend aus.«

»Wenn Sie noch mal Gift brauchen, melden Sie sich!«

»Danke, ich glaube nicht. Sie haben Ihre Schlange ja schon zweimal für mich gemolken. Ach übrigens«, sie überlegte kurz und fuhr dann fort, »es hat da jemand nach Ihnen gefragt. Oder besser gesagt, er hat sich nach der Jararaca erkundigt. Wollte wissen, wo er Gift bekommen kann.«

»So?« Smeja klang wenig überrascht. Fast, als ob täglich Leute nach tropischen Giftschlangen fragten. »Und was haben Sie ihm gesagt?«

»Ich fürchte, zu viel. Aber ich wollte ihn loswerden. Er hatte etwas Aufdringliches, obwohl er nicht unsympathisch wirkte.«

»Also kennt er meinen Namen?«, fragte Smeja.

»Sie können ihn sicher leichter abwimmeln als ich«, sagte sie ausweichend.

»Und wie heißt der Typ?«

»Scott. Alan Scott. Aus Kenya.«

»Alan Scott?«, sagte er und klang dabei so, als höre er den Namen nicht zum ersten Mal.

»Sie kennen ihn?«

Er schüttelte den Kopf.

»Nein!«, erwiderte er heftig.

»Naja, egal. Ich muss jetzt weiter. Es ist spät genug.«

»Kann ich Sie ein Stück mitnehmen? Mein Auto steht ums Eck am Stadtfriedhof.«

»Nein danke. Ich gehe gern zu Fuß«, log sie. Mit dem Auto nach Hause gebracht zu werden, war in der Tat ein verlockender Gedanke, doch sie traute sich um diese Zeit nicht allein zu Smeja in den Wagen.

Sie waren an der Neuen Aula angelangt, wo die Gmelinstraße nach rechts zum Kupferbau und dem Parkplatz am Friedhof abbog. Sie reichte ihm die Hand.

»Gute Nacht. Kommen Sie gut nach Hause. Sie gehen aber nicht allein durch den Botanischen Garten?«

»Doch, mach ich immer.«

»Na dann!«

»Noch mal danke für Ihr Angebot.«

»Gerne. Bis dann.«

Er bog nach rechts ab, und Eva dachte, während sie an der Neuen Aula vorbeiging, über seine Bemerkung nach.

Sie gehen aber nicht allein durch den Botanischen Garten?

Sie ging immer allein durch den Botanischen Garten. Rasch zog sie ihr Handy heraus und schickte ihrem Freund eine SMS. Sie würden sich heute nicht mehr sehen.

»Bin auf dem Heimweg, habe noch mit Smeja gesprochen, soll dich grüßen.«

Sie überlegte für einen Augenblick, an der hell erleuchteten Wilhelmstraße zu bleiben und den Umweg über das Schimpfeck in Kauf zu nehmen.

Fünf Minuten später bereute sie, es nicht getan zu haben. Sie bezahlte es mit ihrem Leben.

*

Es hatte ganz aufgehört zu regnen.

Der schwarz gekleidete Mann saß erst seit kurzer Zeit allein wartend auf der Parkbank, die seitlich zum Weg stand und teilweise von einer zwei Meter hohen Buchenhecke verdeckt wurde. Die matten Lichter der spärlichen Beleuchtung reichten nicht bis hierher, und seine Silhouette verschmolz fast mit dem dunklen Gebüsch und den Schatten der alten Bäume.

Eva Hassler ahnte nichts von der Gefahr, als sie von der Wilhelmstraße auf den abschüssigen Weg abbog, die Ammer auf der schmalen Brücke überquerte und in die düstere Laubhöhle des Alten Botanischen Gartens eintauchte. Noch erhellten zwei Straßenlaternen mit orangetrübem Licht diffus den Pfad, rechts schimmerte nachtgrau das Gemäuer der Alten Botanik zwischen den Bäumen hindurch, nach wenigen Metern verlor sich die Wegbeleuchtung im Schatten der Platanen, die rechts und links des Weges Spalier standen.

Ihre lederbesohlten Schuhe klackten unheimlich laut auf den Pflastersteinen.

Ta-tack, ta-tack.

Es war neben dem verebbenden Fahrzeugwummern, das von der Wilhelmstraße kam, und dem unruhigen Plätschern der Ammer das einzige Geräusch, das sie in der immer dunkleren Umgebung wahrnahm. Hier, im Schatten von Zypressen, Robinien, Ahorn und alten Eichen, drang kein Licht mehr durch.

Ta-tack, ta-tack.

Menschen waren nicht zu sehen, zu kalt und zu nass war die Nacht. An lauen Sommerabenden lagerten sie hier zu Dutzenden, ganze Gruppen, sangen, spielten, rauchten und tranken, und manche blieben, bis der Morgen graute. Auch mit Cannabis hatte man hier schon gehandelt.

Der Mann auf der Parkbank saß seitlich zu der Richtung, aus der die Frau kommen musste, und die hohe

Buchenhecke versperrte ihm die Sicht auf den Weg. Doch er hörte das Klackern der Schuhe – ta-tack, ta-tack –, als die Frau sich näherte, und seine Muskeln spannten sich unwillkürlich an.

Er griff nach dem Tuch in seiner Tasche und tränkte es mit der farblosen stark süßlich riechenden Flüssigkeit aus einem braunen Glasfläschchen. Er würde kein Risiko eingehen, zu viele Menschen durchquerten selbst um diese Zeit noch den kleinen Park und Marihuanadealer tauchten wie Schatten in den entlegensten Ecken auf.

Der Regen war heute Abend rechtzeitig gekommen, die Parkbesucher der lauen Sommernächte waren anderswo unterwegs, in den zahlreichen Studentenkneipen, Dönerbuden, Pizzerien und Lokalen der Altstadt, und die Wolkendecke verhüllte den Mond.

Das Klacken wurde schnell lauter.

Ta-tack, ta-tack.

Er schätzte den Abstand auf weniger als 50 Meter. Wenn sie an ihm vorbei war, hatte er nur eine Sekunde Zeit, um ihre Identität festzustellen, dann musste alles sehr schnell gehen.

Es galt, jedes Geräusch zu vermeiden und die Gegenwehr seines Opfers so gering wie möglich zu halten. Die Frau würde keine Chance bekommen, zu schreien oder sich auf andere Weise bemerkbar zu machen.

Er hatte sich für Angriffe in der Nacht die Jagdmethode der Schleiereule zu eigen gemacht: zu Beginn auf Horch- und Lauerposten, mit Ohren, die so gut wie Augen sind, lautloser Angriff, Schlagen der Beute und Verschwinden im Schutz der Nacht. Die heimliche Unheimliche der Nacht war seine Lehrmeisterin gewesen.

Ta-tack, ta-tack.

Eva Hassler bemerkte ihren Mörder erst, als es zu spät war. Zusammengesunken hatte er, versteckt hinter einer hohen Hecke im Schatten der Bäume, auf der Parkbank gelauert. Als sie an ihm vorbeiging – ta-tack, ta-tack –, war er langsam und geschmeidig wie eine Boa und lautlos wie eine Fledermaus von der Bank geglitten.

Mit ein, zwei Sätzen warf er sich von hinten auf sie, drückte ihr den mit Trichlormethan getränkten Lappen auf Mund und Nase, zog sie zu Boden und hielt sie dort fest, bis sie aufhörte, sich zu bewegen. Er schleifte die Bewusstlose ins dunkle Dickicht, wo er sein Werk, ohne die Blicke möglicher Nachtwanderer auf sich zu ziehen, vollendete.

*

Radfahrer entdeckten am nächsten Morgen die Leiche in der Ammer. Die bemoosten niedrigen Holzpflöcke der Uferbefestigung im Alten Botanischen Garten hatten sie aufgefangen und verhindert, dass sie abtrieb und vielleicht für immer im Neckar verschwand. Über den Kopf hatte man eine Plastiktüte gestülpt und zugebunden. Die Tote war erstickt worden.

Der brutale Mord an einer Tübinger Doktorandin beherrschte einige Tage die erste Seite im Regionalteil »Tübinger Chronik« des »Schwäbischen Tagblatts«, dann machte er anderen Nachrichten Platz.

Es sollte fast ein Jahr dauern, bis er aufgeklärt werden konnte.

*

Presseportal der ARD-Recherche-Redaktion Sport
SWR Stuttgart/Mainz

Der Anti-Doping-Kampf in Brasilien hat im internationalen Vergleich große Lücken. Nach Informationen der ARD-Recherche-Redaktion Sport werden im Gastgeberland der Olympischen Spiele 2016 keine Blutkontrollen durchgeführt. Wie die Nationale Anti-Doping-Agentur Brasiliens (ABCD) auf Anfrage mitteilt, gibt es momentan in Brasilien kein Labor, in dem die Blutproben analysiert werden könnten. Derzeit werden die meisten Proben brasilianischer Sportler in Kanada analysiert, weil dem bis dahin einzigen akkreditierten Labor in Rio de Janeiro nach fehlerhaften Analyse-Ergebnissen diese Akkreditierung der Welt-Anti-Doping-Agentur WADA entzogen wurde.

Linda war bei ihren Recherchen im Online-Presseportal des SWR auf die Meldung gestoßen. Die Überschrift »Zwei Jahre vor Rio: Lücken im Anti-Doping-Kampf, keine Bluttests. Dopingkontrollen in Brasilien mangelhaft« hatte ihre Aufmerksamkeit erregt.

Linda schloss die Datei.

Sie wusste, was sie zu tun hatte.

Freitag, 17. April 2015
Spitzberg zwischen Wurmlingen und Hirschau
Noch 492 Tage

Die ersten länglichen Blätter des Helmknabenkrauts ragten wie schlanke grüne Zungen aus dem Magerrasen. Hier oben am Hirschauer Berg, der als Sonnenhalde nach Süden ins Neckartal blickte, hatte sich zwischen den Sandsteinmauern der verlassenen Weinberge und den trockenen Wiesenflächen eine ganz eigene, fast mediterrane Vegetation entwickelt, im Gegensatz zur Nordseite Richtung Ammertal, wo Wacholder und Silberdistel an die eher nordische Pflanzenwelt der nahen Schwäbischen Alb erinnerten.

Hier am Südhang gediehen neben Enzian und Fahnenwicke auch Orchideen wie das rosaviolette Helmknabenkraut, das in der Senke zwischen der Wurmlinger Kapelle und dem Hirschauer Berg sein ausgeprägtes Biotop hatte.

Linda hatte sich der Bank, die Haverkamp als Treffpunkt genannt hatte, vom Sattel der Senke aus genähert und sah die Silhouette des groß gewachsenen Agenten schon von oben, wo sich der schattige Durchgang des steilen Wegs zum Hang hin öffnete.

Ein Fotograf mit dicker Fototasche und Makroobjektiv bog vor ihr in Richtung des oberen Wegs nach Tübingen ab. Nach wenigen Metern hatte sie die Abzweigung des Weinbergpfads erreicht, auf dem sie gewöhnlich Richtung Hirschau joggte.

»Pünktlich, pünktlich«, begrüßte Detlef Haverkamp sie jovial und bot ihr neben sich einen Platz auf der Bank. Diesmal trug er zu seinem Nadelstreifenanzug schwarze Lederschuhe, die auf dem Weg zum Treffpunkt etwas staubig geworden waren.

»Das bringt mein Beruf mit sich«, meinte Linda, »ich kann es mir nicht leisten, zu spät zu kommen.«

»Darf ich wissen, wie Ihre Entscheidung lautet?«, fragte er ohne Abschweife. Die Zeit schien wirklich zu drängen. »Können wir mit Ihnen rechnen?«

»Ich habe noch ein bisschen recherchiert«, betonte Linda, »und auch mit einem Vertreter der WADA in Montreal telefoniert.«

»Sie haben was?«, fuhr er entsetzt auf. »Ich habe Ihnen doch ausdrücklich gesagt, …«

»… dass ich beim Recherchieren nicht mein Telefon benützen soll. Ich habe den Anschluss meines Freundes benutzt, keine Sorge. Und bei der WADA wusste man nichts von Ihrem Auftrag. Man kannte nicht mal Ihren Namen!«

Haverkamp schluckte. »Das liegt daran, dass wir unter strenger Geheimhaltung vorgehen. Es sind viel zu viele Leute involviert. Ich kann Ihnen aber Namen nennen …«, versuchte er, ihre Bedenken zu zerstreuen.

»Geben Sie sich keine Mühe«, unterbrach ihn Linda. »Ich habe mich entschieden!«

»Aber …!«

»Kein Aber. Ich bin dabei!« Sie lächelte, und er atmete auf. Erleichtert reichte er ihr die Hand.

»Moment«, unterbrach sie seine Bewegung. »Ich stelle eine Bedingung!«

»Und die wäre?«

»Ich reise nicht allein.«

»Wer?«

»Alan Scott wird mich begleiten.«

»Ist das Ihr … Mann?«

»Hallo? Ich dachte, Sie haben recherchiert? Ich bin

geschieden. Mein Exmann lebt in Afrika. Rob Roloff. Er betreut mit seiner Lebensgefährtin ein Nashornschutzprojekt auf der Shamba Kifaru in Nordkenya.«

»Ich weiß«, gab er zu. »Alan Scott ist Ihr Freund. Kenyaner. Fünf Jahre jünger als Sie. Lebt seit drei Jahren auf einer Farm in Namibia. Ojumamuya. Stimmt's?«

Linda war sprachlos.

»Ja«, stammelte sie.

»Ich habe mir das gedacht und in der Tat recherchiert. Es ist okay. Ihr Alan Scott kann mit. Und jetzt schlagen Sie ein, Linda!«

Sein Händedruck war kräftig und trocken. Und der Blick, der sie traf, ehrlich und vertrauenserweckend.

Dachte Linda.

Am selben Tag

Abgehende SMS

»Abfüllung Aultmore/Speyside beenden.«

Adh-Dh'ib hatte seinen Plan geändert.

Sonntag, 19. April 2015
Serpent Paradise, Große Kreisstadt Rottenburg am Neckar, nicht näher benannter Teilort
Noch 490 Tage

Linda Roloff wohnte nun schon seit 20 Jahren im Landkreis Tübingen, doch in dem entlegenen Ortsteil Rottenburgs, am Rand des so genannten Heckengäus – der Landschaft, die sich zwischen dem Neckartal und den Ausläufern des nördlichen Schwarzwalds erstreckte – war sie noch nie gewesen.

Alan Scott, der neben ihr auf dem Beifahrersitz saß, lotste sie mithilfe des Rottenburger Stadtplans zu dem abseits gelegenen Hof, der malerisch in der weiten Hügellandschaft lag und zu dem nur eine namenlose schmale Teerstraße führte. Hätte Alan nicht das kleine Hinweisschild mit giftgrünem Pfeil und der roten Aufschrift »Serpent Paradise« an der Landstraße gesehen, hätten sie die Zufahrt sicher nicht gefunden.

Sie parkte ihren neuen Citroën C3 vor einem Gebäude, das früher sicher ein Stall gewesen und über dessen Tür ebenfalls in dicken roten Buchstaben ›Serpent Paradise‹ zu lesen war. Noch ahnten sie nicht, was sie hinter dieser Tür erwarten würde.

Denis Lasarew, genannt Smeja – die Schlange – betrachtete die schuppige Schönheit, der er gerade eine frisch getötete Maus als Beute vorgelegt hatte.

Es hatte sich herumgesprochen, in der Welt der Terrarianer und Herpetologen, dass hier oben im Gäu ein Profi mit seinen Schlangen hauste. Oder ein Verrückter, für den ihn die meisten der Menschen hielten, die noch nie einer Schauerklapperschlange in die herrlichen goldumrandeten Augen geblickt hatten und sich vor den wunderschönen Tieren fürchteten.

Die Mamba hatte ihren geschmeidigen, glänzend grünen Körper in den Zweigen des dichten Ficus getarnt, und nur der schlanke Kopf mit den starren schwarzen Augen ragte aus der Grünpflanze heraus.

Das zwei Meter lange Tier der Gattung Dendroaspis war der Stolz seiner Sammlung, der auch nicht weniger giftige Exemplare mit so schönen Namen wie Naja oder Oxyuranus und Bitis angehörten. Auf Deutsch waren sie als Mamba, Königskobra, Taipan oder Puffotter bekannt, und er war besonders stolz, Tiere aus allen fünf Kontinenten zu besitzen.

Er hatte die 30 Terrarien und das große Krokodilbecken in dem ehemaligen Kuhstall untergebracht, den angrenzenden ehemaligen Bauernhof hatte er vor wenigen Jahren ebenfalls gekauft, denn seine Geschäfte liefen nicht schlecht. Die Schlangen und ihr Gift waren aus unterschiedlichen Gründen bei gewissen Leuten eine begehrte Ware.

Der in Krasnaja Poljana, einem Gebirgsdorf in der Nähe der Schwarzmeerstadt Sotschi, geborene Sohn russischer Einwanderer war seit seiner Kindheit in Schlangen vernarrt gewesen. Er hatte an den Ufern der Msymta Ringelnattern und in den sonnigen Tälern unterhalb des Berges Lojub Glattnattern gefangen, denen er später im Schönbuch und auf dem Spitzberg bei Hirschau wieder begegnet war. Mit 13 hatte er seinen ersten Steppenotterbiss in den Bergen des Kaukasus überlebt. Schlangen begleiteten fortan sein Leben, auch als er als Jugendlicher mit seinen Eltern nach Deutschland kam. Sie waren für ihn heilige Tiere. Verführerisch schön und einige von ihnen tödlich giftig.

Ein Druck auf einen kleinen unscheinbaren Knopf

unterhalb der Scheibe des zimmerhohen Mambabeckens ließ das Terrarium mit der grünen Afrikanerin zur Seite fahren und gab den Blick auf ein dahinter liegendes zweites, kleineres und nur halb so hohes Behältnis frei, dessen Ausstattung aus ein paar dicken Ästen, tropischen Grünpflanzen und einer Bodenschicht aus feinem Rindenmulch bestand. Unter den dichten Schlingen des herabhängenden Philodendron lag, unscheinbar zusammengerollt und auf dem braunen Bodengrund perfekt getarnt, der kostbarste Schatz seiner tödlichen Sammlung: eine fast meterlange brasilianische Lanzenotter, Bothrops jararaca.

Für ihn war seine Schwarze Mamba als schnellste Schlange der Welt mindestens ebenso gefährlich. Oder seine Königskobra, die als längste Giftschlange eine Verursacherin vieler Todesfälle in Asien war. Doch die Jararaca war ihm die Wertvollste. Dank ihres Gifts.

Faszinierend.

Tödlich.

Er kniete nieder und schob die Tür des Terrariums auf. Die Jararaca lag wie tot auf dem Mulch. Doch Smeja wusste, dass der Schein trog. Von einer Sekunde zur anderen konnte sie aus ihrer Lethargie erwachen, und dann wurde die Jararaca zu einer unberechenbaren Angreiferin, die in blitzschnellen Attacken zubiss und ihre langen Giftdolche wie Pfeilspitzen in die Haut ihrer Opfer bohrte.

Smeja ließ die Schlange nicht einen Moment aus den Augen. Es war an der Zeit, die Lanzenotter zu melken, eine Prozedur, die höchst gefährlich war, aber notwendig, um ihr das teure tödliche Gift abzuzapfen. Die Jararaca rührte sich nicht, als sie der Schlangenstock berührte. Smeja musste sich konzentrieren, um das Tier nicht zu verletzen.

Die Schlange nahm das Geräusch wahr, als das Auto auf den Hof fuhr.

Die Gefangene lag am Tag wie tot in dem engen Kasten, an dessen gläsernen Grenzen sie sich nachts das Maul blutig kratzte.

Draußen wurde der Motor abgestellt.

Durch den Mann, der sie gefangen hatte, mit toten Mäusen fütterte und ihre Giftzähne molk, wurde der Mensch ihr Todfeind.

Sie reagierte nicht auf das Knallen der zwei Autotüren.

Bei der ersten Gelegenheit, ihre Zähne in menschliches Fleisch zu schlagen, würde sie zubeißen.

Der Trittschall der sich nahenden Schritte vibrierte und machte sie unruhig.

Das Geräusch der sich öffnenden Tür ließ Smeja herumfahren. Er zog den Schlangenstock zurück, die Otter zischte. Smeja erkannte zuerst nur zwei Schatten im Gegenlicht, dann Silhouetten, schließlich sah er die beiden Personen, die sich ihm von der Tür her näherten. Hatte er vergessen, den Stall abzuschließen? Das tat er sonst immer, wenn er eine seiner Schlangen molk.

Der Schrei aus dem Mund der Frau ließ ihn wieder in Richtung der Jararaca blicken. Mit raschen Bewegungen schlängelte sie sich aus ihrem Terrarium, glitt über seine Knie und stieß in einer heftigen Bissattacke blitzartig zu.

*

Die tote weiße Maus, die Smeja schon als Belohnung für nach dem Melken neben sich auf den Boden gelegt hatte, war das Ziel des Angriffs gewesen.

Lindas Schrei hatte sie nicht davon abhalten können,

ihrer Beute die zentimeterlangen Giftzähne wie kleine Dolche in den Körper zu jagen.

Smeja fluchte. Jetzt konnte er das Melken vergessen. Mit dem Schlangenstock packte er die Otter, samt toter Maus im Maul, steckte sie in das Terrarium zurück und verriegelte die Glastür.

»Was kann ich für Sie tun?«, fragte er und erhob sich.

Alan Scott stellte sich und Linda vor.

»Gehen wir in mein Büro, dort kann ich Ihnen was zu trinken anbieten«, sagte Smeja, ganz Geschäftsmann.

Linda sah ihm nach, wie er vor ihnen den schmalen Gang entlang schritt, wo sicher noch vor wenigen Jahren Kühe ihr Heu gefressen hatten. Heute türmten sich hier zwei und drei Terrarien übereinander, bewohnt von Schlangen, Leguanen, Geckos und Schildkröten.

Smejas Handel schien zu florieren. Zumindest hatte er genug Geld, um sich Designerhemden und Jacob-Cohen-Jeans zu leisten. Vielleicht kaufte er ja seine Klamotten auch in der Outletcity Metzingen.

»Hast du den Ring und die Uhr gesehen?«, flüsterte Linda Alan zu, als sie um eine Ecke bogen und die Tür zu Smejas Büro erreichten.

»Ja«, raunte Alan. »Das ist keine Uhr, das ist ein Chronograf. Mit Sicherheit aus Titan oder Platin. Ist dir das transparente Zifferblatt aufgefallen?«

»Und der Klunker am Finger? So einen hätt' ich dann gern mal als Trauring!«

»Wenn ich dann die Uhr bekomme!«

»Was glaubst du, was die kostet?«

»40.000?«

»Verdient man mit Reptilien so viel Geld?«

»Vielleicht mit dem Gift der Jararaca? Jetzt pst!«

Smeja bot ihnen zwei Stühle an einem runden Tisch mit Glasauflage an. Unter dem Glas ringelten sich zwei Schlangen in goldgelbem Sand zwischen ein paar Kakteen und hellen Vukaholzröhren.

Linda schrak zurück.

»Keine Sorge, die können nicht raus. Sind Zwergklapperschlangen. Sistrurus miliarius. Die werden nicht größer. Giftig, aber nicht tödlich.«

»Danke, sehr nett, was Sie hier so alles haben«, stammelte Linda.

»Und womit kann ich behilflich sein? Vielleicht eine kleine Boa constrictor als Verlobungsgeschenk?«, fragte Smeja und zeigte sein sympathisches Lächeln.

»Wenn schon, dann 'ne Anakonda«, konterte Alan.

»Nein danke«, entgegnete Linda. »Wie kommen Sie darauf, dass wir uns verloben wollen?«

»Naja, Sie tragen beide keinen Trauring. Sind also schon mal nicht verheiratet. Zumindest nicht miteinander. Ihre Freundschaftsringe – naja, Modeschmuck«, meinte er abwertend. »Da ist so eine Boa schon etwas anderes. Lebt länger, als die meisten Ehen heute halten!« Er lachte schallend über seinen eigenen Witz.

»Mein Freund«, sagte Linda und zeigte auf Alan, »hat eine Frage zu einer bestimmten Schlange.«

»Einer Lanzenotter«, ergänzte Alan.

Smeja blickte auf.

»Die ist aber nichts für Anfänger!«, warnte er. »Äußerst aggressiv. Egal welche. Die Urutu oder die Terciopelo oder die Jararaca. In Brasilien gehen 90 Prozent aller Schlangenbisse auf das Konto dieser supergut getarnten Teufel. Versuchen Sie's mit einem Kupferkopf. Oder 'ner Hornotter. Wenn's denn schon 'ne Giftige sein soll!«

»Sie verstehen mich falsch«, widersprach Alan. »Ich möchte keine Schlangen halten. Ich habe nur ein paar Fragen zur Jararaca. Und Sie haben doch eine?«

»Gut informiert, der Junge«, sagte Smeja anerkennend zu Linda.

»Schade, das mit der Boa. Hab gerade ein paar richtig hübsche kleine Abgottschlangen abzugeben. Kommt übrigens auch aus Brasilien. Und ist ungiftig.«

»Also, halten Sie eine Jararaca?«, fragte Alan ungeduldig.

»Und ob. Ist mein ausgesprochener Liebling. Das war die, die sich vorher ihr Mäuschen geholt hat.«

»Selbst gefangen?«

»Ja. Dschungelexpedition vor ein paar Jahren. Mach ich immer wieder. Mexico, Brasilien, Indien, Mosambik, Australien. Schöne Schlangenländer. Im nächsten Jahr geht's ins Pantanal.«

»Was ist mit Naturschutz?«, fragte Linda.

»Alles streng legal«, sagte er, für ihr Gefühl ein bisschen zu schnell. »Ich hol mir die Genehmigungen und Bescheinigungen. Als Händler lass ich mich da auf nichts ein.«

»Wo kommt die Jararaca vor?«, fragte Alan.

»Brasilien. Sogar mitten in Rio. São Paulo. Ein paar Inseln. Ist ein ziemliches Biest.«

»Und ihr Gift?«

»Tödlich. Absolut. In Brasilien hat jedes Krankenhaus ein Jararaca-Serum im Kühlschrank. Ich übrigens auch.«

»Sind Sie schon mal gebissen worden?«

»Von einer Jararaca? Nein.«

»Was würde passieren?«

»Hm. Schwer zu sagen. Bin kein Bissexperte. Erhöhte Blutgerinnung. Myotoxine machen die Atemmuskulatur kaputt, und Zytotoxine lassen Gewebe absterben. Das

Gelenk wird schwarz, Wundbrand, Amputation. Keine schöne Sache.«

»Und der Blutdruck?«

»Senkt sich, glaube ich. Bin mir aber nicht sicher. Aber Sie kennen ja den Spruch: Zu Risiken des Jararacabisses fragen Sie am besten Ihren Arzt oder Apotheker! Hahaha!«

Er lachte aus vollen Hals und fragte, als er sich wieder beruhigt hatte:

»Warum wollen Sie das alles wissen?«

»Weil ich mich frage, weshalb ein Rennläufer in Westafrika von einer brasilianischen Giftschlange gebissen wird.«

»Vielleicht wollte er sich dopen?«, meinte Scherzkeks Smeja.

»Das«, entgegnete Alan, »wäre meine letzte Frage gewesen: Gibt es irgendetwas im Gift der Jararaca, was beim Doping nützen könnte?«

»Hm«, sagte Smeja und kratzte sich am Kopf. »Schwer zu sagen. Ich habe noch nie gedopt!«

Erneut prustete er los und schlug dabei mit der flachen Hand auf die Glasplatte, dass die Zwergklapperschlangen erschrocken in ihre Felsverstecke flüchteten.

»Melken Sie Ihre Schlangen?«, unterbrach Alan sein Gelächter.

»Na klar. Bringt gutes Geld. Zur Serumherstellung und für medizinische Zwecke.«

»Ist das nicht riskant?«

»Was ist heute schon nicht riskant. Sehen Sie, ich halte Schlangen, solange ich denken kann. Wenn sie mich gebissen haben, war ich immer selbst schuld. Schlangen sind nicht böse. Sie sind nur vorsichtig und scheu. Und vielleicht aggressiv, wenn man ihnen zu nahe kommt. Aber sie töten nicht mutwillig. Das unterscheidet sie von uns

Menschen. Sie töten, um zu fressen oder um nicht selbst zu sterben.«

Alan nickte. Diese Taktik hatten Schlangen mit vielen anderen Tieren gemeinsam. Und trotzdem machten sie vielen Menschen Angst. Er selbst hatte in seinen vielen Jahren in Afrika nur zwei gefährliche Begegnungen mit Giftschlangen gehabt. Die Speikobra in seiner Gitarre, und eine Mamba, die sich in sein Zelt verirrt hatte.

Umso weniger glaubte er an einen Zufall, wenn eine Schlange, die es ausschließlich in Südamerika gab, in Afrika einen afrikanischen Sportler biss.

26. Juli 2015

Maratona da Cidade do Rio de Janeiro

Rio Marathon 2015

Noch 392 Tage

Es war so etwas wie eine Generalprobe vor der Leichtathletik-WM in Peking für Sunday Sanusi, eine Chance, die er sich nicht entgehen lassen sollte, hatte adh-Dh'ib gemeint. Der Marathon von Rio de Janeiro sollte den Afrikaner zum ersten Mal nach Südamerika führen und dann gleich in die Stadt, in der er ein Jahr später seinen größten Triumph einzufahren gedachte.

Seine Leistung glich seit Monaten dem konstanten Takt eines Metronoms, Puls- und Herzschlagfrequenz, Geschwindigkeit und Trittzahl waren wie geeicht und wurden permanent von seiner Pulsuhr überwacht. Sanusis Trumpf aber waren die Giftanteile der Jararaca in seinem Blut.

Dr. Aleksey Gorin hatte ihn bei den Vorbereitungen betreut und ihn selbst gespritzt.

»Mach dir keine Gedanken wegen der Dopingkontrolle«, hatte er zu ihm gesagt. »Ich werde das für dich regeln.«

Aleksey Gorin wusste, wovon er sprach.

»Du gibst wie immer deinen Urin ab. Danach bekommst du ein Formular, auf dem die Nummer deiner Probe vermerkt ist. Du wirst nichts weiter tun, als mir diese Nummer zukommen zu lassen!«

Der Laufstrecke des »Maratona da Cidade do Rio de Janeiro« schlängelte sich in Küstennähe, mit malerischer Sicht auf den Südatlantik rechts und die Berge der Serra do Mendanha zur Linken, vom Strandstartpunkt Recreio dos Bandeirantes über die Praia da Reserva, auf der Karnevalsstrecke von Leblon zu den Stränden von Ipanema und Copacabana und schließlich über Botafogo, mit Blick auf den Zuckerhut, nach Flamengo.

Die Temperatur lag bei angenehmen 20 Grad, und die leichte Brise, die vom Atlantik herüberwehte, sorgte zusätzlich für ein angenehmes Laufklima. Sanusi setzte sich frühzeitig vom Läuferfeld ab und ließ auch eine Gruppe von zehn Verfolgern bald hinter sich. Rasch hatte er seine Führung so weit ausgebaut, dass er bei der ersten Wasserstation knapp 15 Sekunden Vorsprung hatte. Er goss sich ein Glas Wasser über den Kopf und baute seine Führung weiter aus.

Die Strecke allein zu laufen war für ihn kein Problem, nur so konnte er sich auf sein inneres Metronom konzentrieren. Er wusste, dass er auf den Abschnitten der belebten Strände auch mit Nichtläufern auf der Strecke rechnen musste, und hatte den Zeitverlust einkalkuliert.

Er überlief in 1:02:30 die Halbmarathonmarke, das war der Weltrekord von Las Vegas vor 36 Jahren.

Seine ersten Verfolger lagen nun fast eine halbe Minute zurück. Zwei der Favoriten waren jetzt schon nicht mehr im Rennen, und Sunday Sanusi kühlte sich in regelmäßigen Abständen mit vollgesogenen Schwämmen.

Sein Blut schien zu kochen, und er glaubte, das Gift der Jararaca in sich pulsieren zu fühlen, als er das 30-Kilometer-Zeichen passierte. Noch immer hatte keiner aus dem Verfolgerfeld zu ihm aufschließen können, noch immer lief er allein seinen Takt, hatte keinen Blick für den Zuckerhut und die anderen Schönheiten der Landschaft. Immer mehr Menschen standen jetzt an der Strecke und feuerten ihn an.

Der Sieger mit 2:05:50 hieß Sunday Sanusi. Er lief somit die Zeit, mit der sein Landsmann Evans Rutto 2003 den Chicago-Marathon gewonnen hatte. Sanusis schärfster Konkurrent aus dem eigenen Land, Abel Kirui, hatte 2012 in London für die Silbermedaille zwei Minuten und 37 Sekunden länger gebraucht.

Er war bereit für den Märtyrerlauf am 21. August in einem Jahr.

In genau 392 Tagen.

Montag, 3. August 2015
Südwestpresse, Ausgabe Tübingen
Noch 384 Tage

»Doping unter Leichtathleten« lautete eine der Schlagzeilen an jenem sonnigen Montagmorgen, als Linda das »Schwäbische Tagblatt« aufschlug. Immer wieder waren Meldungen über aktuelle Dopingnachweise aufgetaucht, seit ein Fernsehteam der ARD mit einer enthüllenden Dokumentation unter dem Titel »Geheimsache Doping« für Aufsehen gesorgt hatte.

Der kenianische Leichtathletik-Verband AK hatte erst vor wenigen Tagen alle Doping- und Korruptionsvorwürfe mit dem Vorwurf »unbewiesener Anschuldigungen« zurückgewiesen.

Heute nun las Linda von einer Bestätigung des Leichtathletik-Weltverbandes IAAF, dass die »Datenbank mit den auffälligen Blutwerten« aus seinem Besitz stammten. Die Meldung sprach sogar von einer »Fülle verdächtiger Blutwerte in der Datenbank des Leichtathletik-Weltverbandes«. Und das gerade mal drei Wochen vor der Leichtathletik-Weltmeisterschaft in Peking.

Dr. Aleksey Gorin sah sich mit den Vorwürfen ebenfalls konfrontiert. Die Drohung durch einen Agenten der Internationalen Dopingkontrolle, ihm die WADA-Akkreditierung seines Labors zu entziehen, führte zu einer Wendung, deren Ausgang der russische Arzt nicht vorhersehen konnte.

Samstag, 22. August 2015
Leichtathletik-Weltmeisterschaft Peking
Finale Marathon
Noch 365 Tage

Es war ein hochklassig besetzter Marathonlauf, gleich zu Beginn der Leichtathletik-Weltmeisterschaft in Peking.

Sunday Sanusi hatte die Liste seiner 67 Konkurrenten genau studiert. Die härtesten Gegner waren die beiden anderen Läufer aus seinem eigenen Land: Neben dem aktuellen Weltrekordler Dennis Kimetto gingen dessen Vorgänger und Landsmann Wilson Kipsang, der vor zwei Jahren in Berlin einen Weltrekord aufgestellt hatte, und der Titelverteidiger von Moskau, Olympiasieger Stephen Kiprotich aus Uganda an den Start.

Weder die hohen Temperaturen noch die enorme Luftfeuchtigkeit machten Sanusi Probleme.

Nach den ersten fünf Kilometern hatte er sich in die Spitzengruppe von 37 Athleten eingereiht, die sich in einem langgezogenen Pulk vom restlichen Läuferfeld absetzten. Auch als nach weiteren zwölf Kilometern der Boston-Marathon-Sieger Lesisa Desisa aus Äthiopien im Wechsel mit zwei italienischen Athleten das Tempo bestimmte, gehörte Sanusi zum knapp 20-köpfigen Verfolgerfeld.

Sie hatten die 25-Kilometer-Marke erreicht, als Sanusi beobachtete, wie Dennis Kimetto das Tempo nicht mehr halten konnte und bald ans Ende der Gruppe zurückfiel. Sanusi bekam nicht mit, dass er kurz darauf seinen Lauf beendete, ebenso wie Kipsang, den Sanusi schon vor einigen Minuten aus den Augen verloren hatte.

Inzwischen war Tsepo Ramonene aus Lesotho in Führung gegangen, und Sanusi stellte fest, dass der Außenseiter seinen Vorsprung auf mindestens 20 Sekunden ausbaute. Sanusi blieb zurück, während sich Ghirmay Ghebreslassie aus Eritrea zusammen mit dem Äthiopier Yemane Tsegay an die Verfolgung machte. Doch während der Eritreer an die Spitze lief, schien Tsegay Probleme zu haben und fiel zurück. Es reichte für Silber, und die Goldmedaille ging an den jungen, erst 19 Jahre alten Läufer aus Eritrea.

Sie waren gute Zeiten gelaufen, Zeiten, die für Sanusi im Bereich des Möglichen waren. Doch Sunday Sanusi hatte sich zurückgehalten.

Kein Triumpf mehr vor Rio, so lautete die Regel.

Mittwoch, 26. August 2015
Leichtathletik-Weltmeisterschaft Peking
Sportsnewsarena, kenyanisches Nachrichtenportal
Noch 361 Tage

Linda las die News zu Beginn ihres Frühdiensts. Zwei kenyanische Läuferinnen waren nach ihren Qualifikationsläufen positiv auf Dopingpräparate verschiedener Substanz getestet worden.

*

Detlef Haverkamp erhielt den Anruf seines Auftraggebers von der WADA um kurz nach ein Uhr in der Nacht. In China war es kurz nach sieben.

Der Weltverband IAAF hatte die beiden Läuferinnen aus Kenya wegen positiver Dopingtests vorläufig suspendiert.

Sein Auftraggeber machte es dringend.

Sehr dringend.

Und Detlef Haverkamp wusste, dass diesmal alles auf dem Spiel stand.

Er wählte die Nummer von Dr. Aleksey Gorin in Tscheljabinsk.

*

Bei der WM in Peking hatten die Kenyaner den Medaillenspiegel nach vier Wettkampftagen deutlich angeführt. Sunday Sanusi war zu diesem Zeitpunkt noch nicht in Erscheinung getreten.

Das war Teil ihres großen Plans.

Sonntag, 20. September 2015

Erbe-Lauf 2015, Tübingen, Altstadt

Noch 336 Tage

Es galt, drei Runden durch die schmalen und engen Gassen der Tübinger Unterstadt zu laufen, auf teils unebenen Pflasterwegen und an den Verkaufsständen des Umbrisch-Provenzalischen Marktes vorbei, der seit einigen Jahren zeitgleich zum Erbe-Lauf stattfand.

Für Stadt und Sportler war der Event gleichermaßen zu einem Markenzeichen geworden, das internationale Topläufer anzog. Neuer Namensgeber des Stadtlaufs war die ERBE Elektromedizin mit Stammsitz in Tübingen.

Der Lauf startete an der Mensa im Univiertel und führte über die alten Gassen an Stiftskirche und Rathaus vorbei durch den Fußgängertunnel hinüber ans andere Neckarufer. Von dort ging es am Südufer des Anlagensees über den Neckar zurück und auf gerader Strecke leicht bergauf dem Ziel vor der Neuen Aula entgegen. Insgesamt war für die Läufer eine zehn Kilometer lange, über drei Runden führende Distanz mit einer Höhendifferenz von 33 Metern zu überwinden.

Für Sunday Sanusi war die kurze Strecke keine besondere Herausforderung, doch adh-Dh'ib hatte aus unerfindlichen Gründen großen Wert auf seine Teilnahme beim Tübinger Stadtlauf gelegt. Nicht umsonst hatte Sanusi die letzten Monate in der Universitätsstadt gelebt und trainiert. 15.000 Zuschauer hatten vor einem Jahr die Läufer angefeuert, und Sanusi sonnte sich im Erfolg der drei Kenyaner, die damals die ersten drei Plätze belegt hatten und vom Publikum gefeiert wurden.

Im Gegensatz zum Lauf in Rio war Sanusi diesmal nicht allein an der Spitze. Zusammen mit vier seiner Landsleute baute er den Vorsprung zu den Verfolgern schon in der ersten Runde aus, um sich dann in der zweiten Runde zurückfallen zu lassen.

Es fiel ihm schwer, das siegreiche kenyanische Quartett nicht zu einem Quintett zu machen, doch wusste er, dass er den Plan für Rio nicht gefährden durfte. Es war der ausdrückliche Wille adh-Dh'ibs gewesen, das Rennen in Tübingen nicht zu beenden.

Montag, 21. September 2015
Schwäbisches Tagblatt Tübingen, Regionalsport
Noch 335 Tage

Die Namen der Sieger Bernhard Metheka, Patrick Kiprono Kimeli, Fredrick Ngeny und Philipp Rutto waren am 21. September 2015 im »Schwäbischen Tagblatt« unter dem Titel »Das kenianisches Quartett« aufgeführt.

Linda Roloff wunderte sich, Sunday Sanusi nicht in der Ergebnisliste zu finden. Im Sender erfuhr sie von einer Kollegin, dass der Athlet zwei Kilometer vor dem Ziel Probleme bekommen habe und vorzeitig aus dem Lauf ausgestiegen sei.

Die wahren Gründe dafür ahnte Linda nicht.

DRITTER TEIL – DIE BEUTE DER KAIMANE

Zehn Monate später

Abgehende SMS

»Aultmore/Speyside und Lochnagar Royal unterschätzte Single Malts. Weicher Abgang, noch reifen lassen.

Albyn Glen, voller Abgang. Sofort besorgen.«

Montag, 25. Juli 2016
Pantanal, Brasilien
Noch 27 Tage

Die Luft roch nach Wasser und Dschungel, die Grüntöne der von schlingenden Würgefeigen bewachsenen Acuripalmen und das Blätterdach des Galeriewaldes am anderen Ufer des Flusses leuchteten magisch im Licht der aufgehenden Sonne. Papageien und Affen kreischten um die Wette, und die Stimmen von Tieren, die nicht einmal Alan Scott erkannte, drangen aus dem Urwald bis zu ihnen.

Sie waren mit dem Jeep, den sie in Poconé samt Fahrer, einem Pantaneiro namens Rizardo angemietet hatten, über die Transpantaneira bis Porto Jofre gelangt, wo die knapp 150 Kilometer lange Schotterpiste durch das Überschwemmungsgebiet endete. Dort hatten sie in einer Pousada, die einem Vetter von Rizardo gehörte, übernachtet.

Rizardo hatte Alan und Linda noch vor Sonnenaufgang geweckt und eingeladen, mit ihm zu frühstücken. Es hatte Quebra Torto, ein einfaches Gericht aus Reis und Trockenfleisch, und dazu einen starken, heißen Kaffee gegeben, dann hatten sie die letzten Kilometer der Transpantaneira unter die Räder genommen und schließlich die Tour ins Pantanal mit dem Motorboot auf dem Rio Três Irmãos fortgesetzt.

Linda war fasziniert vom intensiven Farbenspiel der Ipê-Bäume, deren Blüten in satten Gelb- und Rottönen aus dem Dschungelgrün herausstachen, dazwischen Ananasgewächse, Jenipapos und Feigenbäume, auf dem Wasser drängten sich violette Hyazinthen neben weiß blühenden Seerosen, und die mächtigen meterbreiten Blätter der Victoria, die sie aus dem Seerosenteich der Stuttgarter Wilhelma kannte, bildeten mit zahlreichen anderen Schwimmpflanzen einen schier undurchdringlichen Teppich auf der Wasseroberfläche.

Alan Scott kam sich vor wie im Okavango-Delta Botswanas, nur dass statt der Elefanten und Flusspferde hier Capybaras und Tapire zu Hause waren und statt der Krokodile die Augen der Kaimane im Wasserpflanzendickicht aufleuchteten. Ihn faszinierten auch die zahlreichen Vogelstimmen, die aus dem erwachenden Galeriewald über die Wasserfläche zu ihnen herüberdrangen, und Rizardo machte ihn auf den Schrei des blauen Hyazinth-Aras und des Riesentukans aufmerksam.

»Es ist wie im Moremi«, schwärmte Alan und setzte erneut den Feldstecher an. Der Safariguide war ganz in seinem Element, und Linda beobachtete ihn lächelnd. Sie war froh, dass sich mit dem Trip in die Wildnis ein lang gehegter Wunsch Alans erfüllt hatte. Sie hatten noch knapp zwei Wochen Zeit und konnten die Tage in der Wasserwelt des Pantanals genießen. Noch wussten sie nicht, was sie in Rio erwartete und ob es ihnen gelingen würde, den geplanten Dopingakt zu vereiteln.

»Urubu!«, rief Rizardo und deutete auf ein paar Vögel, die über dem Fluss gleichmäßige Kreise zogen.

»In Afrika würde ich sagen: Geier!«, meinte Alan.

»Sim, Urubu – Geier!«, bestätigte Rizardo.

»Roter Kopf und schwarze Federn, dürften Truthahngeier sein«, schätzte Alan und ließ seinen Blick im Fernglas zum Ufer gleiten. Wo immer in Afrika Geier auftauchten, war das Aas nicht weit, warum sollte das in Brasilien anders sein? Und Geier suchten ihre Beute kaum im Wasser, sondern allenfalls am Ufer, wo sie trockenen Fußes landen konnten.

»Kannst du etwas erkennen, meu amigo?«, fragte der Pantaneiro.

»Schwer zu sagen, aus dem schaukelnden Boot heraus.«

»Fahren wir näher ran«, meinte Rizardo und nahm den Kurs auf. Alan suchte mit seinem Fernglas die Uferlinie ab und hielt plötzlich inne.

»Da drüben schwimmt ein Kaiman«, rief er. »Man sieht nur die seitlichen Schläge seines Schwanzes und die Augen. Irgendwas hat er zwischen den Zähnen!«

Alan deutete in die Richtung, und Linda versuchte, im Wasser den südamerikanischen Verwandten des Alligators zu entdecken.

»Dort hinten bewegt sich etwas«, murmelte sie, und Alan folgte ihrem Blick.

»Das sind auch Kaimane«, bestätigte er. »Mindestens zehn Stück. Die zerlegen Beute, würde ich sagen!«

»Wie groß die sind«, stellte Linda fest. »Ich dachte immer, die sind viel kleiner als Krokodile!«

»Der Mohrenkaiman wird viereinhalb Meter lang«, behauptete Alan, der sich im Vorfeld der Reise intensiv mit der Tierwelt des Pantanals beschäftigt hatte.

»Wollt ihr die Kaimane sehen?«, fragte Rizardo.

»Irgendetwas liegt da drüben am Ufer im Wasser. Ich kann es wegen des starken Schilfbewuchses nicht genau erkennen. Könnte eine große Wurzel sein. Ich glaube aber eher, ein totes Wasserschwein, oder – eine Leiche! Die Kaimane fressen davon.«

»Eine Leiche?« – »Morto?«, entfuhr es Linda und Rizardo gleichzeitig.

»Fahr mal näher ran! Da bewegt sich noch was. Habt ihr so was wie Hyänen oder Schakale hier?«

»Nur Fuchs oder Mähnenwolf«, antwortete Rizardo. »Wir werden sehen!«

»Hm. Jetzt ist es weg. Das muss was Größeres gewesen sein. Vielleicht sogar ein Mensch. Ich würde mir das gerne genauer ansehen.«

»Das ist zu gefährlich«, widersprach Linda. »Es gibt hier Piranhas und Jaguare!«

»Piranhas?«, zweifelte Alan. »Ich dachte, die leben oben im Amazonas oder im Rio Paraná? Na egal, da ich momentan nirgends blute, werde ich einen Spaziergang ans Ufer wagen. Hab noch nie gehört, dass Kaimane Menschen angreifen. Und einen Jaguar zu sehen – Mensch, eine größere Freude könntest du mir gar nicht machen!«

Rizardo hatte zu Lindas Verwunderung keine Einwände und steuerte das Motorboot so nah wie möglich ans Ufer.

Das Wasser wurde rasch seicht, und ein undurchdringlicher Schwimmpflanzenteppich versperrte den Weg.

Drüben am Ufer schien das Wasser zu kochen, peitschende Schwänze, herumwirbelnde Kiefer und sich drehende Körper ließen dunklen Schlamm aufspritzen, wenn sich die Tiere dicke Brocken aus der unförmigen Masse rissen, die dort im Schwemmland lag.

Alan nahm ein Paddel und stocherte damit nach dem Grund. Es schien gleichmäßig flach zu bleiben. Vorsichtig kletterte er über Bord und stakste Richtung Ufer, wo die Kaimane das Gebilde, das er als Wurzel, Wasserschwein oder Leiche bezeichnet hatte, in seine Einzelteile zerlegten.

Ähnlich wie die Krokodile Afrikas packten ihre kräftigen Kiefer ein Stück davon, und ihre eigenen Körper drehten sich so oft mit der Krokodilrolle um die eigene Achse, bis sich ein Stück Fleisch samt Knochen aus dem Kadaver gelöst hatte. Mit dem Fleischbrocken zwischen den Zähnen tauchten die Panzerechsen schließlich ab und verschlangen die Beute mit wuchtigen Bewegungen ihres breiten Schädels, ohne sie weiter zu zerkleinern.

Alan suchte sich einen Pfad durch die schwimmende Decke der Wasserhyazinthen und Seerosen und näherte sich langsam dem Kaimanriss.

»Cuidado! Jacarés!«, schrie Rizardo, und Alan fuhr herum. Ein paar kleinere Kaimane waren vom Ufer ins Wasser geglitten und untergetaucht. Doch sie würden es nicht wagen, einen Menschen anzugreifen.

Von der Gefahr, die sich Alan von der anderen Seite her näherte, bemerkten weder Linda noch Rizardo etwas. Zu sehr hatten sie sich dem Geschehen beim Schmaus der Kaimane gewidmet.

Das sieben Meter lange Muskelpaket glitt geräuschlos

durch das Wasser, angelockt von den ungestümen Bewegungen der Kaimane. Der olivgrüne walzenförmige Körper mit den runden und ovalen schwarzen Flecken bewegte sich knapp unter der Wasseroberfläche, nur der Kopf mit der ständig züngelnden gespaltenen Zunge ragte über die Wasserlinie.

Als sie die Witterung des Menschen aufnahm, tauchte die Anakonda ab und bewegte sich unter Wasser schlängelnd mit enormer Geschwindigkeit auf ihn zu. Die Riesenschlange hatte seit Wochen gefastet und bewegungslos auf Beute gelauert.

Alan hatte den Ufersaum schon fast erreicht und watete jetzt durch flaches Wasser. Noch immer versperrte der Schilfgürtel die Sicht und er suchte einen gangbaren Weg zwischen einem Gewirr aus Ästen, Schlingpflanzen, Baumstämmen und Schlick. Immer wieder zog er seine Stiefel aus dem sumpfigen Bodengrund, zäh troff der Schlamm von seinen Schuhen, als er endlich die flache Böschung erreichte. Er drehte sich um und winkte Linda zu, die mit einem Schrei aufgesprungen war.

Der Angriff der Anakonda kam für Alan überraschend, und er hechtete wie eine Sumpfantilope aus dem Wasser, als er den Körper der Riesenschlange an sich vorbeigleiten und auf einen der jungen Kaimane zuschießen sah.

Blitzschnell hatte die Wasserjägerin die Panzerechse an der Schnauze gepackt, ihr Körper umschlang den Kaiman mit ungeahnter Schnelligkeit in mehreren Windungen und presste ihm die Luft aus den Lungen. Wild schlug das Krokodil um sich, doch die Schlingen der Anakonda zogen sich enger und enger um seinen Leib zusammen. Der Kampf war nur von kurzer Dauer, und die Anakonda begann, den noch zuckenden Kaiman vom Kopf her zu verschlingen.

Alan hatte dem Schauspiel, das sich nur wenige Meter neben ihm im flachen Wasser abgespielt hatte, atemlos zugesehen. Jetzt wandte er sich wieder dem Ufer zu und erreichte die Stelle, an der die Kaimane bis vor Kurzem gefressen hatten. Die Krokodile, die in dem Menschen einen ihrer wenigen Feinde sahen, waren vor ihm ins Wasser geflohen und hatten ihre Beute als eine unförmige Masse im Schilf zurückgelassen.

Alan erstarrte, als er feststellte, dass dort die zerfleischten Überreste eines Menschen lagen. Er erkannte neben Klumpen aus Blut, Knochen und Fleisch die Fetzen eines karierten Flanellhemdes und einen zerbissenen Stiefel, in dem noch ein Rest des Fußes steckte. Die Spuren, die er im Morast des Ufers entdeckte, waren kleiner als der Stiefel und mussten von einem anderen Menschen stammen.

Es war äußerst unwahrscheinlich, dass der Mann – es war ein Männerschuh, der vor ihm lag – von den Kaimanen angegriffen worden war. Eher hatten sich die Reptilien über seine Leiche hergemacht, doch wie war er ums Leben gekommen? Und wo war derjenige, dessen Fußabdrücke vom Ufer wegführten?

Alan fühlte den galligen Geschmack in seiner Kehle und holte tief Luft, um den Würgereiz zu unterdrücken. Er war sich sicher, einem Verbrechen auf die Spur gekommen zu sein, denn außer dem Jaguar gab es hier im Pantanal kein Tier, das einem Menschen wirklich gefährlich werden konnte. Und der Jaguar hätte seine Beute mit Sicherheit nicht einfach am Ufer zurückgelassen, um sie an die Kaimane zu verlieren.

Alan wollte schon zum Boot zurück, als ein glitzerndes Detail seine Aufmerksamkeit erregte. Er schob einige Schilfhalme beiseite, und je länger er auf das starrte, was dort ins morastige Wasser ragte, desto klarer wurde ihm: Das war der Arm eines Menschen!

Deutlich erkannte er die leblosen schlammüberzogenen Finger und den Handrücken, der sich sanft auf und ab bewegte, sobald Wellen ans Ufer spülten. Wenn die Sonnenstrahlen das Handgelenk streiften, glitzerte an der Stelle etwas Metallisches.

Er bückte sich und fuhr vorsichtig mit einem Finger darüber. Unter der Schlickschicht kamen das helle Metall des Titangehäuses und das transparente Zifferblatt zum Vorschein. Selbst im Wasser gab die Unruh im Innern der Uhr ihre Impulse unbeirrbar an die Zeiger weiter. Sekunde um Sekunde starrte Alan auf den Arm und wusste, dass es die Überreste Smejas sein mussten, die hier am Ufer des Rio Três Irmãos im Wasser lagen. An einem der fünf Finger leuchtete matt der Ring, den Linda salopp als ›Klunker‹ bezeichnet hatte.

Er machte zwei Nahaufnahmen von der Uhr und dem Ring und watete zum Boot zurück.

Donnerstag, 28. Juli 2016
Flug Cuiabá – Curitiba, Brasilien
Noch 24 Tage

Die Flugzeit vom nördlichen Pantanal in Mato Grosso war mit knapp fünf Stunden und einer Zwischenlandung in São Paulo verhältnismäßig kurz, wenn Linda bedachte, wie lang der Flug von Deutschland nach Cuiabá gedauert hatte.

Morgens um kurz nach fünf Uhr waren sie nach zwölf Stunden Direktflug in Rio de Janeiro eingetroffen, ein angenehm ruhiger Nachtflug, den Linda lesend und schlafend ganz gut überstanden hatte. Doch dann hatten sie eine Ewigkeit auf den Anschlussflug nach Cuiabá gewartet und waren schließlich nach einer Reisezeit von fast 22 Stunden im Pantanal angekommen.

»Das ist die Zeit, die wir auch mit dem Mietwagen von Cuiabá nach Curitiba benötigen würden, schlappe 1.700 Kilometer«, hatte Alan geflachst, als Linda über den Flug in die Hauptstadt des Staates Paraná gestöhnt hatte. Und er hatte sie mit der Aussicht getröstet, dass sie die Strecke zu den Iguaçu-Wasserfällen im Nachtbus zurücklegen würden.

»Na prima!«, hatte sie gemeint und war ermattet in den engen Sitz der brasilianischen Azul-Maschine zurückgefallen. Schlaf hatte sie keinen gefunden, die Bilder von den Überresten Smejas vor Augen, die Alan ihr gezeigt hatte, ließen sie auch jetzt noch erschaudern.

»Du glaubst auch nicht an einen Zufall?«, fragte sie Alan.

»Du meinst, wegen Smeja und den Kaimanen? Nein, nicht wirklich. Da steckt mehr dahinter. Und ich glaube auch, dass die Jararaca mit seinem Tod zu tun hat. Mir geht dieser Sunday Sanusi nicht aus dem Kopf.«

»Aber es gibt keinen Zusammenhang!«

»Doch«, widersprach er. »Nur, wir kennen ihn noch nicht.«

Linda dachte nach. Haverkamp ermittelte wegen Dopings. Sanusi lief den Olympischen Marathon. War in Nigeria von einer brasilianischen Otter gebissen worden. War in Tübingen gelaufen. Dort gab es einen Mann, der mit dem Gift derselben Schlange handelte. Und der war jetzt tot. In der Tat mehr als merkwürdig.

Sie würde Detlef Haverkamp darauf ansprechen. Morgen Nachmittag sollten sie ihn bei den Katarakten von Iguaçu treffen. Alan hatte sich wie ein kleines Kind gefreut, als sie ihm den Treffpunkt mitgeteilt hatte.

Er hatte die Fälle des Blauen Nils in Äthiopien und die Victoria Falls in Zimbabwe gesehen, Niagara und die Iguaçu-Fälle standen noch auf seiner »Löffel-Liste«, wie er es nannte. Dinge, die er noch sehen oder erleben wollte, bevor der »den Löffel abgab«. Für Alan, den Naturfreund, waren die Fälle von Iguaçu ein wichtigeres Reiseziel in Brasilien als die Copacabana oder der Zuckerhut.

Linda hatte ihn allerdings über die wahren Hintergründe des Treffens am »Garganta do Diabo«, dem Teufelsschlund, informiert. Die Geräuschkulisse der tosenden Wassermassen und der Nebel des sprühenden Wassers boten dort perfekte Tarnung für ein ungestörtes, abhörsicheres Treffen. Detlef Haverkamp hatte für das Date höchste Geheimhaltung verlangt und darauf bestanden, dass Linda allein, also auch ohne Alan, zu dem vereinbarten Treffpunkt kam.

Nun, die Fälle waren auch an anderen Stellen spektakulär genug, um Alan für eine halbe Stunde allein zu lassen. Eine Bootsfahrt am Fuß der Katarakte war für Alan sicher eine willkommene Abwechslung. Jetzt saß er neben ihr und blätterte in seinem Brasilien-Reiseführer.

Linda hatte ihr Smartphone aus dem Handgepäck geholt, auf Flugmodus gestellt und blätterte durch die gespeicherten SMS. Die letzte war noch ungeöffnet und offensichtlich hereingekommen, bevor sie das Smartphone ausgeschaltet hatte.

»Sie haben sich gemeldet«, flüsterte sie Alan zu. »Haverkamp hat also doch richtig vermutet!«

»Und was schreiben sie?«, fragte Alan.

»Eine Adresse in Rio. Sie haben dort ein Zimmer für uns reserviert. Dein Name steht hier auch! ›Für Sie und Mr. Scott!‹«

»Zeig her – hm. War ja nicht schwer herauszufinden, dass wir gemeinsam reisen. Pousada Santo Antônio, Nova Iguaçu? Ich dachte, wir wohnen in Rio!«

»Das ist sicher in der Nähe. Pousada, klingt nett. Lassen wir uns überraschen.«

Sie blätterte weiter durch den SMS-Account. Dabei fiel ihr Blick einmal mehr auf die seltsame Botschaft, die ihr der sterbende Agim Zoto wie ein Vermächtnis hinterlassen hatte.

»Sa Bukai17dulkada1 437«

Wie oft hatte sie in den vergangenen Monaten über diese Botschaft nachgedacht, wie oft die einzelnen Worte und Zahlen gegoogelt und dabei nichts herausgefunden. Bei »Sa Bukai« war sie unter anderem auf eine Posada in Argentinien gestoßen, auf einen Musiktitel als MP3-Download und auf einen nichtssagenden Ort in Paraguay, südöstlich von Asunción, in dem es als Hauptattraktion ein Eisenbahnmuseum gab. Dieses Sabukai schrieb sich allerdings mit »c«.

Noch weniger ergiebig war die Recherche nach »dulkadal«, die sie lediglich auf einige tschechische Seiten gebracht hatte, mit Namen, die in keinem Zusammenhang mit den aktuellen Geschehnissen standen.

Die Zahl 437 hatte sie unter anderem auf einen Paragrafen des BGB zu »Rechten des Käufers bei Mängeln« und zum Jahr 437 geführt, in welchem laut Wikipedia ein weströmischer Kaiser die Tochter eines oströmischen Kaisers heiratete, sowie zur Codepage 437 eines Computerherstellers. Nichts, das wirklich weiterhalf.

Linda hatte lange drüber nachgedacht, die Botschaft Detlef Haverkamp zu zeigen, doch irgendetwas in ihr hatte sie immer davor gewarnt. Aber was brachte es, sie unter Verschluss zu halten? Wenn er etwas damit anfangen konnte, würde es doch auch für sie nur von Nutzen sein.

Vielleicht war es ja der Schlüssel, um der Dopingbande, mit der Agim Zoto ja offensichtlich in Verbindung stand, doch noch auf die Schliche zu kommen? Sie beschloss, das geplante Treffen an den Wasserfällen zu nutzen, um ihn damit zu konfrontieren. An seiner Reaktion würde sie rasch erkennen, ob die Botschaft wertvoll war.

»Was liest du?«, fragte sie Alan und klappte ihr Smartphone zu.

»Rio«, sagte er nur.

»Rio? Nicht Iguaçu?«

»Nein. Die Wasserfälle kenne ich schon auswendig! Heißt übersetzt ›Großes Wasser‹. Bis 82 Meter hoch und über zweieinhalb Kilometer breit. 1.700 Kubikmeter Wasser pro Sekunde, der Rekord liegt bei 29.000. Sonst noch was?«

»Wow! Arbeitest du bei Wikipedia?«, fragte sie scherzhaft.

»Nein. Ist das ein südamerikanisches Safariunternehmen?«

Sie lachte. »Und was liest du grade über Rio?« Sie deutete auf den dicken Reiseführer, der auf seinem Schoß lag.

»Olympia, was sonst. ›Viva sua Paixão‹ ist das Motto. Auf Deutsch: ›Lebe deine Leidenschaft!‹. Hoffentlich nehmen das diese Doping-Gangster nicht zu ernst!«, schmunzelte er.

»Weißt du eigentlich, dass wir ganz schön rumkommen werden, wenn wir alle Spielstätten besuchen wollen? Allein für den Fußball haben die sieben Stadien, und zwar nicht nur in Rio. Wir könnten auch nach Manaus fliegen – und gleich noch eine Amazonastour machen!«

»Nein danke!«, entgegnete Linda trocken. »Aber wo sind denn die wichtigsten Wettkämpfe?«

»Du meinst Leichtathletik und so?«

Sie nickte.

»Warte«, er blätterte in seinem Reiseführer. »Leichtathletik ist im Olympischen Stadion Nilton Santos in Rio. Im Maracanã sind Fußball und die Eröffnungs- und Schlussfeier, und im Sapucaí ist der Marathon. Die liegen übrigens alle im selben Stadtbezirk, das schaffen wir locker zu Fuß!«

Er grinste.

»Warte!«, rief sie und wurde plötzlich ernst. »Sag das noch mal!«

»Was? Das schaffen wir locker zu Fuß?«

»Nein, davor!«

»Maracanã? Das ist das Fußballstadion von Rio. War mal das größte der Welt, steht hier. Und 2014 fanden dort …«

»Nein!«, unterbrach sie ihn ungeduldig, »das Stadion mit dem Marathon!«

»Ach das!« Er suchte rasch und las dann vor: »Das ›Sambódromo‹ in Rio de Janeiro. Heißt mit vollem Namen ›Sambódromo da Marquês de Sapucaí‹ und wird oft auch nur ›Sapucaí‹ genannt. Im Sapucaí findet 2016 der olympische Marathon statt. War es das?«

»Ja«, sagte sie leise und nachdenklich. Das Display ihres Smartphones leuchtete wieder auf.

»Sa Bukai17dulkada1 437«

»Jetzt müssen wir nur noch herausfinden, was ›dulkadal‹ heißt und wofür 17 und 437 stehen«, sagte sie und zeigte Alan das Display.

»Du meinst, Sa Bukai steht für Sapucaí? Den Austragungsort des olympischen Marathons?«, fragte er.

»Würde doch passen«, meinte sie.

Für Linda stand fest, dass sie Detlef Haverkamp die Botschaft nun endlich zeigen musste.

Sonntag, 31. Juli 2016
Pousada Santo Antônio, Nova Iguaçu, Brasilien
Noch 21 Tage

Drei der Hunde bellten, als der Padre die Tür zu dem Zimmer hinter dem Zwinger aufschloss, der vierte lag ruhig im Schatten und schien sich nicht um die Fremden zu kümmern. Der fünfte hatte sich in die kleine Hütte zurückgezogen. Padre Matheus war stolz darauf, dass man seine fünf Hunde bei den Olympischen Spielen in Brasilien einsetzen würde.

Er hatte sie während seines mehrjährigen Aufenthalts in Kolumbien zu Sprengstoffspürhunden ausbilden lassen. Auch der Padre selbst hatte als Hundeführer die Prüfung bestanden. Bis heute hatten der Labrador, der Malinois, der Deutsche Schäferhund und die beiden Mischlinge nichts von ihren Fähigkeiten verlernt, wie die jüngsten Prüfungen gezeigt hatten. Sie hatten die versteckten Stoffe zuverlässig gefunden und sie passiv angezeigt, wie es im Ernstfall gewünscht wurde. Dann würden sie mit ihren feinen Nasen Menschenleben retten.

Sein Bester war der Malinoisrüde, ein Belgischer Schäferhund mit kurzhaarigem sandfarbenem Fell und einer schwarzen Gesichtsmaske. Schon im Welpenalter hatte der Padre mit seiner Ausbildung zum Spürhund begonnen und mit ihm in Kolumbien bei zahlreichen Räumungen von Minenfeldern geholfen.

Zusammen mit den vier anderen Hunden war Mali auch schon während der Fußballweltmeisterschaft vor zwei Jahren im Einsatz gewesen. Für die Olympischen Spiele, die in diesen Tagen begannen, stellte der Padre seine Hunde den nationalen Sicherheitsdiensten zur Verfügung, nur seinen Liebling, den Malinois, würde er selbst führen.

Hier in der Favela von Nova Iguaçu ließ er die Hunde nachts aus dem Zwinger, um Einbrecher und Jugendbanden von der Pousada Santo Antônio fernzuhalten. Das tägliche Training mit den Hunden hielt auch ihn bei Kondition, und wenn er mit seiner Meute in den Gassen der Favela auftauchte, hielten diejenigen, die ihn nicht kannten, respektvoll Abstand.

Die Pousada lag im Vorstadtslum von Nova Iguaçu, der viertgrößten Stadt im Bundesstaat Rio de Janeiro. Der Padre lebte mit seinen Hunden erst seit wenigen Wochen hier. Sein Vorgänger hatte inzwischen neben sieben Kindertagesstätten und zwei Gesundheitsstationen auch zwei Häuser für Straßenkinder und Jugendliche im Alter von vier bis 18 Jahren betreut, von denen viele drogenabhängig waren. Padre Matheus selbst nahm jetzt andere Aufgaben wahr.

Gerne stellte der Franziskaner seine Räume in diesen Tagen den Männern zur Verfügung, die sich dem Kampf gegen Doping bei den Olympischen Spielen verschrieben hatten und eine Tagungsstätte brauchten, in der sie ungestört und vor allem ohne abgehört zu werden ihre Pläne schmieden konnten.

Padre Matheus führte die vier Männer in den niedrigen Raum, der nur drei kleine Fenster zum Innenhof der Pousada und eine Tür besaß. Aufgrund seiner Lage hinter dem Hundezwinger war er ideal für geheime Treffen ohne Zuhörer. Der Padre fragte die Männer nach ihren Wünschen, was Essen und Getränke anbelangte, und verließ, als er nur eine mürrische Bemerkung erntete, den Raum.

Wie er fand, spielte er seine Rolle richtig gut.

*

Es war das erste und einzige Mal, dass sich alle vier Männer der Zelle in Brasilien trafen. Ihre Wege im gemeinsamen Kampf hatten sie auch schon früher in anderen Teilen der Welt zusammengeführt, und jeder kannte die Taten und Aktionen des anderen, ob in Frankreich, Kuwait, Tunesien oder auf dem Balkan.

Jetzt waren sie gemeinsam dem Ruf des Mannes gefolgt, der sich adh-Dh'ib nannte, bereit, im Kampf zu sterben. Keiner von ihnen kannte seinen wahren Namen, er zog wie ein einsamer Wolf seine Kreise, schmiedete Pläne und stellte seinen Gefolgsleuten den Triumph der großen Siege in Aussicht.

In seiner Heimat Deutschland, so hatte er erzählt, war der Wolf seit langer Zeit ausgestorben gewesen, doch nun war er zurückgekehrt und begann, Zwietracht zu säen und Angst zu verbreiten.

Adh-Dh'ib hingegen hatte diese Heimat vor langer Zeit

verlassen und war als Auswanderer an die Front gegangen. Seitdem suchte adh-Dh'ib Anerkennung und Respekt bei den Führern. Was er jetzt plante, würde die Namen derer, die er in den Kampf führte, unsterblich machen, und einen von ihnen sogar zum Märtyrer, dem höchsten aller Ziele.

Vier Männer eines Glaubens, kampferprobt und erfahren im Töten, Männer, die bereit waren, ihr Leben zu geben, und die Spiele, die für Frieden und Freundschaft standen, in einem Blutbad enden zu lassen.

*

Valdrin Arabatzis, der Albaner, hatte als Zwölfjähriger in der Straßenbande seines älteren Bruders Schmiere gestanden. Als sie ihn verhaftet hatten, war Valdrin zum Führer der Gang aufgestiegen. Nach dem Kosovokrieg hatte er mit allem gedealt, was sich zu Geld machen ließ. Lebensmittel, Medikamente, Alkohol, Zigaretten, Autos, Uhren, Schmuck. Drogen aus Russland für die Dealer in Rotterdam und Wien und später Waffen aus Deutschland für die Milizen in Syrien und Afghanistan.

Für Valdrin gab es nichts, was er nicht besorgen und in beliebiger Menge liefern konnte. Menschen, so seine Erfahrung, waren dabei das lukrativste Geschäft. Von seiner Heimat aus hatte er bald zahlreichen Afrikanern zu einer Überfahrt nach Italien verholfen. Als Schlepper verdiente er mit Menschenhandel mehr Geld als mit Drogen und Waffen.

Am meisten brachten die Frauen ein, die er in die Rotlichtbezirke Westeuropas einschleuste, Afrikanerinnen, die viel Geld verdienen mussten, um sich aus der Abhängigkeit ihrer Trafficker, wie man die Menschenhändler nannte, zu befreien.

Die Männer, die ihre Geschäfte auf der Ostroute über den Sudan, Eritrea, Äthiopien bis Syrien und dem Irak abwickelten, schätzten seine Zuverlässigkeit und Verschwiegenheit. Sie nannten ihn nur den »Skipetar«.

Seine Schulter, die ihm ein Schuss zerfetzt hatte, bereitete ihm manchmal Probleme, ebenso der linke Arm, dessen Lähmung mit den Jahren nachgelassen hatte. Er ignorierte die Schmerzen, und von den anderen wusste keiner von diesen Verletzungen.

Valdrin a-Shqiptaris ständiger Begleiter war der Tod.

*

Abayomi Akande würde seinem »nom de guerre« al-Thu'bân- »Drache« alle Ehre machen. In der Welt Abayomi Akandes verkörperte der Drache das Böse und erschien seit Jahrhunderten in Schlangengestalt.

Die Feuermale in seinem Gesicht waren Spuren der Vergangenheit, die er längst gerächt hatte. Sie hatten ihn früher »Obayana«, König des Feuers genannt. Doch der Drache und die Schlange entsprachen eher seinem Naturell.

Wie die Kobra war er tückisch und falsch, listig und schnell, tauchte auf und verschwand, ohne Spuren zu hinterlassen, und wenn er zuschlug, kam der Tod so sicher wie nach dem Biss der Schwarzen Mamba.

Al-Thu'bân hatte Rashid bin Malik, den sie Malik al-Mot, den Todesengel nannten, aus Saudi-Arabien mitgebracht. Malik al-Mot baute Bomben wie Männer in anderen Ländern Autos oder Gewehre. Dieses Mal hatte er eine besondere Aufgabe zu lösen. Er würde dem Läufer Sunday Sanusi den Gürtel umlegen, der ihn zum Läufer des Todes machte. Er musste nur zur rechten Zeit das Ziel erreichen.

Bei diesem Lauf ging es um alles oder nichts.

*

»Wir sind komplett«, sagte al-Thu'bân, »adh-Dh'ib wird nicht kommen. Er will unerkannt bleiben, wie all die Jahre schon. Aber ich kenne seine Pläne, und ihr alle wisst ebenfalls, worum es geht.«

»Ist dieser Ort sicher?«, fragte Valdrin a-Shqiptari. »Und was ist mit diesem Alan Scott? Zweimal haben wir versucht, ihn aus dem Weg zu räumen, und nun soll er sogar hierherkommen!«

»Das ist ein Teil des Plans«, antwortete al-Thu'bân. »Nachdem auch dir dieser Alan Scott entgangen war, änderte adh-Dh'ib seinen Befehl.«

»Aber warum?«

»Weil Scott der Freund jener weißen Frau ist, deren Name wir auf Agim Zotos Handy gefunden haben. Wir wissen nicht, was sie von Zoto vor seinem Tod noch erfahren hat. Adh-Dh'ib will die beiden hier unter Kontrolle haben.«

»Das kann ich gerne übernehmen«, höhnte Valdrin und machte mit seiner rechten Hand ein eindeutiges Zeichen an seinem Hals.

»Nein!«, widersprach der Afrikaner. »Später soll sie uns als Journalistin nützlich sein, deshalb leben die beiden noch. Sie glauben, einem Dopingskandal auf der Spur zu sein. Solange sie das denken, bleiben unsere wahren Pläne unentdeckt. Doch sprechen wir jetzt von Sunday Sanusi.«

Er machte eine bedeutungsvolle Pause und wartete, bis die Hunde aufhörten zu bellen.

»Malik al-Mot möge berichten.«

Der Araber erhob sich und blickte einen nach dem anderen lange schweigend an. Als sein Blick auf Sunday Sanusi fiel, huschte ein seltsames Zucken über sein Gesicht.

»Die irdischen Tage von Sunday Sanusi sind gezählt«, begann er, »bald wird er uns vorangehen und die paradiesischen Freuden schauen. Sein Name wird in unserem Reich genannt werden in einem Atemzug mit den tapfersten Kriegern und größten Märtyrern, denn er ist bereit, für unseren Weg ehrenvoll zu sterben. Er wird seinem Leben ein Ende setzen, seine letzten Schritte als Sieger des Olympischen Marathons werden ihn an die Pforte des Paradieses geleiten. Ich werde den Zünder so programmieren, dass er genau seiner Laufleistung entspricht. Er funktioniert wie eine Pulsuhr und berechnet aus Puls- und Herzschlagfrequenz, Geschwindigkeit, Entfernung und Trittzahl den Zeitpunkt der Detonation. Sanusi läuft seit Wochen blind immer dieselbe Zeit, zuverlässig wie ein Uhrwerk. Die Bombe wird genau dann explodieren, wenn er die Arena erreicht.«

Sunday Sanusi saß aufrecht wie eine Statue. Die Worte des Arabers erfüllten ihn mit Stolz, und er sah voll Freude dem Tag seines Triumphs entgegen.

»Muss er nicht mit dem veränderten Gewicht trainieren?«, fragte Valdrin a-Shqiptari.

»Malik al-Mot wird das alles bedacht haben!«, fuhr al-Thu'bân den Albaner an.

»Wichtig ist nur, dass es funktioniert«, bemerkte Malik, »und es reicht, dass *ich* weiß, wie.«

»Trotzdem«, der Albaner ließ nicht locker. »Wie wird die Explosion ausgelöst?«

Um den Mund von Malik al-Mot spielte ein seltsames Lächeln. »Adh-Dh'ib selbst wird die Sprengung zünden«, sagte er.

Montag, 1. August 2016
Cataratas do Iguaçu, Paraná, Brasilien
Noch 20 Tage

M'Boi war zornig, als an diesem Morgen der Regenbogen über dem Fluss Iguaçu stand. Auch die Strahlen der wärmenden Sonne vermochten nicht, den Wasserschlangengott zu versöhnen, und die Eifersucht wühlte in seinem Herzen. M'Boi, der die Gestalt der Boa angenommen hatte, sann auf Rache dafür, dass ihn seine Auserwählte Naipi, die Tochter des Häuptlings Igopi vom Stamm der Kaingang, betrogen hatte und mit ihrem Geliebten, dem jungen Tairobá, im Kanu geflohen war.

Die Jungfrau, die M'Boi in jedem Mondjahr für sich beanspruchte, war in diesem Jahr die schönste, die sein böses Auge je gesehen hatte, und vielleicht wäre sie mit ihrer Anmut und Schönheit sogar in der Lage gewesen, sein von Eifersucht und Boshaftigkeit gezeichnetes Wesen zu bekehren und aus dem Gott des Zorns und der Rache einen Gott der Liebe zu machen. Doch die Jungfrau hatte ihn abgelehnt und bekam nun alle Grausamkeit und Macht von M'Boi zu spüren.

Mit seinem mächtigen Riesenschlangenschwanz schlug der Wütende eine klaffende Schlucht in das Bett des Großen

Wassers, sodass es aufbrauste und tobte und sich wütend wie der Schlangengott zischend und brodelnd über die Klippen in die Tiefe stürzte.

Das Kanu der beiden Liebenden versank, M'Boi aber ließ die Häuptlingstochter zu einem Felsen versteinert am Fuß des Katarakts. Ihr Geliebter blieb oben am Wasserfall zurück, wo er, verwandelt in einen Baum, für immer auf den Teufelsschlund und somit in das Grab seiner Angebeteten blicken musste.

*

Linda Roloff dachte an die Sage, als sie 60 Meter über dem Totenfluss stand.

Hier, oberhalb der Katarakte, wo sich noch heute Tairobá in Gestalt einer gekrümmten Palme zu einem der Felsen hinunterbeugte, hatten einst die Völker, die entlang des Iguaçu gelebt hatten, die Überreste der Verstorbenen den tosenden gelbbraunen Fluten mitgegeben. Von des »Teufels Kehle« aus hatten die Toten die Reise in die Ewigkeit angetreten und waren in den Katarakten des »Großen Wassers«, wie das alte Volk der Guaraní die Fälle genannt hatte, den Blicken der Hinterbliebenen entzogen worden.

Linda starrte auf das gigantische Naturschauspiel, das um sie herum tobte. In Abertausenden feinster Wassertröpfchen spielte die Gischt mit den Sonnenstrahlen, die sich gleißend durch die von unten emporsteigende Nebelwand fraßen, ein doppelter Regenbogen spannte sich wie ein verzauberter Baldachin vom Salto Santa Maria zum Salto Dos Hermanas auf der argentinischen Seite.

In weit über 200 Wasserfällen stürzten die tosenden Massen des Iguaçu über zwei Fallstufen in die enge Schlucht, begrenzt von mächtigen Basaltfelsen, auf denen dort, wo das Wasser sich keinen Weg bahnte, in allen Schattierungen von Grün Moose, Farne und die Blätter tropischer Kletterpflanzen leuchteten.

Tiere waren hier oben selten, aber von dem Urwaldpfad aus, der sie entlang des Iguaçu von der Endstation des Busses hierher geführt hatte, erspähte sie Papageien und Tukane, von denen Alan sicher alle Namen gekannt hätte, sah hoch oben in den Wipfeln der Urwaldriesen Brüllaffen turnen und beobachtete die frechen Nasenbären, die keinerlei Scheu vor den Besuchern zeigten. Falter und Libellen gaukelten und schwirrten in ihrer Buntheit durch den immergrünen Wald, in denen unermüdlich das Nass der nahen Wasserfälle von den Farnen, Palmen und Lianen tropfte.

In Foz do Iguaçu, der Stadt am Rande des brasilianischen Teils der Kaskaden, hatten sie und Alan sich getrennt, und Linda war gegen Abend mit dem Bus zu den oberen Wasserfällen gefahren. Sie sollte, der Vereinbarung mit Detlef Haverkamp folgend, am Abend allein zum Treffpunkt, einer nur zu Fuß erreichbaren Aussichtsplattform beim »Garganta do Diabo« kommen.

Teufelsschlund, Teufelskehle, Teufelsmaul oder Teufelsrachen hieß dieser mächtigste und höchste Wasserfall, der am oberen Ende der engen Schlucht, beim Grab von Naipi, die größten Wassermassen in die Tiefe jagte.

Alan Scott hatte sich für eine Macucosafari entschieden, die abenteuerlustige Touristen in Zodiacs unterhalb der Fälle zur den Katarakten vorgelagerten Basaltinsel San Martin brachte. Schon am Mittag war er aufgebrochen, um die Lichtverhältnisse für die Aufnahmen der zahlreichen Regenbogen in der Schlucht zu nützen. Auch er würde so auf dem Wasserweg im Canyon bis hinauf zum »Teufelsschlund« gelangen, allerdings gut 70 Meter unterhalb von Lindas Treffpunkt.

Getrennt durch das »Große Wasser«, wie einst Tairobá und Naipi, dachte Linda, während sie eine schnatternde japanische Reisegruppe auf dem Steg an sich vorbeiziehen ließ und abwartete, bis das Grollen und Tosen der Wasserfälle in der Geräuschkulisse wieder die Oberhand gewann.

Schmale Plankenpfade, in schwindelerregender Höhe am oberen Rand der Kaskaden mit Eisenträgern in den Basaltfels getrieben und mit Stahlgeländern gesichert, machten es möglich, sich dem Schlund des Teufels bis zum jähen Absturz in den Wasserkrater zu nähern. Linda hatte sich auf Alans Rat im Hotel einen dünnen Regenponcho gekauft und streifte ihn jetzt über.

Wie eine Nussschale hüpfte 70 Meter unter ihr eines der Schlauchboote der »Macuco-Safariflotte« in der gelbbraunen Gischt. Wer hier über Bord ging, war mit Sicherheit verloren. Sie zählte 14 Personen an Bord, sicher ganz gewöhnlich, da die Boote von Touristen stark frequentiert und meistens gut gefüllt waren. Alan konnte sie nicht entdecken.

Linda setzte das Fernglas an, um die Personen in dem schwankenden Boot zu erkennen, doch die Gischt, die um sie herum tobte, machte einen klaren Blick durch das Okular unmöglich. Als eine der aufsteigenden dampfenden Nebelschwaden die Sicht nach unten wieder freigab, war das Zodiac aus ihrem Blick verschwunden. Sie versuchte es erneut mit dem Fernglas, doch vergebens.

Eine Gruppe Kinder und Jugendlicher, aus deren Unterhaltung sie portugiesische Worte zu verstehen glaubte, drängte sich jetzt an Linda vorbei nach vorne, der Steg begann dabei gefährlich zu vibrieren. Als die Japaner von der Aussichtsplattform zurückkehrten und sich ihrerseits an den Schülern vorbeiquetschten, bogen sich die schmalen Holzplanken unter dem Gewicht der trampelnden Horde.

Linda erkannte im Pulk der brasilianischen Schüler einen hoch aufgeschossenen Mann in hellem Tropenanzug, der wie die Karikatur eines Touristen am Geländer stand und die Kinder um eine halbe Körperlänge überragte.

Nicht einmal den britischen olivgrünen Tropenhelm, wie ihn die Feinde Tarzans in den alten Johnny-Weissmüller-Filmen trugen, hatte er ausgelassen. Dazu Kniestrümpfe und helle, hoch geschnürte Stiefel, die einem Offizier im Afrikacorps Ehre gemacht hätten und, quer über die Schulter gehängt, eine gigantische Feldflasche, deren Inhalt den Durst einer halben Kompanie bei einer Saharadurchquerung zu stillen vermocht hätte.

Linda hatte keine Zweifel, da draußen auf der Plattform stand Detlef Haverkamp, der Geheimagent im Auftrag der »World Anti-Doping Agency«, der seinen Nadelstreifenanzug mit dem Tropenanzug und das Büro in London mit dem Urwald Brasiliens getauscht hatte.

Es dauerte nur wenige Minuten, dann kamen die Schüler palavernd zurück, nachdem ihnen das aufspritzende Wasser, die Nässe und die Tropfen auf ihren Smartphones die Freude am Selfie verdorben hatten.

Linda unterdrückte ein Kichern, als sie die Aussichtsplattform betrat und feststellte, dass der Khakianzug des Anti-Doping-Agenten von der unfreiwilligen Dusche oberhalb des Katarakts vollkommen durchnässt war. Auch von seinem Helm tropfte das Wasser in dicken Fäden zu Boden. Mit strengem Blick sah er zur Uhr, und sein Blick schien die Zuspätkommende strafen zu wollen. Doch Lindas Lächeln versöhnte ihn, und er streckte ihr die Arme entgegen.

»Na schön, dass es doch noch klappt«, sagte er in freundlichem Ton, »ich hatte schon Sorge, Sie könnten über Bord gegangen sein wie heute Nachmittag so ein armer Kerl da unten in einem dieser Spielzeugboote. Den werden sicher die Kaimane holen.«

Linda sah bestürzt nach unten und war sich nicht sicher, ob Detlef Haverkamp scherzte.

»Ist da wirklich einer aus dem Boot gefallen?«, fragte sie und dachte voller Sorge an Alan.

»Ja, kein Witz.« Jede Heiterkeit war aus Haverkamps Stimme verschwunden. »Vor zwei Stunden vielleicht. Ganz dort hinten, wo die Schlucht wieder breiter wird, waren erst zwei Leute im Boot und dann nur noch einer. Fast wie bei ›Zehn kleine Negerlein‹.«

Er fing an die Melodie zu summen und sang schließlich:

»Zwei kleine Negerlein, die fuhren auf dem Fluss, das eine fiel ins Wasser rein, da war sein Leben Schluss! Hahaha«, lachte er über seinen eigenen Witz.

Linda trieb die Angst um Alan in der feuchten Luft zusätzlich Schweißperlen auf die Stirn. Sie starrte in den Abgrund, der sich vor ihr als gähnender Rachen des Teufels öffnete, und brachte kein Wort heraus. Sie hatte keinen Blick mehr für die Regenbogen, die die inzwischen tief stehende Sonne mit gleißendem Glitzern über die tosenden Wassermassen zauberte. Unten in die Schlucht drang kein Tageslicht mehr, und der Abend senkte sich rasch über das Land herein.

»Kennen Sie die Geschichte von M'Boi, dem Schlangengott, und seiner untreuen Braut?«, fragte Haverkamp ungerührt weiter. Er schien nicht zu ahnen, dass er Linda mit dieser unüberlegten Frage ins Mark traf. Dabei weiß er doch, dass Alan mich nach Brasilien begleitet hat, dachte

Linda. Aber wie sollte dieser gefühllose Trottel auch ahnen, dass Alan sich in einem der Boote da unten befand, und sie sich einfach Sorgen machte.

»Naja, das tut nichts zur Sache«, meinte er jetzt. »Ich sehe, Sie fühlen sich nicht ganz wohl hier oben?«

Also doch ein bisschen Gefühl in diesem ach so toughen Agenten, dachte Linda und versuchte, ihre düsteren Gedanken zu verdrängen. Alan war sicher wohlauf, und die Bootstouren am Iguaçu galten als sicher. Nur einmal hatte es ihres Wissens einen tödlichen Bootsunfall gegeben, drüben auf der argentinischen Seite der Fälle.

»Ich bin nicht ganz schwindelfrei«, log sie.

»Sollen wir zurückgehen?«, fragte er und setzte wieder das gewinnende Lächeln auf, das ihn schon bei der ersten Begegnung auf dem Spitzberg so sympathisch gemacht hatte.

»Nein, es ist schon okay. Sie haben mir ja angedeutet, weshalb der Treffpunkt hier oben so ideal ist.«

»Die Touristen sind jetzt beim Abendessen oder sie beobachten den Sonnenuntergang vom Aussichtsturm des Cataract-Hotels aus. Hier oben kehrt um diese Zeit Ruhe ein.«

»Sie waren schon öfters hier?«, fragte sie.

»Ich komme bei jeder Brasilienreise hierher. Und im Vorfeld von Olympia war ich ein halbes Dutzend Mal im Land. Und Sie? Zum ersten Mal in Südamerika?«

»Ja.«

Eine wirkliche Antwort schien ihn nicht zu interessieren, denn er fuhr fort:

»Wir sollten die Zeit, die wir hier allein sind, nutzen. Hat sich jemand mit Ihnen in Verbindung gesetzt?«

»Ich habe eine SMS bekommen. Unbekannter Absender. Hier.«

Haverkamp las. Er grinste, als er fertig war, und zufrieden sagte er:

»Die haben angebissen. Nova Iguaçu ist eine Stadt in der Baixada Fluminense nördlich von Rio. Die Gegend ist ziemlich berüchtigt, was Kriminalität angeht.«

Sie überging diese Bemerkung und überlegte einen Augenblick, ob es Sinn machte, ihm von der Leiche Smejas zu erzählen. Dann beschloss sie, das Gespräch abzuwarten, und fragte:

»Befürchten Sie nicht, dass die unsere Inszenierung durchschauen? Dass sie wissen, dass wir in Kontakt stehen?«

»Könnten Sie es denn wissen?«, konterte er, »ich meine, haben Sie mit irgendjemandem darüber gesprochen?«

Lindas »Nein« kam einen Augenblick zu schnell. Sie wollte Haverkamp nicht verärgern und verschwieg ihm deshalb, dass Alan über alles Bescheid wusste. Er hakte aber nach:

»Sie haben auch mit Ihrem Begleiter kein Sterbenswörtchen über diese Angelegenheit gesprochen?«

»Ich bin auf alle Ihre Forderungen eingegangen«, wich sie aus. Er schien mit der Antwort zufrieden zu sein.

»Wir haben einen zuverlässigen Hinweis bekommen, dass ein afrikanischer Läufer namens Sunday Sanusi mit einer perfekt getarnten Dopingvariante den Olympischen Marathon gewinnen soll. Vielleicht erinnern Sie sich an seinen Namen. Er war schon in Peking bei der letzten WM dabei, allerdings eher unauffällig …«

»Und beim Tübinger Stadtlauf«, unterbrach Linda.

»Richtig! Damals hat er sich erfolgreich hinter einem Quartett aus Landsleuten versteckt. Die Kerle sind zu gerissen, um schon vor Rio auf Sanusi aufmerksam zu machen. Doch wir sind sicher, dass jeder Lauf, an dem er beteiligt war, nur dazu diente, sich auf Rio einzuschießen. Die Qualifikation hat er jedenfalls spielend geschafft.«

»Wer ist Ihr Informant?«

»Streng geheim. Aber er ist seit ein paar Wochen spurlos verschwunden. Wir müssen daher unsere Taktik ändern.«

»Und wie?«

»Sie als akkreditierte Journalistin haben ungehindert Zugang zum Medienzentrum und dem Olympischen Dorf in Barra da Tijuca.«

»Und weiter?«, fragte sie.

»Nachdem das Kartell Kontakt zu Ihnen aufgenommen hat, warten wir ab, ob Sie sozusagen offiziell als Kurierin beauftragt werden oder man Ihnen heimlich den Stoff zusteckt. Sie sind rechtzeitig zur Eröffnung der Spiele vor Ort. Ihre Flugtickets von Curitiba über São Paulo nach Rio haben wir an Ihrer Hotelrezeption in Foz do Iguaçu hinterlegt. Sobald Sie in Rio sind, gehen Sie ins Olympische Dorf. Finden Sie heraus, wo Sanusi wohnt. Machen Sie einen Termin für ein Interview mit ihm. In dieser Zeit werden wir uns Zugang zu seiner Unterkunft verschaffen. Wir brauchen Proben von allem, was er zu sich nimmt. Medikamente, Getränke, Vitamintabletten, Mundspülung, Zahnpasta. Und Sie werden uns die Gelegenheit verschaffen, das zu besorgen.«

Linda schmunzelte. Sie dachte an die »Zahnpastaaffäre«, die einem bekannten Langstreckenläufer aus Deutschland vor vielen Jahren negative Schlagzeilen gebracht hatte. Linda hatte den Athleten für unschuldig gehalten und war zu dem Schluss gekommen, dass man ihm das Nandrolon in die Zahnpasta geschmuggelt hatte, um ihn zu diskreditieren.

»Haben Sie das alles soweit verstanden?«, fragte Haverkamp jetzt.

Linda, die abgelenkt war, nickte und dachte nach. Dann fragte sie:

»Sagt Ihnen der Name Sapucaí etwas?«

»Sapucaí?« Haverkamp wiederholte den Namen in einer etwas anderen Betonung, fast so, wie sie es von einem Brasilianer erwartet hätte. »Natürlich. Das Sambódromo in Rio. Eine der olympischen Spielstätten. Was ist damit?«

Linda fischte im Schutz ihres Regenponchos ihr Smartphone aus der Tasche und wählte die gespeicherte Mitteilung.

›Sa Bukai17dulkada1 437‹

»Können Sie etwas damit anfangen?«

Haverkamp starrte auf das Display und schüttelte nach einer Weile den Kopf.

»Sie meinen, die ersten Buchstaben stehen für Sapucaí? Und das danach?«

»Keine Ahnung. Das hätte ich gerne von Ihnen gewusst.«

»Sorry, aber das sagt mir überhaupt nichts. Woher haben Sie das?«

»Ich weiß, ich hätte Ihnen das vielleicht früher zeigen müssen. Aber wenn Sie auch nichts damit anfangen können …«

»Wer hat Ihnen das geschickt?«, fragte er, und Ungeduld schwang in seiner Stimme mit.

»Agim Zoto wollte mir noch etwas mitteilen, bevor er starb. Ich sollte es aufschreiben. Aber ich konnte nichts damit anfangen. Die ersten Buchstaben stammen von mir, den Rest hat er in der letzten Minute seines Lebens noch selbst geschrieben.«

»Er selbst?«, fragte Haverkamp. »Also kann es auch gar nichts bedeuten. Wie schwer waren seine Verletzungen zu diesem Zeitpunkt?«

»Schwer zu sagen. Ich hatte schon den Eindruck, dass er noch genau wusste, was er sagte und schrieb.«

»Was hat er denn noch gesagt?«

»Ich sollte seiner kleinen Tochter ausrichten, dass er ein guter Mensch war.«

Haverkamp lachte höhnisch. »Und – haben Sie das Kind belogen?«

»Ich habe ihr geschrieben«, sagte Linda langsam, »dass ihr Vater mich und Doudou gerettet hat. Das war die Wahrheit. Mehr nicht.«

»Agim Zoto, ein guter Mensch! Ein eiskalter Killer war das! Der ging über Leichen, wenn dabei etwas für ihn heraussprang. Hat er sonst noch was gesagt?«

»Nur dass ich Sa Bukai retten solle. Ich weiß bis heute nicht, wie er das gemeint hat. Irgendetwas im Sambódromo? Oder denken Sie, es hat etwas mit Doping zu tun?«

»Ganz sicher hat es das. Zoto hat beim Sterben kalte Füße bekommen und wollte so was wie Absolution.«

Er dachte nach.

»Es ist gut, dass Sie mir das gezeigt haben, Linda. Vielleicht haben wir jetzt endlich die Spur, die wir bisher vergeblich gesucht haben. Wir werden das untersuchen.«

»Da ist noch etwas«, sagte sie jetzt. Sie hatte das Gefühl, Haverkamp auch den Tod des Schlangenexperten anvertrauen zu müssen.

»Kennen Sie einen Mann namens Denis Lasarew?«, fragte sie. »Er nennt sich auch Smeja.«

»Nein«, antwortete Haverkamp. »Warum sollte ich?«

»Er hält Schlangen. Unter anderem brasilianische Lanzenottern. Schon mal gehört?«

»Nein, was soll die Frage?«

»Oben im Pantanal«, fuhr sie unbeirrt fort, »haben wir

die Überreste eines Mannes gefunden. Es war nicht mehr viel von ihm übrig, die Kaimane hatten seinen Kadaver zerfetzt. Aber wir haben ihn anhand seiner auffälligen Uhr und seines Rings eindeutig identifiziert. Es war dieser Smeja. Dachte, es interessiert Sie vielleicht.«

»Hm.« Haverkamps Kieferknochen mahlten. »Wir können das mal überprüfen. Ich rede mit unserem Mann vor Ort. Wir müssen allerdings ab sofort äußerst vorsichtig agieren. Keine SMS, keine Telefonate. Die Gefahr, abgehört zu werden, ist zu groß. Ich weiß ja jetzt, wo ich Sie finden kann. Sobald Sie in der Pousada sind, werde ich Sie kontaktieren. Kommen Sie soweit klar?« Seine Stimme klang besorgt, und sie lächelte.

»Kein Problem, Detlef. Machen Sie sich um mich keine Gedanken. Ich werde auch Rio überleben!«

*

Es war schon dunkel, als Linda in ihrem Hotel ankam. Unterwegs hatte sie mehrmals versucht, Alan zu erreichen, doch »the number you've dialed is not available« war die einzige Auskunft, die sie bekam.

Ein ungutes Gefühl beschlich sie, als sie die Hotelhalle betrat. Sie nahm an der Rezeption das Kuvert mit den Flugtickets entgegen und wunderte sich über den Schlüssel, der noch am Brett hing. Demnach war Alan noch nicht zurück. Dabei hatte die Bootstour doch schon am Nachmittag begonnen. Oder hatte er einen zweiten Schlüssel mitgenommen und wartete schon im Zimmer auf sie?

Hastig rannte sie die Treppe in den ersten Stock. Die Zimmertür war verschlossen, das Zimmer dunkel und leer. Sollte er im Restaurant sitzen und schon zu Abend essen?

Allein, ohne auf sie zu warten? Ihre Augen weiteten sich vor Schreck, als sie feststellte, dass Alans Sachen fehlten, seine Kamera, sein Fernglas, die Regenjacke. Nervös zerrte sie ihr Smartphone aus der Tasche und versuchte noch einmal, ihn zu erreichen.

Vergebens.

Die Angst ließ ihre Herzfrequenz ansteigen, und sie spürte, wie ihr Puls zu jagen begann. Ihre Atmung ging flach und schnell, und sie schluckte trocken. Sie fühlte den Schwindel in sich aufsteigen und taumelte ins Bad, um einen Schluck Wasser zu trinken.

In der Badewanne fand sie ihn.

Wenige Stunden zuvor

Isla San Martin, Cataratas do Iguaçu, Paraná, Brasilien

Der Schütze hatte die Waffe im Schutz der überhängenden Felsen aus der Segeltuchtasche geholt. Er schob die Plastikhaut seines dunkelgrünen Regenponchos nach oben und verstaute die Taurus Puma M92 darunter. Den Hinterschaft des Gewehrs ließ er dabei in den Hosenbund gleiten, den Lauf schob er in die Achselhöhle. Auf diese Weise konnte er mit seiner linken Hand den Vorderschaft durch den Poncho hindurch greifen und die Waffe, geschützt vor den Blicken anderer Inselwanderer, bis zu dem Platz transportieren, wo er auf sein Ziel warten wollte.

Der Poncho fiel nicht weiter auf. Jeder, der – ob auf der brasilianischen oder argentinischen Seite der Fälle, unterwegs war, trug schützende Regenkleidung, oft allerdings transparent, was seinem Zweck wiederum weniger dienlich war. Sein hochwertiger Regenponcho war aus demselben schweren Material wie ein »Friesennerz« gefertigt, und er hatte ihn aus Deutschland mitgebracht. Die gebrauchte brasilianische Repetierbüchse hingegen hatte er bei einem Waffenhändler in Porto Allegre für 700 US$ gekauft und würde sie dort auch wieder loswerden.

Seit vier Tagen hatte Hakan Ergün abwechselnd im argentinischen Porto Canoas und im brasilianischen Foz do Iguaçu gewartet, immer auf der Suche nach dem Mann, dessentwegen er die lange Reise von Deutschland auf sich genommen hatte. Er hatte sich täglich auf die Lauer gelegt und dabei die besten Verstecke ausgekundschaftet, von denen aus er einen sicheren Schuss auf die brasilianische Seite der Fälle abgeben konnte.

Der argentinische Zugang zu den Iguazú -Fällen war nur etwa 30 Kilometer vom brasilianischen Foz do Iguaçu entfernt, wo der Kerl mit seiner Freundin schließlich abgestiegen war. Auf mehreren Wegen gelangte man zu den argentinischen Cataratas, von der Bootsanlegestelle aus hinüber zur Isla San Martin, wohin auch die Boote der brasilianischen Macucosafaris fuhren.

Hakan Ergün verwarf den Gedanken, sich in der Nähe der »Garganta del Diabo« auf die Lauer zu legen. Eine kleine Insel oberhalb des Teufelsschlunds, die man über einen schmalen Steg von der argentinischen Seite zu Fuß erreichen konnte, war teilweise überflutet, und ein Drittel des Stegs von den Wassermassen fortgerissen worden. Dorthin verirrten sich nur selten Touristen, doch er hatte das Problem, mit seiner Waffe über die Grenze nach Argentinien zu kommen.

Er entschied sich für diese alles überragende Basaltinsel, die wie ein Bollwerk unterhalb der Wasserfallfront ruhte und über die eine Reihe von Hikingtrails führte. Er war sich sicher, dass dieser abenteuerlustige Kerl sich eine Fahrt mit einem Zodiac nicht entgehen lassen würde. Dabei würde er auf alle Fälle an der Insel vorbeikommen und vielleicht sogar an Land gehen.

Er hatte am Vorabend die Ankunft des Paares in Foz do Iguaçu beobachtet und an der Hotelbar eines ihrer Gespräche belauscht. So erfuhr er von ihren Plänen für den nächsten Tag.

Kurz nach der Morgendämmerung war er als einer der Ersten in einen der Jeeps des Macuco-Safariunternehmens gestiegen und hatte sich zur Anlegestelle der Zodiacs bringen lassen. Das Gespräch mit einem der Jungs, die die Touristen auf die Boote verteilten, verlief zu seiner Zufriedenheit, er zeigte ihm ein Bild des Mannes, das er auf einer Facebookplattform gefunden und ausgedruckt hatte.

1.000 Real wechselten ihre Besitzer. Er kündigte an, den Tag auf San Martin verbringen zu wollen, um dort Vögel zu beobachten. In der langen Tasche aus hellem Segeltuch, so erklärte er, befinde sich das schwere Spektiv mit Dreibeinstativ. Dann ließ er sich übersetzen.

Am frühen Nachmittag zogen einige düstere Wolken herauf, die Touristenboote, die sich unterhalb des Teufelsrachens aufhielten, traten die Rückfahrt an. Seinen Mann hatte er bisher nicht erkennen können, und er befürchtete schon, das Gesicht des Gesuchten unter den zahlreichen Kapuzen und Regenmützen übersehen zu haben. Ein letztes Zodiac kam jetzt von der Anlegestelle Richtung Isla San Martin herüber, und er stellte erfreut fest, dass sein Mann der einzige Gast an Bord war. Sein Plan war aufgegangen, die 1.000 Real, die er dem Jungen am Bootsanlegeplatz bezahlt hatte, waren eine gute Investition gewesen.

Immer wieder versperrte ihm die Gischt des um die Insel herum tobenden und in nebligen Schleiern aufsteigenden Wassers die Sicht, doch konnte er aus seinem felsigen Versteck heraus wenigstens, trotz des schwankenden und im aufgewühlten Wasser auf und ab hüpfenden Ziels, auf einen sicheren Schuss hoffen.

Er hatte eine Taurus Puma M92 schon in Deutschland im Schießstand seines Schützenvereins in der Hand gehabt und kannte das Gewehr. Zur Not würde er ein zweites – und wenn nötig auch ein drittes Mal schießen. Der Mann, der in dem Zodiac gerade irgendwelche Tiere mit dem Fernglas beobachtete, würde die Fahrt auf dem Iguaçu nicht überleben.

Er setzte die Taurus an und fixierte sein Ziel. Der Bootsführer hatte den Außenbordmotor gedrosselt, da sein einziger Gast offensichtlich am Ufer etwas beobachten wollte. Jetzt erkannte auch der Schütze die beiden Agutis, hochbeinige braune Nager, die zu den typischen Bewohnern des brasilianischen Urwalds gehörten. Für den Steuermann, der wie ein Indio aussah, waren sie nichts Besonderes, doch er versuchte, die Wünsche des Touristen zu erfüllen, und ließ das Boot in ruhiges Wasser und auf das Ufer zutreiben.

Der Schütze nahm die Gelegenheit beim Schopf, visierte und drückte ab. Drüben im Boot ging im selben Augenblick der Getroffene über Bord, und der Indio sprang auf. Weder der Schuss noch der Schrei waren im Getöse der Katarakte zu hören, und der Schütze beschloss, seinen Posten sofort zu verlassen und den Rückzug anzutreten, noch bevor der Indio oder Besucher und Besatzungen der anderen Boote, die den Sturz ins Wasser vielleicht gesehen hatten, Alarm schlagen konnten.

Nachdem er die Taurus Puma M92 zunächst unter der Plastikhaut seines Regenponchos versteckt hatte, wartete er einen dichten Gischtschleier ab und zog sich im Schutz der grün bemoosten Basaltfelsen langsam zum Versteck des Segeltuchsacks zurück, verstaute die Taurus darin und tauchte nach ein paar Metern im Pulk einer deutschen Touristengruppe unter, die – das entnahm er ihren begeisterten Gesprächen und Schilderungen – nichts von dem Schuss oder Mann-über-Bord mitbekommen hatten. Sie hatten sich auf den Basaltblöcken am Ufer trocknen lassen und drängten jetzt in die beiden am Ufer der Insel wartenden Boote.

Keiner von ihnen bemerkte, dass einer zu viel an Bord war.

*

Sie hörte die Mundharmonika und folgte ihrem Klang ins Badezimmer. Alan lag nackt in der Wanne und grinste sie an.

»Boa noite, tudo bem?«, fragte er arglos fröhlich mit den paar Worten Portugiesisch, die er sich angeeignet hatte.

»Nein, gar nichts ist in Ordnung!«, fauchte Linda. »Ich habe mir höllische Sorgen um dich gemacht! Ich habe mehrfach versucht, dich zu erreichen, der Zimmerschlüssel hing unten an der Rezeption, die Tür war verschlossen …«

»Ich wollte nicht, dass mich das Zimmermädchen nackt in der Badewanne sieht«, feixte er.

»Und wo sind deine Kamera, dein Fernglas, deine Klamotten?«

»Liegt alles draußen auf dem Balkon. Muss trocknen. Ich habe nämlich nicht nur unter den Wasserfällen geduscht, sondern bin gleich über Bord gegangen!«, erklärte er jetzt, und Linda bemerkte am Klang seiner Stimme, dass er keinen Scherz mehr machte. »Darum habe ich mich jetzt auch in die warme Wanne gelegt!«

»Wie ist das passiert? Ich meine, die fahren doch täglich mit Touristen raus, und ausgerechnet du fällst aus dem Boot?« Ein kurzes Grinsen huschte über ihr Gesicht. »Ach egal«, sagte sie, »Hauptsache es ist dir nichts passiert. – Ist dir doch nicht, oder?«, fragte sie unsicher, nachdem Alan nicht reagierte.

»Ich fand das gar nicht lustig«, sagte er jetzt. »Ich glaube, dass jemand auf mich geschossen hat.«

»Geschossen?«, rief Linda.

»Ja. Ich werde das Gefühl nicht los, dass mir immer noch jemand ans Leder will. In Nigeria hatte ich Glück, in Namibia haben sie mich nicht gefunden, aber seit ich in Deutschland bin, sind sie wieder hinter mir her. Der verrückte Motorradfahrer im Tunnel und jetzt eine Kugel. Aber erzähl du! Wie geht es denn jetzt weiter?«

»Ich habe unsere Flugdaten nach Rio. Haverkamp ist informiert wegen des toten Smeja.«

»Du hast ihm davon erzählt?«

»Ja. Aber jetzt sag schon, wer hat auf dich geschossen?«

»Keine Ahnung. Es begann damit, dass ich ein Boot für mich allein bekam, obwohl es an der Anlegestelle vor Touristen nur so gewimmelt hat. Ich hatte natürlich dich in Verdacht …«

»Mich? Wieso?«, unterbrach sie ihn.

»Dachte, du wolltest mir eine exklusive Fahrt spendieren, ohne Mitfahrer und kreischende Weiber!« Er grinste schief, und sie warf ein Stück Seife nach ihm.

»Hör auf«, mahnte er, »sonst liegst du bei mir in der Wanne!«

»Soll das eine Drohung sein?«, stichelte sie, und Alans Zahnpastatube landete ebenfalls im Wasser.

»Ich meine es ernst! Du bist anscheinend bei deinem Rendezvous mit Detlef nicht nass genug geworden.«

»Nun erzähl schon, wie es weiterging!«

»Wir fuhren also los, nur der indianische Bootsführer und ich. Er ließ all die Touri-Boote vorausfahren, und wir tuckerten zuerst ein bisschen am Ufer entlang. Er wollte rüber zu dieser Isla San Martin, wo alle Touristen an Land gehen, aber ich sagte ihm, dass ich mich mehr für die Tiere interessiere. Wir drehten ab und fuhren ein paar Minuten flussabwärts. Er zeigte mir Aras, einen Grünen Leguan und ein paar Wasserschweine, die den Fluss durchschwammen.«

»Dann hattest du ja eine richtige Safari!«

»Ja. Und ich habe den Bootsführer gefragt, wer denn für mich diese exklusive Tour organisiert hätte.«

»Und? Wusste er etwas?«

»Ein Alemão habe seinem Boss 1.000 Real bezahlt, um mich allein in einem Boot mitzunehmen. Er solle mich zu einer bestimmten Insel fahren.«

»Klingt seltsam.«

»Das dachte ich auch. Ich ließ mich also in Richtung dieser Insel fahren und tat so, als suche ich die Basaltbrocken nach Vögeln ab. Plötzlich sah ich etwas Metallisches zwischen den Felsen in der Sonne aufblitzen.«

»Ein Gewehr?«

»Ich denke, ja. Ich reagierte im Reflex und hab mich über Bord fallen lassen.«

»Indiana Jones in Bestform! Du hättest tot sein können!«

»Bin ich aber nicht. Der Schuss ging fehl, ich hielt mich eine Minute lang im Wasser an der Bootsleine fest, bis wir in einer Gischtwolke verschwanden, und ließ mich dann an Bord ziehen. Das ist die Geschichte von meinem Bad im Iguaçu.«

Er grinste und spritzte Linda an, die ein paar Schritte zurückwich.

»Wo hast du denn dein Handy?«, fragte er.

»Draußen auf dem Bett, warum?«

»Na, ich dachte, vielleicht möchtest du den Streifschuss fotografieren?«

»Streifschuss? Also hat der Kerl dich doch erwischt?«

»Ja hier«, sagte er und zeigte auf eine Stelle zwischen rechter Schulter und Genick.

»Wo?« Linda trat näher und bückte sich zu ihm herunter.

Mit einem Ruck schnellten seine Arme nach vorne, er packte sie bei den Handgelenken und zog sie zu sich hinunter. Mit einem Aufschrei stürzte sie zappelnd zu ihm in die Wanne, Wasser schwappte über den Rand und setzte den Boden des kleinen Badezimmers unter Wasser.

»Reingefallen!«, lachte Alan, während Linda mit nassen Klamotten in der Wanne strampelte.

»Du Schuft!«, schrie sie und schlug wild um sich. Er zog sie unter Wasser, drückte sie an sich, und als sie prustend auftauchte, küsste er sie lange und leidenschaftlich. Ihr nackter Oberkörper zeichnete sich verführerisch unter ihrer nassen Bluse ab, Alans Hände tasteten sich über ihre Hüften zu den Jeans, die an ihren Schenkeln zu kleben schienen.

»Hast du noch was vor heute Abend?«, flüsterten seine Lippen an ihrem nassen Ohr.

*

Der Mann, der über die geöffnete Balkontür unbemerkt ins Zimmer geklettert war, steckte die Flugtickets zurück in den Umschlag. Hakan Ergün kannte jetzt Alan Scotts Flugdaten von Curitiba über São Paulo nach Rio und seine Unterkunft in Nova Iguaçu in der Baixada Fluminense.

Also würde auch er nach Rio de Janeiro fahren, gleich morgen früh, mit dem ersten Bus, um vor den beiden am Pão de Açúcar zu sein. Hier am Iguaçu war ihm Alan Scott entgangen. In Rio würde ihn seine Neun-Millimeter-Glock nicht im Stich lassen. Ein sicherer Schuss aus kurzer Entfernung, irgendwo in einer schummrigen Bar in Ipanema.

Alan Scott war ein toter Mann.

Dienstag, 2. August 2016
Barra da Tijuca, Rio de Janeiro, Brasilien
Noch 19 Tage

Seine Laufstrecke führte ihn die ersten Kilometer am Strand entlang, vom Start am Riviera Club lief er über den Canal da Joatinga hinüber nach Joá, drehte dort eine Schleife und kehrte über die Ponte Nova zurück, lief am Barra Life Medical Center vorbei und erreichte nach etwas über zehn Kilometern seinen Ausgangspunkt.

Sunday Sanusi genoss es, direkt am Strand Praia da Barra zu laufen, der am frühen Morgen noch wenig belebt war. Draußen waren die ersten Kitesurfer unterwegs, er überholte Jogger und Walker im von der Nacht abgekühlten Sand, während sich in den Einkaufszentren von Barra da Tijuca das erste Leben regte und sich in den Avenidas zwischen den Hochhäusern die ersten Staus bildeten.

Heute unterbrach Sunday Sanusi sein Training nur wenige Meter vom Ozean entfernt und ließ sich in den weißen Strand fallen.

Er wartete auf Al-Thu'bân, den Drachen. Sanusis großer Tag stand kurz bevor, nichts durfte schiefgehen. Sie kannten das Risiko, noch in den letzten Tagen einen Fehler zu machen. Doch bisher war alles glattgelaufen. Zu glatt vielleicht.

Wenn sich die Männer trafen, um zu reden, dann an Orten, an denen man sie nicht belauschen konnte. Der Strand von Tijuca mit der tosenden Brandung des südatlantischen Ozeans war ideal.

Al-Thu'bân war pünktlich und setzte sich neben den Kenyaner. Das Gespräch der beiden Männer war leise und beschränkte sich auf die notwendigsten Informationen.

»Das Training läuft?«, fragte der Drache.

»Ohne Probleme.«

»Der Zeitplan?«

»Passt. Und bei euch?«

»Malik al-Mot programmiert.«

»Wird er es rechtzeitig schaffen?«

»Er sagt ja.«

»Wann trainiere ich heiß?«

»Sobald Malik al-Mot das Zeichen gibt.«

»Ich muss das Gewicht einkalkulieren. Ich sollte mit dem Gürtel trainieren!«

»Schweig!«, herrschte ihn Al-Thu'bân an. »Du wirst ihn tragen, sobald es an der Zeit ist. Wie schnell läufst du hier?«

»Zwei Stunden zehn.«

»Das ist zu langsam. Deine Landsleute waren in London schneller.«

»23 Sekunden. Ich weiß.«

»Eineinhalb Minuten!«, korrigierte Al-Thu'bân.

»Der Schnellere von den beiden. Und der Amerikaner war eine Minute langsamer.«

»Wir orientieren uns nicht an den Ungläubigen!«, fuhr Al-Thu'bân auf. »Du wirst unter den ersten drei im Ziel sein, so hat es adh-Dh'ib befohlen.«

»Ich arbeite an meiner Zeit«, sagte Sanusi.

»Wäre nicht schlecht. Wenn Malik al-Mot den Zünder programmiert hat, kommt es nur noch auf dich an. Ich werde dann bei dir sein, als dein Trainer. Alles, was bisher war, wird untergehen in unserem Sieg.«

Sie verabschiedeten sich mit dem Gruß ihres Netzwerks.

Al-Thu'bân, der Drache, ging zur Avenida Lúcio Costa oberhalb des Strands zurück, und Sunday Sanusi setzte sein Training fort. Insgesamt viermal würde er die Halbinsel südlich der Lagune von Tijuca umrunden, dann würde sein Distanzmesser 42,195 Kilometer anzeigen. Und eine Zeit von unter zwei Stunden zehn.

Das war sein Ziel.

Freitag, 5. August 2016

Tag der Eröffnungsfeier der Olympischen Spiele

Pousada Santo Antônio, Nova Iguaçu, Brasilien

Noch 16 Tage

Sie fühlten sich wie Gefangene. Eine zwei Meter hohe Mauer, auf deren Brüstung Glasscheiben in den Beton eingelassen waren, umgab die Pousada wie eine Festung. Das zweiteilige Eisentor, dessen Gitterstäbe wie Speerspitzen in den Himmel ragten, ließ sich nur vom Pförtnerhaus aus öffnen, den Schlüssel hatte Padre Matheus. Er hatte sie am Tor empfangen und den Mietwagen, den sie am Flughafen übernommen hatten, in den engen Hof gewiesen.

Der Padre hatte einen seltsam unruhigen Blick und eilte in raschen, trippelnden Schritten über den Hof. Er war klein, hatte einen krummen Rücken und wirre, schulterlange Haare. Linda erschien er eher wie der Bühnenrowdy einer Rockband.

»Macht einen etwas konfusen Eindruck«, flüsterte Linda Alan zu.

Sofort waren sie von den Hunden umringt gewesen, einem Labrador, einem Malinois, einem Deutschen Schäferhund und zwei Mischlingen, wie Linda mit Kennerblick feststellte. Der Padre hatte ihnen das Zimmer gezeigt, das im ersten Stock des Nebengebäudes in der Nähe des Hundezwingers lag. Ein Balkon, der auf die Dächer der Favela blickte, lief als schmale Veranda um das ganze Haus. Eine halbe Stunde später trafen sie sich mit dem Padre im kleinen Speisesaal, der gleich neben der Küche im Hauptgebäude lag.

Zu Lindas Verwunderung richtete er Grüße von Detlef Haverkamp aus.

»Sie mögen ihn morgen am Flughafen abholen und in die Stadt bringen, meinte er. Ich habe die Ankunftszeit aufgeschrieben. Ich soll Ihnen sagen, wie Sie ihn später erreichen können«, meinte er und kicherte, »Geheimsache, wie immer bei Haverkamp.«

»Sie kennen sich?«

»Flüchtig.«

Draußen schlugen die Hunde an.

»Das sind die anderen Gäste«, meinte er, »die tun auch so geheimnisvoll. Aber sie verstehen sich mit den Hunden.«

Er tätschelte einen der Mischlinge und gab ihm ein Stück getrocknetes Fleisch.

»Wo wohnt Haverkamp?«, fragte Linda.

»Streng geheim. Wenn Sie ihn treffen wollen, sollen Sie in Ihrem Zimmer gegen 20 Uhr zwei Mal das Licht an- und ausschalten. Dann wartet er eine halbe Stunde später da drüben, in der Churrascaria ›Urubu‹. Sehen Sie das Dach des Eckhauses mit den fehlenden Ziegeln?« Er deutete aus dem Fenster über die Mauern auf ein graues Haus auf der anderen Straßenseite. »Hinter der eingeschlagenen Fensterscheibe ist die Küche, gleich nebenan der Schankraum. In das Hinterzimmer kommt Haverkamp dann.«

Montag, 8. August 2016
Rua Vinícius de Morães, Ecke Rua Prudente du Morais, Rio de Janeiro, Brasilien
Noch 13 Tage

Alan Scott erkundete Rio auf eigene Faust.

Von außen machte die Bar einen nicht sehr gemütlichen Eindruck. In den braunen Terrakottakästen verkümmerten tropische Gräser, an der mit weißen und schwarzen Klinkern verzierten Brüstung fehlten zahlreiche Steine, der Rest der an der Hausecke gebauten halbrunden Front bestand aus offenen Fenstern und kleinen, in dunkle Holzrahmen gefassten Glasquadraten, die etwas Außenlicht in das eher düster wirkende Innere der rustikalen Bar warfen.

Die zerbeulte Dachrinne hing schief unter dem flachen, mit grauen Rundziegeln gedeckten Dach, auf dem zweimal der Schriftzug »Ipanema« in schiefen, einst wohl roten Buchstaben prangte, die notdürftig auf zwei schmutzigen Drahtgittergeflechten befestigt waren. In dem aus hellen Steinen gepflasterten Mosaik auf dem Gehweg waren unübersehbar in dunklem Rot die Worte »GAROTA de IPANEMA« eingelassen.

Hier, in dieser kleinen Bar sollen, so sagte es die Legende, dem Komponisten Antônio Carlos Jobim und seinem Freund, dem Dichter und Gitarristen Vinícius de Moraes, jene Takte eingefallen sein, die später als die wohl berühmteste Bossa Nova der Welt unter dem Titel »Girl from Ipanema« bekannt wurden.

»Veloso« hieß die kleine Bar in Ipanema damals, im Sommer 1962, und man hatte von den meisten Plätzen aus einen Blick hinunter zum Strand. Jobim und Moraes genehmigten sich an jenem Tag in ihrer Stammkneipe ein kühles Bier, als ein 17-jähriges Mädchen die bewundernden Blicke der Gäste auf sich zog. In diesem Augenblick sollen Noten und Text des späteren Welthits auf der Papiertischdecke der Theke entstanden sein.

Ob das nun so stimmte oder nicht, war Alan Scott an diesem Abend egal, als er die ehemalige Veloso-Bar betrat, die heute »Garota de Ipanema« hieß. Neben Bildern der beiden Schöpfer hing in einem großen Rahmen auch das Notenblatt mit handgeschriebener Melodie und Text des Evergreens, was dem Mythos hier an diesem Ort zur Wahrheit verhalf. Warum, dachte Alan Scott, sollte es nicht so gewesen sein?

»A Garota de Ipanema. Letra Vinícius de Morães, Mus. A. C. Jobim« stand darüber.

Alan Scott hatte den ganzen Tag über die Zeit totgeschlagen, da Linda zum Flughafen gefahren war, um Haverkamp abzuholen. Sie wollte dann ins Olympische Dorf, um sich umzusehen. Alan hatte sich an der Copacabana in den Atlantik gestürzt, sich zwischendurch ein kühles brasilianisches Brahma gegönnt und war am späten Nachmittag nach Ipanema gefahren, um dem berühmten »Girl« in der Bar einen Besuch abzustatten. Am Sandstrand von Ipanema genoss er den Blick hinüber zu den Zwillingskuppen der »Dois Irmas«, die wie Corcovado oder Zuckerhut als kahle Granitglocken hoch über der Stadt und dem Atlantik aufragten.

In der gut besuchten und bei Einheimischen wie Touristen gleichermaßen beliebten Bar fand er einen freien Platz an einem der Tische an der Fensterfront und bestellte sich bei einem der mit schwarzer Fliege und leuchtend roter Weste elegant wirkenden Ober eine Picanha, jenes vor allem bei Brasilianern äußerst beliebte Rinderschwanzstück, das mit seiner Fettseite nach unten auf dem offenen Feuer der Churrasqueira gegrillt wurde.

Zur gleichen Zeit

Olympic Village – Barra Da Tijuca, Rio de Janeiro, Brasilien

Seit 1978 prägte dort, wo der Olympiapark und das Olympische Dorf errichtet worden waren, das Autódromo de Jacarepaguá den Südwesten Rios. Die legendäre, nach dem brasilianischen Formel-1-Rennfahrer Nelson Piquet benannte fünf Kilometer lange Rennstrecke an der Barra di Tijuca war abgerissen worden, um auf dem dreieckig aufgeschütteten Marschland, das sich mit dem Cabo de Pombeba weit in die Lagune von Jacarepaguá hineinstreckte, den Olympiapark bauen zu können.

Heute ragten am südwestlichen Rand der Lagune die zwölfstöckigen Appartementhochhäuser in den Himmel, die das Zentrum des Olympischen Dorfes bildeten.

Linda Roloff, die ihr offizielles Quartier als Journalistin im benachbarten Medienzentrum hatte, war auch für den Olympiapark und das Olympische Dorf akkreditiert. Detlef Haverkamp hatte auch hier ganze Arbeit geleistet. Problemlos gelangte sie auf das Gelände und machte sich auf die Suche nach Sanusi.

Sie blickte zur Uhr.

Sie fand das Mannschaftsquartier von Sunday Sanusi auf Anhieb. Es lag im siebten Stockwerk des Appartementblocks mit der Nummer acht, unschwer zu erkennen an den Fahnen der Nationen, die über den Balkonen der Appartements hingen. Doch Sunday Sanusi war nicht da.

Einer der afrikanischen Athleten, der im selben Bau wohnte, glaubte zu wissen, dass er auf der 400-Meter-Bahn des Olympischen Trainingsdorfs trainiere. Linda hatte von dieser Einrichtung schon gehört. Neben verschiedenen Plätzen für Ballspiele und Wassersport in unmittelbarer Umgebung konnten die Olympioniken in einem eigens dafür geschaffenen Areal weitere Sportarten wie Laufen und Schwimmen ausüben.

Sunday Sanusi lief Runde um Runde auf der 400-Meter-Bahn des Olympischen Trainingsdorfs. Linda beobachtete ihn und sah zwischendurch auf ihre Uhr. Er benötigte für jede Runde exakt die gleiche Zeit. Auf die Sekunde.

Als er abbrach und ein dunkelhäutiger Mann mit narbigem Gesicht und Trainingsanzug – vermutlich sein Coach – ihn mit einer Wasserflasche am Rand der Tartanbahn empfing, eilte sie zu ihm hinüber.

»Mr. Sanusi?«, rief sie schon von Weitem und winkte. »Just one moment, please!«

Er blickte auf. Sein Trainer sah ihr zornig entgegen, aber Sanusi lächelte und kam auf sie zu.

»Mein Name ist Linda Roloff, Journalistin«, sagte sie, als sie sich gegenüberstanden.

»Sie kennen mich?«, fragte er sie verwirrt.

»Kennen nicht. Nur Ihren Namen. Ich komme aus Tübingen und habe Sie beim Stadtlauf bewundert«, log sie. Er konnte ja nicht ahnen, dass sie selbst mitgelaufen war.

»Bewundert?«, fragte er abschätzig. »Ich gehörte dort nicht zu den Siegern!«

»Trotzdem«, beharrte sie. »Ihr Laufstil. Ich habe ein Auge dafür.«

Sanusi gab dem Mann, den sie für seinen Coach hielt, ein Zeichen, auf Abstand zu bleiben.

»Hätten Sie eine Stunde Zeit für ein paar Fragen?«

»Ein Interview?«

»Ja.«

»Und worüber sprechen wir?«

»Über Sie. Ihre Erfolge. Ihre Ziele.«

»Doping?«

»Wäre es ein Thema?«

»Nein.«

Sie zögerte. War sie zu weit gegangen?

»Können wir für das Interview einen Termin vereinbaren? Morgen vielleicht?«

»Ja«, sagte Sanusi. »Gegen neun Uhr, wenn Ihnen das

recht ist. Block acht, siebter Stock. Warten Sie dort nach dem Frühtraining auf mich.«

»Ich würde es lieber hier draußen machen. Wegen der Fotos.«

»In Ordnung. Dann treffen wir uns um neun Uhr hier.«

Das passte.

Sie würde Haverkamp heute Abend Bescheid geben.

*

Als Alan Scott drei Stunden später die Bar verließ, hatte er nach den zwei Cervejas auch noch drei Caipis getrunken, und es lag vielleicht an der hohen Konzentration des Zuckerrohrschnapses in seinem Blut, dass er sich mutig genug fühlte, noch einen Spaziergang in Richtung der Cantagalo-Favelas zu machen.

Er ließ die Straßen des Großstadtviertels hinter sich und folgte einer der schmalen Gassen, die in Luftlinie genau auf den Hügel zuhielten, an dessen Hängen sich die kleinen schiefen Hütten mit ihren roten Wellblechdächern wie aneinandergeklebt schmiegten. Er bemerkte dabei nicht, dass ihm eine Gestalt aus der Bar gefolgt war.

Wie aufeinandergestapelte Schuhkartons hingen die kleinen Häuser am Fuß des Berges übereinander, manche Fassaden kahl mit abblätterndem Putz, andere bunt gestrichen, gelb oder violett, oder mit Graffitimotiven besprüht. Wirr hangelten sich Stromkabel und Telegrafenleitungen von den Dächern zu den Balkonen und offenen Fenstern. Manche der Löcher schienen unbewohnt, weder Gardinen noch Vorhänge waren zu sehen, und doch hingen vor nahezu jeder Einheit Wäschestücke auf lose gespannten Leinen, oder wild über Balkonbrüstungen und Fenstersimse geworfen.

Zu spät erkannte Alan, dass er sich weit in die Favela vorgewagt hatte. Eine Gang Jugendlicher kam ihm auf der verschmutzten, engen Gasse entgegen, und es wurde ihm bewusst, dass er keine Waffe, nicht mal sein Taschenmesser bei sich hatte. Schon wollte er sich in einen der schmalen Hauseingänge verdrücken, als er den runden Druck eines Waffenlaufs in seinem Rücken spürte und eine Stimme auf Deutsch flüsterte:

»Keine Mätzchen, bleib ganz ruhig, los, hier lang!«

Er wurde drei Meter zurückgezogen und in eine Seitengasse bugsiert, wo ihn der andere umdrehte und ihm die Mündung einer Glock unter sein Kinn hielt. Die schwarzen Haare und dunklen Augen des Angreifers sowie der schwarze kantig geschnittene Bart erinnerten Alan an einen Araber oder Türken, doch der Mann sprach akzentfrei Deutsch.

»Hab ich dich endlich, du Schwein!«, fauchte er und drückte die Glock schmerzvoll gegen Alans Unterkiefer. »Warum hast du Eva umgebracht?« Er verstärkte den Druck. »Warum?«

Alan wusste nicht, wovon sein Angreifer sprach, und suchte in seinem Gedächtnis verzweifelt nach einem Gesicht zu dem Namen Eva.

»Ich kenn keine Eva«, röchelte er, fast ohne den Kiefer zu bewegen. Der Schmerz, mit dem sich die Glockmündung in Richtung seines Gaumens bohrte, war schier unerträglich, doch Alans Kopf lehnte schon an einer rauen Hausmauer in der engen Gasse und er hatte keine Chance, weiter zurückzuweichen.

Die kahlen Mauersteine pressten sich gegen seinen Hinterkopf, die Glock drückte ihm jetzt die Luft ab. Er war zu keiner Gegenwehr fähig und bemerkte im Augenwinkel, dass sich die Finger des Angreifers zitternd um den Abzug der Glock geschlossen hatten und die kleinste Bewegung den tödlichen Schuss auslösen würde.

»Du lügst! Du hast sie umgebracht! Und jetzt leg ich dich um! Diesmal schieß ich nicht daneben, das versprech ich dir!«

Der Schütze vom Iguaçu!, ging es Alan plötzlich auf, er war also dort wirklich einem Mordanschlag entgangen. Aber jetzt, hier, ohne Waffe in dieser Favela hatte er keine Chance zu entkommen.

»Wer – ist – Eva?«, stammelte er japsend und vor Schmerz stöhnend, die Augen weit aufgerissen vor Angst. Dieser Verrückte würde ihn einfach abknallen und in der Favela verrecken lassen!

»Sie war meine Freundin!«, schrie der Schwarzbärtige fast panisch und packte Alan mit seiner linken Hand an der Gurgel. Er spürte die Klammer des eisernen Griffs um seinen Hals und verdrehte die Augen. Er fühlte, wie ihm die Luft ausging und somit auch die Kraft zu einem letzten verzweifelten Schlag in den Magen des Gegners. Die Sinne drohten ihm zu schwinden, als er den Schatten einer Bewegung wahrnahm.

Plötzlich lockerten sich die Finger des Angreifers, der kalte Lauf der Glock streifte langsam an Alans Hals abwärts, der Mann sackte, wie von einer unsichtbaren Faust getroffen, in sich zusammen, ging in die Knie und fiel zu Boden.

Alan starrte auf einen dicken Knüppel aus Holz, der in den Händen eines Jungen lag, fast ein Kind noch, mit langen, wirren schwarzen Haaren, brauner Haut und den schmalen dunklen Augen eines Indios. Um ihn herum stand ein halbes Dutzend Jugendliche, alle mehr oder weniger bewaffnet mit Macheten, Schlagstöcken und Klappmessern. Sicher eine der berüchtigten Utés, jener Jugendbanden, die selbst am helllichten Tag an der Copacabana Touristen ausraubten, dachte Alan. Und doch hatte ihm diese Meute gerade das Leben gerettet.

»Muito obrigado!«, sagte Alan leise und holte hustend Luft.

»De nada«, antwortete der schwarzhaarige Junge, bückte sich zu dem bewusstlos am Boden Liegenden und nahm ihm die Glock aus der Hand.

»Munição?«, fragte er und durchsuchte die Taschen des Angreifers nach Munition.

»Eu não falo portugês«, sagte Alan und gab damit zu verstehen, dass er kein Portugiesisch sprach.

»Alemão?«, fragte einer der anderen Jugendlichen mit afrikanischen Gesichtszügen und fast schwarzem Teint und trat nach vorne.

Alan nickte. »Sim!«

»Você fala inglesa?«

»Sim.«

»Das ist unser Revier!«, sagte der dunkelhäutige Junge auf Englisch, zeigte auf die Straße, von der die Seitengasse abbog, und beschrieb mit seiner ausgestreckten Hand einen Halbkreis. »Was wollte der Mann von Ihnen?«

»Ich weiß es nicht. Ich habe ihn noch nie gesehen.«

Inzwischen hatte der Anführer die Taschen des Bewusstlosen geleert und eingesteckt, was er gefunden hatte. Jetzt nahm er ihm die Armbanduhr, einen Ring und einen Armreif ab und gab den Schmuck an die anderen aus seiner Gang weiter.

»Ele tem pouco dinheiro«, sagte er.

»Der Mann hat wenig Geld«, übersetzte der Dunkle. »Hast du mehr?«

Alan zuckte die Schultern und griff in seine Gesäßtasche. Er zog sein Portemonnaie heraus und reichte es dem Dunklen. »Das ist alles. Ihr könnt es haben. Ihr habt mir wohl das Leben gerettet.«

Der Junge durchsuchte den Geldbeutel und zog ein Bündel Scheine heraus. Die Scheckkarten und Alans Ausweis ließ er unangerührt.

»Cinco mil!«, rief er, als er die Scheine gezählt hatte, und gab das Geld dem Anführer. Etwas mehr als 1.400 Euro. Alan hatte sein gesamtes Bargeld bei sich gehabt.

»Was passiert jetzt mit ihm?«, fragte Alan und deutete auf seinen Angreifer.

»Nichts!«, sagte der Junge und zuckte die Schultern. »Hier sterben jede Nacht Leute auf der Straße.«

»Aber er lebt noch. Ich kann ihn nicht einfach zurücklassen.«

»Dann nimm ihn mit, aber verschwinde von hier. Und komm nie wieder!«

»Sim. Adeus!«

»Adeus!«

Die Jugendlichen zogen sich zurück, und Alan holte Luft. Dann untersuchte er den Bewusstlosen, der langsam zu sich kam. Er sah sich nach einer Waffe um, fand ein kurzes, rostiges Eisenrohr und steckte es ein. Dabei fand er in seiner Hosentasche noch zwei Fünfreaisscheine und ein paar Centavos. Gerade genug für zwei Bier in einer Bar, dachte er, hievte den am Boden Liegenden hoch und zog ihn vor auf die Straße.

*

In einem Straßencafé zwei Gassen weiter ließen sich die beiden Männer, von dem einer schwankend seinen Arm um die Schulter des anderen gelegt hatte, auf zwei Stühle fallen.

Die Kellnerin brachte eine lauwarme Cerveja in einem kleinen Glas und eine Coladose und starrte auf die angerostete Eisenstange, die Alan auf den Tisch gelegt hatte.

Der andere war inzwischen vollständig bei Bewusstsein und hatte auf die neue Situation bisher durch Schweigen reagiert.

»Vor zehn Minuten wollten Sie mich noch umbringen«, bemerkte Alan und leerte sein Bier in einem Zug. »Ich weiß zwar immer noch nicht, warum, aber glauben Sie mir: Ich habe Ihre Eva – wer auch immer das ist – nicht umgebracht.«

Der Mann schwieg und sah Alan hasserfüllt an.

»Okay!«, sagte Alan resignierend, legte einen Fünfreaisschein auf den Tisch und stand auf.

»Warten Sie!«, rief der Schwarzbärtige jetzt mit matter Stimme, und Alan blieb zögernd stehen.

»Ja?«

»Sie kennen Eva wirklich nicht?«

»Nein, woher auch?«

»Sie sagte, Sie hätten ihr am Institut aufgelauert und komische Fragen gestellt!«

»Am Institut? Welchem Institut?«

»Das Tropenmedizinische in Tübingen. Eva arbeitete dort als Doktorandin.«

Plötzlich hatte Alan das Gesicht des Mädchens vor sich.

»Ach …«, sagte er, »Sie meinen Isabel?«

»Isabel? Nein, wieso Isabel?«

»Als ich sie nach ihrem Namen fragte, sagte sie Isabel. Nicht Eva.«

»Aber Ihren Namen hat sie sich gemerkt. Alan Scott.« Er spuckte den Namen förmlich aus.

Alan schwieg und dachte nach. Er hatte inzwischen wieder Platz genommen und bestellte sich noch ein Bier.

»Nachdem Sie wissen, wer ich bin, können Sie mir vielleicht auch verraten, wer Sie sind?«

»Hakan Ergün. Eva und ich waren zusammen, wenn Sie es genau wissen wollen.«

»Sie sagten«, fuhr Alan zögernd fort, »man hat sie umgebracht?«

»Ja. Nur wenige Tage, nachdem sie mir von Ihnen erzählt hat!«

»Und da dachten Sie ...?«

»Wer hätte es denn sonst sein sollen? Eva war total verwirrt, nachdem sie Ihnen begegnet war und Sie sie verfolgt haben!«

»Ich habe sie nicht verfolgt!«, protestierte Alan. »Ich habe sie zufällig auf der Treppe zum Institut getroffen und sie was gefragt. Und nachdem sie mir eine erste Auskunft gab, sind wir noch ein Stückchen zusammen gegangen. Ich hatte nicht den Eindruck, dass sie damit ein Problem hatte.«

»Das hat sie mir ganz anders erzählt. Wollten Sie nicht wissen, wie man sich das Gift einer bestimmten Schlange besorgt?«

»Doch. Das Gift der Jararaca, einer brasilianischen Giftschlange.«

»Und dabei müssen Sie ziemlich penetrant gewesen sein. Eva jedenfalls hatte Angst.«

»Dann hat sie mir deshalb ihren wahren Namen verschwiegen und sich als Isabel ausgegeben«, dachte Alan laut.

»Und ein paar Tage später war sie tot!«

Alan holte tief Luft und schwieg.

»Das tut mir wirklich leid«, sagte er schließlich. »Und glauben Sie mir bitte: Ich habe bis heute nicht einmal gewusst, dass sie tot ist.«

Er streckte Hakan Ergün die Hand über den Tisch. Ergün zögerte.

»Es fällt mir schwer, das zu glauben«, sagte er. »Wer hätte sonst einen Grund gehabt, sie zu töten?«

»Vielleicht …«, Alan überlegte kurz und fuhr dann fort, »vielleicht einer der Männer, derentwegen ich gerade in Brasilien bin. Ich kann Ihnen nichts Näheres sagen, aber irgendwie kommt mir die Sache mit dem Mord an Ihrer Freundin komisch vor.«

Ergün starrte ihn mit leerem Blick an.

»Sagen Sie«, fragte Alan, »wie oft haben Sie versucht, mich umzubringen?«

Die Frage brachte Ergün in die Realität zurück.

»Zweimal«, gab er zu. »Ich habe oben am Iguaçu auf Sie geschossen. War dann am Abend in Ihrem Hotelzimmer, aber da waren Sie nicht allein. Dann bin ich nach Rio vorausgefahren und habe Sie heute den ganzen Tag über verfolgt.«

»Heute? Den ganzen Tag?« Alan versuchte, sich zu erinnern. Doch er war sich sicher, den Mann vor seinem Überfall nicht gesehen zu haben.

»Sie waren auch in der Ipanema-Bar?«

»Ja. Ich saß mit dem Rücken zu Ihnen an der Theke.«

»Fahren Sie Motorrad?«, fragte Alan jetzt.

Hakan Ergün nickte.

»Eine alte Yamaha, schwarz?«

»Nein. Eine BMW. Warum fragen Sie?«

»Weil ich vor einiger Zeit eine sehr eindringliche Begegnung mit einer schwarzen Yamaha hatte. Man könnte behaupten, der Fahrer hatte es auf mich abgesehen. Das war übrigens ziemlich genau zu der Zeit, als ich Ihrer Freundin begegnet bin.«

»Sie meinen, auch noch jemand anderes hat versucht, Sie umzubringen?«

»Könnte man so sagen. Waren Sie schon mal in Lagos?«

»In Lagos? Nein. Warum?«

»Da hat man das ebenfalls versucht. In einer Klinik. Und neben mir lag ein Mann, der von einer brasilianischen Giftschlange gebissen worden war. Mitten in Westafrika!«

»Oh Mann!« Um Erkans Mund spielte erstmals so etwas wie ein Lächeln. »Dann sind Sie ja ein echter Glückspilz, wenn Sie schon so viele Mordanschläge überlebt haben.«

»Richtig!«, gab Alan zu. »Und um das auch weiterhin tun zu können, werde ich hoffentlich bald herausfinden, wer dafür – außer Ihnen – verantwortlich war.«

»Und Sie glauben, die Lösung hier in Brasilien zu finden?«

»Ja. Es ist zu kompliziert, Ihnen das alles zu erklären. Aber vieles deutet darauf hin.«

»Und könnte es sein«, fragte Hakan Ergün nachdenklich, »dass Evas Tod damit zusammenhängt?«

Alan nickte langsam.

»Das«, sagte er, »frage ich mich die ganze Zeit schon.«

Bevor sich die beiden Männer voneinander verabschiedeten, tauschten sie ihre Handynummern aus.

»Ihr Name …«, murmelte Alan, während er die Buchstaben tippte.

»Meine Eltern kommen aus der Türkei, ich bin in Deutschland aufgewachsen.«

Hakan Ergün hatte sich entschlossen, für die Zeit der Olympischen Spiele in Rio zu bleiben. Alan sollte sich bei ihm melden, falls er einen Zusammenhang zwischen seiner Mission und dem Tod Evas herausfinden sollte.

Keiner der beiden Männer ahnte zu diesem Zeitpunkt, dass Hakan Ergün den Schlüssel für des Rätsels Lösung kannte.

Donnerstag, 11. August 2016
Pousada Santo Antônio, Nova Iguaçu, Brasilien
Noch zehn Tage

»Jetzt hängen wir schon seit fast einer Woche in dieser Pousada und drehen Däumchen!«, stöhnte Linda. »Von Olympia bekommen wir so gut wie nichts mit, kein Wort von Haverkamp, ob er mit den Proben was anfangen konnte, und von den Gangstern hat sich auch noch keiner gemeldet!«

»Was erwartest du?«, fragte Alan, »dass sie hier auftauchen, klingeln und dir den Dopingstoff mal kurz reinstrecken?«

»Nein. Ich glaube, dass Haverkamp sich irrt. Die werden sich hüten, einer deutschen Journalistin zu vertrauen, nur weil ihre Nummer einmal im Display des Netzwerks auftaucht. Sanusi hat keine Miene verzogen, als ich ihm sagte, wer ich bin.«

Sie saßen auf dem schmalen Balcão vor ihrem Zimmer im Freien, und Linda starrte wie hypnotisiert auf ihr Smartphone. Wieder einmal hatte sie die Botschaft Zotos auf dem Schirm.

»Sa Bukai17dulkada1 437«

»Wenn wir nur wüssten, was das alles zu bedeuten hat. Vielleicht wären wir dann einen Schritt weiter. Sa bukai dulkadal«, las sie laut, »ich finde, das hört sich irgendwie arabisch oder türkisch an.«

Alan horchte auf. »Was sagst du da? Türkisch?«

Ein Gedanke durchzuckte ihn, und er griff nun ebenfalls zum Handy.

»Was ist?«, fragte Linda. »Wen rufst du an?«

»Zeig mir die Botschaft!«, sagte er nur. »Ich will sie jemandem vorlesen.«

Er wartete und lauschte auf das Tuten am anderen Ende der Leitung. Nach unendlich langen Sekunden ging Hakan Ergün ran. Wie Alan erfuhr, hatte er ihn in der Lagoa Rodrigo de Freitas erwischt, wo in diesen Tagen die Entscheidung im Rudern der Männer für die Vierer und Achter fiel.

»Ich möchte Sie nicht lange stören«, begann Alan. »Haben Sie fünf Minuten?«

»Ja. Der nächste Durchgang beginnt erst in einer Stunde«, sagte Ergün. »Haben Sie etwas herausgefunden?«

»Vielleicht. Und dabei können Sie mir helfen. Ich habe hier eine Botschaft, mit der ich nichts anfangen kann. Die Worte, um die es geht, könnten aber Türkisch sein.«

»Na dann lassen Sie mal hören!«

»Sa bukai dulkadal«, sagte Alan langsam und deutlich.

»Sa bukai dulkadal? Und das soll Türkisch sein?«

»Klingt zumindest für meine Ohren so, sorry!«

»Also ich kann damit gar nichts anfangen. Können Sie es mir weiterleiten?«

Linda, die mithörte, schüttelte den Kopf.

»Sorry, das geht nicht«, sagte Alan. »Trotzdem danke. Bleiben Sie noch bis zum Ende der Spiele in der Stadt?«

»Ja. Ich möchte mir am Sonntag die letzte Entscheidung bei den Sportschützen ansehen und die Leichtathletikwettkämpfe im Havelange Stadion. Und Sie?«

»Ich kam bisher nicht wirklich zu Olympia. Aber ich will in den nächsten Tagen mal zum Fußball ins Maracanã.«

Sonntag, 14. August 2016
National Shooting Centre, Complexo Esportivo Deodoro, Rio de Janeiro, Brasilien
Noch sieben Tage

Das Finale im Luftgewehrschießen der Männer hatte Hakan Ergün in das Olympische Zentrum für Schießsport in den Deodoro Olympia Park im Nordwesten der Stadt gezogen. Seit den Pan-Amerikanischen Spielen vor neun Jahren waren die Schießbahnen als Trainingseinrichtung für die Polizei- und Militärelite benutzt worden und erstrahlten nun für die Olympischen Spiele in neuem Glanz.

Hakan Ergün war ein Waffennarr. Schon mit zwölf hatte er seine erste Waffe in den Händen gehalten und war ein halbes Jahr später in der Schülerklasse seines Schützenvereins in Wettkämpfen gestartet. Bis heute verging keine Woche, in der er nicht trainierte, und so verfolgte er die Olympischen Schießwettkämpfe mit dem besonderen Interesse des ambitionierten Schützen.

Die Luftgewehrschützen gaben ihre Schüsse auf zehn Meter stehend ab, beim Kleinkaliber wurde liegend, stehend und kniend geschossen. An diesem Sonntag, genau eine Woche vor dem Ende der Olympischen Sommerspiele, standen sich die acht besten Schützen aus den Vorrunden im Olympischen Finale gegenüber. Hakan Ergün kannte die Olympioniken aus Rumänien, Südkorea, Italien und den USA aus anderen Wettbewerben und hatte seine ganz persönlichen Favoriten.

Mit großer Spannung verfolgte er die jeweils zehn Finalschüsse auf Kommando. Er wusste, wie schwer es war, den Wert 10,9 zu treffen, und jubelte, als der Südkoreaner in einer Serie mehrmals exakt in die Mitte der Scheibe traf.

»Wenn Sie am Iguaçu so geschossen hätten, wäre ich heute nicht mehr am Leben!«, sagte eine Stimme neben ihm, und er blickte in das Gesicht von Alan Scott.

Die Männer begrüßten sich und nutzten die Wettkampfpause für einen Drink im Freien.

»Ich hatte gehofft, dass Sie kommen würden«, sagte Hakan Ergün. »Ich habe noch mal über unsere Gespräche nachgedacht. Sie sagten, es sei vorstellbar, dass Evas Tod mit den Dingen zusammenhängt, die Sie nach Brasilien führten.«

»Ja. Je länger ich mir das überlege, desto sicherer bin ich. Aber ich kann Ihnen leider nicht allzu viel erzählen. Nur so viel: Wir sind einer Dopingsache auf der Spur, bei der das Gift der Jararaca eine Rolle spielt, und es könnte sein, dass Eva mit dem Wissen aus ihrer Dissertation nach unserem Gespräch ihre Schlüsse gezogen hat. Vielleicht musste sie deshalb sterben.«

»Und diese Botschaft, die Sie mir vorgelesen haben. Ich würde sie mir gerne noch einmal ansehen.«

Alan hatte sich die Notiz von Lindas Handy kopiert und zeigte Ergün das Display.

»Sa Bukai17dulkada1 437«

»Was mich irritiert, ist dieses ›Sa bukai‹«, murmelte er.

»Das ist genau der Teil, den wir wahrscheinlich schon entschlüsselt haben. Wie es aussieht, ist damit das Sambódromo gemeint. Viele nennen es auch nur Sapucaí.«

»Das kennt man doch vom Karneval?«, hakte Ergün nach.

»Genau. Und jetzt finden Bogenschießen und Marathon dort statt.« Ergün wandte sich wieder dem Display zu.

»Also heißt das: Sambódromo 17 dulkada1 473. Seltsam.«

»Was?«

»Duldakal klingt fast wie Dhu l-qua'da. Nur ohne das ›l‹.«

»Dulkada? Und was würde das bedeuten?«

»Dhu l-qua'da ist arabisch. Ein Monat. Das wäre …« Hakan Ergün zögerte, als dächte er über etwas nach.

»Den Wievielten haben wir heute?«, fragte er.

Alan dachte kurz nach. »Moment. Heute ist Sonntag. Der 14. August, glaube ich.«

»Ich hab's!«, murmelte Hakan Ergün. »Dhu l-qua'da ist der elfte Monat des islamischen Kalenders. Das entspricht dem Monat August!«

»Sind Sie sicher?«, hakte Alan nach. Er starrte auf das Display. »Dann würde das heißen, wir haben hier eine Orts- und eine Datumsangabe?«

»Sambódromo 17. August? Das wäre in drei Tagen!«

»Nein, stopp!«, widersprach der Türke. »Wir müssen das anders rechnen. Der Kalender des Islam ist ein reiner Mondkalender, und die Monatseinteilung ist eine ganz andere.«

»Sie sind Moslem?«, fragte Alan.

»Ja. Ich bin zwar in Deutschland geboren und aufgewachsen, aber meine Eltern haben mich im Glauben unserer Tradition erzogen. Lassen Sie mich diese Botschaft noch einmal lesen.« Er studierte erneut die wirr erscheinende Kombination aus Buchstaben und Zahlen.

»Hier!«, sagte er und deutete auf die letzte Zahl: »Wenn meine Theorie stimmt, dann heißt es nicht *dulkadal 437*, sondern *dulkada 1437!* Der Buchstabe vor der vier, der wie ein kleines ›L‹ aussieht, ist in Wirklichkeit eine eins!«

»Und was heißt das?«, fragte Alan irritiert.

»Das wäre das islamische Jahr 1437.«

»1437?« Alan war total verwirrt. Er hatte sich noch nie mit dem Islam beschäftigt und wusste nur, dass es einen anderen Kalender gab. Hakan Ergün erklärte:

»Nach islamischem Kalender ist 1437 das Jahr, in dem wir jetzt leben. Unsere Zeitrechnung beginnt im Jahr der Hi'ra, der Auswanderung Mohammeds nach Medina. Das ist euer Jahr 622.«

»Moment«, sagte Alan zögernd und rechnete im Kopf nach. »622 und 1437 gibt ... zweitausend ... 37 und 22 ... 59 ... 2059! Da hätten wir noch ein bisschen Zeit!«

»Ja«, lachte Hakan Ergün, »aber unsere Monate sind 29 oder 30 Tage lang, das macht die Sache kompliziert. Es gibt eine Formel, mit der man das Datum annähernd ausrechnen kann. Haben Sie was zu schreiben?«

»Nein, aber einen Taschenrechner in meinem Handy.«

»Also, dann geben Sie mal ein: 1437 mal 32 geteilt durch 33.«

»32 durch 33 zuerst berechnen?«

»Ja. Haben Sie eine Klammerfunktion?«

Alan nickte und gab die Zahlen und Zeichen ein.

»Ich komme auf 1393,45454545454545 unendlich. Und jetzt?«

»Addieren Sie die 622.«

»Okay. Jetzt haben wir 2015,45454545454545 unendlich.«

»Genau«, bestätigte Hakan Ergün. »Da es sich nur um eine Näherungsformel handelt, entspricht das dem Jahr 2016.«

Alan schüttelte den Kopf. »Das ist mir alles etwas zu hoch. Studieren Sie Mathematik, oder was?«

»Informatik in Tübingen«, sagte Hakan Ergün. »Aber das hat wenig mit dem islamischen Kalender zu tun. Ich habe diese Formel einmal auswendig gelernt, um meinen Freunden in Deutschland unsere Zeitrechnung zu erklären. Wie Sie sehen, funktioniert das!«

Alan starrte immer noch auf das Ergebnis seiner Rechnung.

»Das heißt dann für unsere Botschaft …«

»17. Dhu l-qua'da 1437 entspricht dem 21. August 2016«, ergänzte der Informatikstudent.

»Das wäre heute in einer Woche!« Alan hielt die Luft an. Ihm fiel ein, was ihm Linda zu der Botschaft gesagt hatte. Agim Zoto hatte sie aufgefordert, jemanden oder etwas zu retten. Wie es aussah, ging es um das Sambódromo am 21. August 2016.

»Der letzte Tag der Olympischen Spiele! Der Marathon!«, setzte er atemlos hinzu.

*

Linda Roloff schüttelte verzweifelt den Kopf. Es regnete seit eineinhalb Stunden und sie saß mit Alan im Zimmer der Pousada. Er hatte ihr das Ergebnis seines Treffens mit dem Informatikstudenten aus Tübingen mitgeteilt, doch obwohl die Zeit drängte, hatten sie keinen Plan.

»Wenn uns das alles doch nur weiterhelfen würde«, sagte Linda. »Wir sollen den Marathon am Sonntag retten, wissen aber nicht, wovor!«

»Vor dem Doping«, meinte Alan. »Agim Zoto war einer der Drogenkuriere, das sagte doch zumindest dein Detlef.«

»*Mein Detlef*, ach hör doch auf! Mit dem hab ich doch nichts am Hut! Ich denke gerade noch mal über Zotos letzte Worte nach. Er sprach von Valdrin Arabatzis. Meinte, der sei gefährlich. Ist ›gefährlich‹ ein Wort, das du mit Doping in Verbindung bringst? Ich habe das blöde Gefühl, dass wir uns da in eine Sache verrannt haben und die eigentliche Gefahr gar nicht erkennen!«

»Dann lass uns noch mal von vorn beginnen«, schlug Alan vor. »Was haben wir? Was wissen wir?«

»Okay!«, sagte Linda. »Womit fangen wir an? Haverkamp?«

»Ja. Er will einen Dopingskandal bei Olympia verhindern. Du gerätst in den Blick des Agenten, weil du in Albanien Kontakt zu einem der Drogenkuriere hattest.«

»Der jetzt tot ist«, ergänzte Linda.

»Wen haben wir noch? Der Mann, der Zoto erschossen hat. Was wissen wir von ihm?«

»Eben Valdrin Arabatzis. Albaner. Auch ein Kurier, sagte Detlef.«

»Drittens«, fuhr Alan fort, »die Schlange. Ihr Gift hängt mit dem Doping zusammen, doch wir wissen nicht, wie. Ich bekomme das mit und soll umgebracht werden. Zuerst in Nigeria, dann in Tübingen. Die Studentin am Tropeninstitut kennt den Schlangenbesitzer, redet mit mir und wird ermordet. Der Schlangenbesitzer stirbt im Pantanal.«

»Ganz schön viele Leichen für einen Dopingskandal«, bemerkte Linda trocken.

»Was war noch?«, überhörte Alan ihre Bemerkung. »Der Mordanschlag auf mich am Iguaçu und der Überfall in der Favela? Hat Hakan Ergün irgendetwas mit der Geschichte zu tun oder verfolgt er wirklich nur persönliche Rachepläne?«

Linda schüttelte den Kopf.

»Irgendetwas«, sagte sie, »übersehen wir.«

Der Klingelton ihres Handys schreckte sie auf.

»Eine Nummer aus Brasilien!«, sagte sie und nahm den Anruf entgegen.

»Yes«, hörte Alan sie sagen. »Yes. – The Padre? – Where? – Olympic Village? – No problem! – I will be there. – Bye.«

Sie starrte Alan an.

»Das war der Anruf, auf den wir gewartet haben. Sie erwarten mich im Olympischen Dorf.«

»Wer hat angerufen?«

»Er hat keinen Namen gesagt.«

»Kam dir die Stimme bekannt vor?«

»Nein. Hatte einen seltsamen Akzent. Südländisch? Orientalisch? Ich weiß nicht.«

»Und weiter?«

»Der Padre gibt mir etwas mit. Für Sanusi.«

»Die brauchen dich als Drogenkurier!«

»Wie Detlef vermutet hat!«

»Dann steckt also der Padre auch mit drin!«

»Ich muss Detlef informieren!«

Alan nickte.

»Aber erst, wenn dir der Padre den Stoff übergeben hat.«

»Du hast recht. Ich sollte nicht so nervös sein.«

Montag, 15. August 2016

Churrascaria Urubu, Nova Iguaçu, Brasilien

Noch sechs Tage

»Urubu« hieß Geier, und Linda hatte den Namen der Churrascaria schon treffend gefunden, als sie Haverkamp dort getroffen hatte, um ihm den Interviewtermin mit Sanusi im Olympischen Dorf mitzuteilen. Das Grillrestaurant, das eher einer heruntergekommenen Imbissbude glich, war kahl, ungemütlich, dreckig, und es roch nach rohem Fleisch.

Detlef Haverkamp wartete wieder im Hinterzimmer, zu dem ihr beim ersten Mal ein verschmitzt grinsender Mann hinter der Theke den Weg gewiesen hatte.

»Es ist so weit«, flüsterte sie, als Haverkamp die Tür geschlossen und ihr zugenickt hatte. »Gestern kam der Anruf.«

»Gut«, meinte er. »Und was sollen Sie tun?«

»Ich soll Sanusi etwas übergeben.«

»Wann?«

»Morgen.«

»Wo?«

»Im Olympischen Dorf.«

»Wer war der Anrufer?«

»Ich weiß es nicht. Er hatte einen brasilianischen Akzent. Haben Sie die Proben aus Sanusis Quartier schon analysiert?«

»Ja. Negativ. Nicht der geringste Hinweis auf Doping. Auch die Tests seiner Blutwerte und seines Urins. Haarprobe. Alles im legalen Rahmen. Auch sein Blutdruck, total normal.«

Linda horchte auf.

In welchem Zusammenhang war sie über den veränderten Blutdruck bei Doping gestolpert? Es fiel ihr nicht mehr ein.

»Hier«, sie holte ein kleines Glasfläschchen mit einer wasserklaren Flüssigkeit aus ihrer Tasche. Es hatte kein Etikett, nur der Schraubverschluss leuchtete rot.

»Das soll ich ihm bringen.«

»Könnte EPO sein«, kommentierte Haverkamp.

»Der Padre hat es mir gegeben.«

»Padre Matheus?«, fragte Haverkamp ungläubig. »Also doch!«

Er schüttelte den Kopf.

»Die Bande ist raffinierter, als ich dachte.«

»Wie meinen Sie das?«

»Nun, Sie nützen gleich zwei Kuriere: Sie und den Padre.«

»Dann glauben Sie nicht, dass er eingeweiht ist?«

»Nein. Er ist nur ein Bote. Genauso wie Sie. Die sind mit allen Wassern gewaschen. Wenn das EPO ist, hat Sanusi morgen Abend ein Problem, und mit ihm die Leute in der Pousada von Padre Matheus! Wir werden den Laden so auseinandernehmen, dass kein Stein auf dem anderen bleibt!«

Linda steckte das Fläschchen ein.

»Wenn wir diesen Dopingsumpf trockenlegen können, haben wir das nur Ihnen zu verdanken, Linda.«

Er lächelte, drückte ihre Hand und begleitete sie zur Tür.

Dienstag, 16. August 2016

Olympic Village – Barra Da Tijuca, Rio de Janeiro, Brasilien

Noch fünf Tage

Dieses Mal suchte sie Sanusi direkt auf der 400-Meter-Bahn des Olympischen Trainingsdorfs auf. Er hatte ihr im Interview seine Trainingszeiten genannt und kam lächelnd auf sie zu. Als schien er zu wissen, weshalb sie kam. Sanusi hatte noch nicht mit dem Laufen begonnen und trug noch einen langen Trainingsanzug.

»Ihre Freunde in der Pousada haben mir etwas für Sie mitgegeben. Ich nehme an, Sie warten schon darauf?«

Sie griff in ihre Handtasche und reichte ihm das Fläschchen mit der Flüssigkeit. Sunday Sanusi nahm es ohne Zögern entgegen, hielt das Elixier gegen das Licht und betrachtete die fast transparente Flüssigkeit.

Linda fing einen Blick seines Trainers auf, der sie mit grimmiger, fast zorniger Miene beobachtete. Sein düsteres, von Bartflaum und Narben geprägtes Gesicht hatte etwas Abstoßendes.

»Das ist gut«, sagte er und schielte nach den anderen Athleten, die jedoch keine Notiz von ihnen zu nehmen schienen. Dann ließ er das Fläschchen unauffällig in der Tasche seiner Trainingshose verschwinden. »Sehr gut. Wer außer Ihnen weiß davon?«

»Niemand«, log sie.

»Und Sie werden auch mit niemandem darüber reden!«, bestimmte er.

»Werden Sie dabei sein?«

»Wobei?«, fragte sie.

»Beim Marathon. Am letzten Tag von Olympia.« Er betonte die fünf letzten Worte auf eine seltsame Art. *Am letzten Tag von Olympia.*

»Ich glaube schon. Ich werde mir den Start und den Zieleinlauf im Sambódromo ansehen.«

»Das ist gut.« Ein seltsames Lächeln spielte um seinen Mund. »Ich sollte noch etwas trainieren«, sagte er und blickte zu seinem Coach, der ungeduldig zu warten schien. »Ich bringe das nur schnell in Sicherheit.«

Er deutete auf das Fläschchen in seiner Hosentasche, nickte Linda zu und ging mit raschen Schritten in Richtung der Sportlerkabinen. Sicher gab es dort abschließbare Spinde und Safes für die Wertsachen, vermutete Linda.

Sunday Sanusi ging auf die Toilette und schloss sich auf

einem der Männerklos ein. Hier, wo ihn niemand beobachten konnte, nahm er die rote Verschlusskappe ab, roch an der Öffnung, verzog angewidert das Gesicht und schüttete die Flüssigkeit in den Ausguss.

Mittwoch, 17. August 2016
Meldung des SID (Sport-Informations-Dienst)
Noch vier Tage

Trotz Schlangenbiss:
Marathonläufer will an den Start

Rio de Janeiro (SID) – Der afrikanische Marathonläufer Sunday Sanusi liegt nach einem Schlangenbiss in einer Klinik in Rio de Janeiro. Wie sein Leichtathletik-Verband mitteilte, war der Athlet bei einem Trainingslauf zum Pedra Bonita im Regenwald von Tijuca von einer Giftschlange gebissen worden. Er habe auf das Serum angesprochen und wolle das Training so bald wie möglich wieder aufnehmen. Den Olympischen Marathon wolle der Läufer, der als einer der Favoriten seines Heimatlandes galt, auf jeden Fall laufen.

Freitag, 19. August 2016
Olympic Village – Barra Da Tijuca, Rio de Janeiro, Brasilien
Noch zwei Tage

Linda Roloff hatte die Meldung vom Schlangenbiss Sunday Sanusis über ihren News-Account erhalten und aufgrund des Vorfalls offiziell um einen weiteren Interviewtermin bei Sanusi gebeten. Sein Trainer hatte dies abgelehnt, da er Ruhe brauche, um so schnell wie möglich in sein Trainingsprogramm einzusteigen.

Samstag, 20. August 2016
Pousada Santo Antônio, Nova Iguaçu, Brasilien
Noch ein Tag

»Der Blutdruck!«, rief Linda und sah von ihrem Laptop auf. »Ich weiß jetzt, was wir die ganze Zeit übersehen haben!«

Alan stand neben ihr und starrte auf den Bildschirm.

»Hier«, zeigte sie. »Das habe ich gerade über das Gift der Jararaca gefunden.«

Sie las vor: »Das Gift zersetzt rote Blutkörperchen und zerstört Blutgefäße. Es verursacht eine Veränderung der Blutgerinnungsvorstufe, und dadurch ist keine normale Blutgerinnung mehr möglich. Peptide aus dem Gift der Jararaca-Lanzenotter dienen als Vorlage für die Entwicklung von Medikamenten gegen Bluthochdruck!«

Alan verstand kein Wort. »Ich hör nur Blut!«

»Pass auf«, versuchte Linda zu erklären: »Gewisse Dopingsubstanzen verursachen einen dauerhaft stark erhöhten Blutdruck bei Sportlern. Wenn sie nun Blutdrucksenker wie ACE-Hemmer einnehmen, werten Kontrolleure das als Zeichen für Doping und suchen gezielt weiter. Wenn sie aber von einer Jararaca gebissen werden, senkt sich der Blutdruck ebenfalls, aber der Dopingverdacht entfällt, verstehst du?«

»Du meinst, das Gift der Jararaca tarnt Doping?«

»In etwa, ja. Wir haben doch mehrfach über die Wirkung des Gifts gesprochen, aber es hat nie klick gemacht. Erst als mir Haverkamp sagte, der Blutdruck von Sanusi sei normal, kam mir der Gedanke! Und dann die Meldung, dass Sanusi beim Training von einer Giftschlange gebissen worden sei. Ich wette, dass es eine Jararaca war!«

Alan stimmte ihr zu.

»Das würde zumindest ins Bild passen: Sanusi wurde schon damals in Nigeria gebissen. Das heißt, man hat das Gift langsam an ihm erprobt.«

»Darum hat sich Sanusi auch beim Tropeninstitut in Tübingen nach der Jararaca erkundigt«, ergänzte Linda.

»Aber warum der ganze Aufwand?«, fragte Alan. »Nur, um Doping zu vertuschen?«

Sie schwiegen beide und hingen ihren Gedanken nach. Das Risiko, sich von einer der gefährlichsten Giftschlangen des Kontinents beißen zu lassen, war nicht zu unterschätzen. Warum war Sanusi es eingegangen? Was war der Preis dafür?

Alan Scott brach das Schweigen:

»Ich werde das Gefühl nicht los, dass wir es mit deutlich mehr als einem Dopingskandal zu tun haben!«

»Wie meinst du das?«, fragte Linda.

Alan war ans Fenster getreten und starrte hinaus.

Die geschotterte Straße vor der Mauer der Pousada war aufgeweicht und in eine lehmige Piste verwandelt worden. Ein weißer VW Fox hielt an, und zwei Männer stiegen aus. Alan erkannte den Padre, der ihnen entgegenlief und sie begrüßte.

Etwas an dem dunkleren der beiden Ankömmlinge, der jetzt auf das geöffnete Metalltor der Pousada zuschritt, veranlasste ihn, genauer hinzusehen. Das Gesicht! Die Feuernarben! Unverkennbar …

»Mann, das gibt's doch nicht!«, rief er.

Sein Ausruf ließ auch Linda ans Fenster treten.

»Was ist?«, fragte sie.

»Der Kerl, der da eben aus dem Auto stieg«, sagte er, »das Narbengesicht und die entstellte Nase – ich könnte wetten, dass das der Nigerianer aus dem Lagoon Hospital ist. Siehst du den Afrikaner?«

»Ja! Das ist der Mann, der mit Sanusi trainiert hat. Er hat ihm merkwürdige Blicke zugeworfen, als ich ihm das Fläschchen übergeben habe. Aber vor ihm, der Kleine mit den kurzen schwarzen Haaren! Dessen linker Arm nach unten hängt! Das ist …!«, ihre Stimme war lauter geworden, sie schrie die letzten Worte und zeigte auf den zweiten Mann. »Das kann doch nicht sein!«

»Was? Was ist?«, fragte Alan.

»Der Albaner! Arabatzis. Der Mann, der Zoto erschossen hat.«

Die beiden Männer verschwanden gerade hinter dem nach innen geöffneten Torflügel. Padre Matheus schien am Wagen zu warten. Der fuhr jetzt die schmale Einfahrt herein und blieb auf dem engen Weg stehen.

»Bist du sicher?«, fragte Alan.

»Ich werde diesen Mann nie vergessen. Zoto hat ihn angeschossen. Er muss es sein! Er ist hier!«

»Zusammen mit dem Nigerianer, der Sanusi kennt und trainiert«, murmelte Alan.

»Da steigt noch ein Dritter aus.«

Ein Mann mit scharf geschnittenen arabischen Gesichtszügen, gekrümmter Adlernase und kurz geschorenem schwarzen Bart zwängte sich aus dem Wagen, für einen bequemen Ausstieg fehlte zwischen dem Pförtnerhäuschen und den Büschen, die den Weg begrenzten, der Platz. Er trug arabische Kleidung, sein Kopf wurde von einem schwarz-weißen Arafatschal bedeckt, unter der Sonnenbrille glänzten die schwarzen Barthaare.

Alan und Linda beobachteten, wie der Araber den beiden anderen ins Haus folgte, dann betrat der Padre den Hof, verschloss von innen das Tor und verschwand ebenfalls im Haupthaus der Pousada.

»Hast du diesen Verschleierten gesehen?«, flüsterte Linda. »Sah aus wie ein Mudschahed.«

Alan begann, seine Gedanken auszusprechen: »Diese Botschaft von Agim Zoto auf deinem Handy – warum hat er sie auf Arabisch verfasst? Doch sicher nicht, um dich in die Irre zu führen. Warum schrieb er das arabische Datum?«

»Weil er Arabisch denkt? Weil er Moslem war?«, versuchte Linda, Antworten zu geben.

»Genau. Und wie nannte er den Albaner? Sagtest du nicht einmal, er hätte A-Skiptari zu ihm gesagt? Das klingt doch Arabisch!« Alan war in Fahrt gekommen. »Und was ich total vergessen habe«, fuhr er fort, »Sanusi und der Nigerianer, der ihn damals in der Klinik besuchte – die beiden sprachen von einem Mann namens Al Dschib. Das könnte auch Arabisch sein.«

Linda versuchte, seinen Gedanken zu folgen.

»Scheiße!«, rief Alan. »Ich weiß jetzt, warum die mich umbringen wollten! Ich habe zwar nicht alles mitbekommen, was die beiden besprochen haben, aber es war von Kampf, von einem Märtyrer und dem Paradies die Rede! Ich wusste damals nur nichts damit anzufangen.«

Das ist mein vorbestimmter Weg. Ich werde ein Märtyrer sein, und das Paradies wird mich mit offenen Toren empfangen.

»Alan!« Lindas Stimme hatte einen sehr nachdenklichen Ton. »Denkst du auch, was ich denke?«

»Extremisten!« Das Wort explodierte wie eine Bombe im Raum. »Wir müssen herausfinden, was sie planen«, sagte er trocken.

»Ich muss Haverkamp informieren. Er hat sicher Kontakt zu den brasilianischen Sicherheitsbehörden«, schlug Linda vor.

»Wir haben nicht mehr viel Zeit!«, gab Alan zu bedenken.

Er dachte an das, was ihm Hakan Ergün gesagt hatte.

17. Dhu l-qua'da 1437 entspricht dem 21. August 2016. Das war morgen.

»Die planen einen Anschlag auf den Marathon«, flüsterte Alan. »Und Sanusi ist der Schlüssel!«

*

Linda wartete, wie es der Padre gesagt hatte, 20 Uhr ab, ehe sie Detlef Haverkamp das vereinbarte Lichtzeichen gab. Kurz hintereinander flackerte die Lampe in ihrem Zimmer zweimal auf, dann blieb es dunkel.

Nervös ging sie zwischen Bett und Fenster auf und ab. Eine halbe Stunde musste sie warten, bevor sie Haverkamp in der Churrascaria treffen würde. Wenn man ihr Zeichen bemerkt hatte, und er auch dieses Mal kam.

»Wir brauchen einen Plan«, sagte sie, leise, fast mehr zu sich selbst als zu Alan.

Er hatte sich auf das Bett geworfen und seine Mundharmonika ausgepackt. Der Araber war unten an seinem Wagen gewesen und blickte jetzt zu ihnen empor. Alan wechselte von »Londonderry Air« zu »My bonnie«. Linda wusste, dass er spielte, um in Ruhe nachzudenken.

»Du hast einen Zuhörer«, kommentierte Linda und beobachtete, wie der Mann sich Richtung Hundezwinger entfernte.

»Der Nigerianer folgt ihm zu dem kleinen Raum hinter dem Hundezwinger«, berichtete sie Alan. »Scheint fast, als wollten sie sich dort treffen. Fehlt nur noch der Albaner.«

»Dann sollten wir sie dort belauschen. Vielleicht erfahren wir genauer, was sie vorhaben.«

»Und wenn sie dich erwischen, knallen sie dich ab!«

»Lass mich nachdenken«, meinte er nur und setzte die Mundharmonika wieder an.

»Der Albaner geht jetzt auch rüber.«

»Ich habe eine Idee«, flüsterte er, nach »Yankee Doodle« und »Blowin in the Wind«. »Kannst du mich mal filmen, mit deinem modernen Smartphone?«

»Du meinst, wenn du spielst?«

»Yeah. Ein kleiner Konzertmitschnitt.«

»Was Besseres fällt dir nicht ein?«

»Nicht, wenn es darum geht, die Kerle abzulenken. Solange die denken, ich spiele Mundharmonika, kann ich sie gemütlich belauschen.«

Linda nickte anerkennend. Der Plan war nicht schlecht.

»Moment«, sie fischte ihr Smartphone aus der Tasche

und fixierte ihn im Bildausschnitt. »Leg los, Mister Mundharmonika!«

Er setzte das Instrument an und spielte ein Thema aus »Once upon a time in the west – Spiel mir das Lied vom Tod«.

*

Abgehende SMS

»Lochnagar Royal. In der Churrascaria Urubu abfüllen.«

*

»Willst du wirklich allein in die Churrascaria?«, fragte Alan eine knappe Viertelstunde später.

»Ja«, sagte Linda. »So ist die Absprache. Ich muss los! Keine Ahnung, wie lange Haverkamp auf mich wartet. Schaffst du deinen Lauschposten allein?«

»Mach dir keine Sorgen um mich.«

»Ich werde Haverkamp erzählen, was wir wissen. Vielleicht fahren wir gleich noch weiter ins Olympische Dorf. Er hat sicher eine Möglichkeit, Sanusi wegen Dopingverdachts aus dem Verkehr zu ziehen.«

»Das wäre die beste Lösung. Ich behalte solange hier die Bande im Auge, und diesen seltsamen Padre.«

»Ich treffe dich morgen eine Stunde vor Start des Marathons am Haupteingang zum Sambódromo.«

»Ich werde da sein. Was immer diese Männer planen, wir müssen sie aufhalten!«

»Mal sehen, was Haverkamp vorschlägt.«

Alan Scott erhob sich vom Bett, trat auf den schmalen Balkon und lauschte. Es war inzwischen vollständig dunkel geworden. Ein Lichtschein drang aus dem Zimmer, das abgelegen in zehn Meter Luftlinie hinter dem Hundezwinger lag.

»Die hocken tatsächlich in diesem kleinen Raum. Ich schleich mich jetzt an. Gib mir fünf Minuten, bevor du gehst, beweg dich noch ein bisschen auffällig und mach Lärm, wenn du die Pousada verlässt. Und lass die Aufnahme auf deinem Smartphone laufen.«

Er platzierte das Gerät so vor dem Fenster, dass der kleine Lautsprecher Richtung Hundezwinger plärrte. Acht Minuten lang hatte ihn Linda aufgenommen und würde eine Schleife abspielen. Er hoffte, während der dritten Wiederholung zurück zu sein.

»Pass auf dich auf«, sagte Linda, »das ist nicht Afrika, und diese Männer sind gefährlich!«

Er nahm sie in die Arme.

»Dito. Kein Risiko!«, flüsterte er an ihrem Ohr. »Ich brauch dich noch!«

Er küsste sie, und sie sah ihm nach, wie er von ihrem Zimmer aus über den schmalen Balkon schlich und die Treppe nach unten in den Hof glitt.

*

Alan huschte über den schmalen Hof an dem leeren Hundezwinger vorbei. Im selben Moment hörte er seine Mundharmonikaklänge aus Lindas Smartphone.

Er schlich um drei Seiten der kleinen Hütte herum und erreichte ein gekipptes Fenster, aus dem ein diffuser Lichtschein drang. Von innen klangen Stimmen nach draußen, die sich leise, aber angeregt zu unterhalten schienen. Ihre Sprache war Englisch, und den Afrikaner aus Nigeria erkannte er sofort an seinem nigerianischen Pidgin, als er gerade sagte:

»… hat mit seinem Hund diesen Ort verlassen.«

»Was passiert mit der Journalistin?«, fragte eine andere Stimme mit arabisch klingenden, kehligen Vokalen.

»Ich hätte sie schon damals erschießen müssen!«, zischte die dritte Stimme, hinter der Alan den Albaner Valdrin Arabatzis vermutete.

»Ich kümmere mich später um sie!«

»Wir haben nicht mehr viel Zeit, und heute ist die letzte Gelegenheit, uns zu treffen«, sagte der Afrikaner. »So frage ich Rashid bin Malik, den wir Malik al-Mot nennen, ob für den Triumph alles vorbereitet ist.«

Der Araber antwortete: »Es geht alles seinen Weg. Sanusi wird als Märtyrer sterben.«

Die Männer schwiegen, und Alan glaubte, sein Herz laut schlagen zu hören. Sie hatten richtig vermutet!

Vom Balkon seines Zimmers klang laut und deutlich der krächzende Sound seiner Mundharmonika herüber. Die zweite Schleife.

»Al-kalbu! Dieser Hund spielt immer das Gleiche!«, mokierte der Araber Alans Mundharmonikakonzert.

»Solange er spielt, ist er keine Gefahr für uns«, sagte der Afrikaner trocken. »Auch um ihn werden wir uns gleich kümmern. Er und die Frau sind harmlose Schnüffler, die im Auftrag dieses deutschen Agenten nach EPO suchen. Sie haben keine Ahnung von unseren wahren Absichten. Trotzdem müssen wir sie ausschalten.«

»Was ist mit Padre Matheus?«, fragte der Araber, »Können wir diesen Christenhund nicht auch gleich erledigen?«

»Nein!«, bestimmte der Afrikaner. »Von ihm droht uns keine Gefahr.« »Er wird mit den anderen Spürhunden in die Luft gehen, wenn sie die Witterung aufnehmen, kurz bevor die Bombe detoniert«, ergänzte der Araber.

»Ich zweifle nicht an dir und deiner Arbeit, Malik al-Mot«, sagte Valdrin Arabatzis, »aber wir setzen alles allein auf Sunday Sanusi. Was passiert, wenn er während des Laufs stürzt?«

»Er wird nicht stürzen! Er läuft für die Wonnen des Paradieses. Seine Schritte werden gelenkt.«

»Was aber, wenn er plötzlich die Bombe loswerden will? Wenn er …?«, bohrte der Shqiptar weiter. Rashid bin Malik fiel ihm scharf ins Wort und seinem Tonfall war Wut anzumerken:

»Diesen Gedanken wird er nicht haben! Wir können uns auf die wafa' al-sharid, auf die ›Treue des Märtyrers‹, verlassen! Kennst du als Gläubiger nicht die Verse unseres Dīwān, Zuffa sh-shahīd: ›Sein Kampf ist der eines Löwen, und sein Entschluss steht fest wie ein Fels. Die Jungfrauen des Paradieses werden seinen Einzug feiern, und seine Belohnung wird der ewige Garten sein. Und die Paradiesjungfrauen rufen: Welche Freude, der Märtyrer wird vermählt.‹«

Die Männer schwiegen. Jeder von ihnen kannte die alten Verse, die der Araber gerade zitiert hatte.

»Was war das?«, fragte der Afrikaner jetzt.

Linda hatte sich geräuschvoll auf den Weg aus der Pousada gemacht. Einer der Männer öffnete das Fenster, Alan hielt den Atem an und duckte sich im Schatten der Mauer.

»Es ist die Frau!«, zischte die Stimme des Albaners fast an Alans Ohr.

»Ich muss los. Sie wird nicht lange in der Churrascaria warten!«

Lindas Schritte hallten laut über die Treppe, und das Tor rumpelte, als sie es aufstieß.

Alan erschrak. Es hörte sich an, als würde Linda in eine Falle laufen. Rasch huschte er hinter einen der Büsche, keine

Sekunde zu spät, schon eilte Valdrin Arabatzis an ihm vorbei zum Tor, Lindas Weg folgend.

Abgehende SMS
»Aultmore/Speyside. Jetzt abfüllen in der Pousada.«

*

»Hast du für die Zündung alles bedacht?«, fragte im Innern des Raums der Afrikaner.

Alan drängte es, dem Albaner zu folgen, doch Arabatzis kam plötzlich zurück. Er schien eine Mitteilung auf seinem Handy empfangen zu haben. Beim Wagen blieb er stehen, öffnete die Tür und schien im Innern etwas zu suchen.

Alan wurde abgelenkt, als Rashid bin Malik antwortete, und in seiner Stimme war das Missfallen über die Frage des Afrikaners nicht zu überhören.

»Ich sagte schon, dass alles seinen Weg geht! Glaubst du etwas anderes? Denkst du, du hättest es hier mit einem Stümper und Anfänger zu tun? Willst du enden wie der, den wir bei den Kaimanen gelassen haben?«

Seine Stimme war lauter geworden.

Alan hatte genug gehört.

Er musste so schnell wie möglich los, um Linda zu erreichen. Sie anzurufen machte keinen Sinn, denn momentan spielte auf ihrem Smartphone seine Mundharmonika.

Nacht auf Sonntag, 21. August 2016
Churrascaria Urubu, Nova Iguaçu, Brasilien
Noch zwölf Stunden

Linda betrat die Churrascaria durch denselben Seiteneingang wie einige Tage zuvor. Der Barkeeper war allein hinter der Theke, der Schankraum leer. Er nickte ihr zu und deutete ohne ein Wort auf das düstere Hinterzimmer, in dem sie sich die anderen Male mit Detlef Haverkamp getroffen hatte.

Linda öffnete die Tür und erkannte im schummrigen Licht nur den leeren Raum. Sie kam in den Schankraum zurück, doch der Barkeeper zuckte die Schultern. Sie blickte zur Uhr.

Wo blieb Haverkamp?

*

Gebückt huschte Alan Scott an der Außenwand der Hütte entlang, am Hundezwinger vorbei, Richtung Mauer. Er wollte versuchen, sich an dem Fahrzeug vorbei zum Tor hinauszuschleichen, um vor dem Albaner bei Linda zu sein. Arabatzis schien noch immer im Wagen zu sein, denn die Fahrertür stand offen.

Alan zwängte sich in den engen Raum zwischen Pförtnerhäuschen und der Beifahrerseite und schob sich geduckt an dem Wagen vorbei Richtung Tor. Plötzlich wurde die Wagentür von innen aufgestoßen und schlug ihm gegen den Schädel. Alan ging zu Boden, fühlte das Blut an seiner Stirn und bekam einen zweiten Schlag auf den Kopf, der ihm das Bewusstsein nahm.

Valdrin Arabatzis stieg auf der Fahrerseite aus und ging

um den Wagen herum. Mit höhnischem Blick sah er hinauf auf die Veranda, wo aus einem Smartphone zum dritten Mal die Titelmelodie aus »Spiel mir das Lied vom Tod« erklang. Die Mundharmonika spielte auch bei der dritten Wiederholung an derselben Stelle einen falschen Ton.

Stümperhaft, dachte Valdrin Arabatzis und rief die beiden anderen. Sollten sie sich um diesen Schnüffler kümmern. Diesmal hatte er nicht versagt, wie damals im Tunnel auf dem Motorrad.

Er musste los, um auch die Frau unschädlich zu machen. Er hatte die Botschaft der beiden SMS verstanden.

*

Linda ging nervös in der Schankstube auf und ab. Minute um Minute war vergangen, ohne dass Haverkamp auftauchte. Die Zeit drängte. Sie beschloss, ihm noch eine Viertelstunde zu geben, dann musste sie zurück in die Pousada, zu Alan.

»O que é que toma?«, fragte der Mann hinter der Theke schon zum zweiten Mal, doch sie schüttelte erneut den Kopf. Nein, sie wollte nichts trinken. Sie wollte nur, dass Haverkamp endlich kam.

Und zwar sofort!

Die Tür zur Churrascaria wurde aufgestoßen. Linda fuhr herum. Doch es war nicht Detlef Haverkamp, der die Spelunke betrat.

»Boa noite!«, sagte eine Stimme auf Portugiesisch mit seltsamem Akzent.

Diese Stimme hatte sie schon einmal gehört. Schmerzverzerrt und von kaltem Hass gezeichnet. Und doch erkannte sie sie wieder. Es lag Jahre zurück.

Sie blickte in das Gesicht von Valdrin Arabatzis und wusste, dass sie keine Chance hatte.

*

Als Alan Scott das erste Mal zu sich kam, fühlte er zunächst nichts. Alles war taub, seine Arme, seine Beine, ja selbst sein Kopf ließ sich nicht bewegen. Der Schmerz durchfuhr ihn wie ein Schlagbohrer, als er mit Mühe die Augen öffnete und das Blut in seinem Mund schmeckte.

Es wurde ihm bewusst, dass er bäuchlings auf dem Boden lag, rauer Sand scheuerte in seinem Gesicht, als er vergeblich versuchte, den Kopf zu heben.

War er gefesselt? Er spürte keine Riemen. Doch als seine Augen sich an das diffuse Licht gewöhnt hatten, das vom Mond oder von einer Straßenlaterne zu stammen schien, bemerkte er das Gittermuster, das ihn umgab.

Er war gefangen!

Langsam kehrte die Erinnerung zurück.

Sie hatten ihn niedergeschlagen. Jetzt lag er im Hundezwinger der Pousada.

Linda!

Sie hatten sie in eine Falle gelockt.

Und irgendwo da draußen tickte eine Bombe!

Er musste zu Linda.

Er musste hier raus.

Er musste …

Das Letzte, was er mitbekam, bevor ihm die Sinne erneut schwanden, war das Hecheln eines Hundes …

*

Linda tastete sich rückwärts, bis sie an die Theke stieß. Ihre Hände befühlten den Tresen, doch es fand sich kein Glas, keine Flasche, die sie als Waffe benutzen konnte.

Mit einem Sprung war der Angreifer bei ihr, und während sie mit ihren Armen wild um sich schlug und mit Tritten versuchte, ihn abzuwehren, nahm ihr der süßliche Geruch des Trichlormethans den Atem.

Linda fühlte den Stoff, der sich um ihren Mund und die Nase schloss, dann schwanden ihr die Sinne.

*

Sonntag, 21. August 2016
Pousada Santo Antônio, Nova Iguaçu, Brasilien
Noch elf Stunden

Alan kam erneut zu sich, als der das kalte Wasser in seinem Gesicht spürte.

»Na also, mein Junge«, sagte jemand, und er schlug die Augen auf. Es war dunkel um ihn herum, und er erkannte nur die Silhouette der Gestalt, die sich über ihn beugte.

»Da ist wohl einer von den Toten erwacht!«

Alan versuchte, sich aufzurichten. In seinem Kopf schien sich ein Schwarm Hornissen eingenistet zu haben, so brummte ihm der Schädel.

»Sie haben vielleicht Glück, dass ich noch mal in die Pousada zurückgekommen bin«, sagte Padre Matheus jetzt, »aber wenn Mali Sie nicht gewittert hätte, wäre ich nie auf die Idee gekommen, in den Hundezwinger zu sehen.«

Alan erkannte den Malinois, der sich neben ihm ausgestreckt hatte.

»Wo … sind … die Männer?«, stammelte Alan und spuckte geronnenes Blut aus seinem Mund.

»Das weiß der Teufel!«, brummte der Padre und versuchte, Alan aufzuhelfen. »Wir müssen jetzt erst mal sehen, dass Sie wieder auf die Beine kommen!«

»Wir haben keine Zeit!«, widersprach Alan und unterdrückte seine Schmerzen, als er sich vorsichtig aufrichtete. »Wie spät ist es?«

»Kurz nach zwölf. Mitten in der Nacht. Warum?«

»Das will ich Ihnen sagen«, stöhnte Alan und stemmte sich auf die Knie.

»Weil da draußen in wenigen Stunden eine Bombe hochgeht!«

*

Linda bekam nicht mit, wie sie von zwei Männern nach draußen getragen und in den Kofferraum eines silbernen Ford Fusion gelegt wurde.

Der Mann, den seine Verbündeten adh-Dh'ib, den einsamen Wolf, nannten, stieg ein, setzte sich ans Steuer und fuhr langsam los.

*

Als Padre Matheus und Alan Scott die Churrascaria Urubu betraten, war von Linda keine Spur zu finden. Sie hatten so lange gegen die verschlossene Tür gepocht, bis der Barkeeper schlaftrunken geöffnet hatte. Alan bot ihm 100 Dollar für jede Information, doch er hatte nur seinen Kopf geschüttelt und behauptet, Linda überhaupt nicht gesehen zu haben.

Alan spürte, dass er log, doch wie sollte er ihn zum Sprechen bringen? Mit Gewalt? Der Kerl hatte sicher seine Freunde in der Spelunke, die ihm zu Hilfe kommen würden.

In der Pousada war niemand mehr aufgetaucht. Die Terroristen waren verschwunden, ohne auch nur die geringste Spur zu hinterlassen.

*

Der silberne Ford Fusion mit seiner lebenden Fracht im Kofferraum parkte in einer Garage in den Favelas von Nova Iguaçu. Der Fahrer hatte den Fahrersitz in Liegeposition gestellt und sich schlafen gelegt. Den Wecker seiner Armbanduhr hatte er auf fünf Uhr gestellt.

*

Gegen fünf Uhr wankte Alan Scott in den Frühstücksraum der Pousada und machte sich einen starken Kaffee. Doch die Kopfschmerzen, die ihn noch immer plagten, wurden schlimmer. Er ging hinaus in den Flur, der zum Empfangszimmer von Padre Matheus führte. Dort hatte er ein kleines weißes Schränkchen mit einem Roten Kreuz an der Wand hängen sehen. Vielleicht hatte der Padre dort Schmerztabletten aufbewahrt?

Alan fand, was er suchte, und während er in den Frühstücksraum zurückging, um die Tablette mit einem Glas

Wasser zu schlucken, bemerkte er den Padre und wie er seinen Hund im Innenhof der Pousada an die Leine nahm.

Alan sah im Geiste Sunday Sanusi den Marathon laufen, sah ihn stürzen und am Boden liegen. Mit einem Mal wusste er, wie er den Bombenläufer stoppen konnte.

Er rief den Padre und eilte, so schnell es seine Schmerzen zuließen, hinauf in sein Zimmer, um den Wagenschlüssel zu holen. Im Hinausgehen fiel ihm der leichte Schal auf, den sich Linda in den letzten Tagen um den Hals geschlungen hatte. Er trug mit Sicherheit intensiv ihren Geruch. Alan dachte an den Malinois und steckte den Schal ein.

Die Sonne stieg gerade über einer Nebelbank aus dem Südatlantik, um den letzten Tag der Olympischen Sommerspiele in Rio de Janeiro zu begrüßen, als Alan Scott mit Padre Matheus und dem Malinois von Nova Iguaçu Richtung Sambódromo fuhr.

An einer Straßenkreuzung am Rande der Favelas von Nova Iguaçu nahm ihnen ein silberner Ford Fusion die Vorfahrt. Alan hupte, doch der Fahrer grinste ihn nur frech an. Das Gesicht, das im Schatten eines breitkrempigen Hutes fast nicht zu erkennen war, wurde für den Bruchteil einer Sekunde von den Strahlen der tief stehenden Morgensonne gestreift, doch Alan erkannte die Züge des Mannes nicht.

Zu sehr waren seine Gedanken bei Linda. War sie den Männern in die Falle gegangen? Oder hatte sie sich mit Haverkamp direkt auf den Weg zum Olympischen Dorf gemacht? Hatten sie Sanusi rechtzeitig ausschalten können? Er hegte nur geringe Hoffnung, Linda noch vor dem Start des Marathons zu finden.

Sonntag, 21. August 2016
Marãcana und Corcovado, Rio de Janeiro, Brasilien, 9.30 Uhr Start des Olympischen Marathons der Männer

Der rhythmische Gesang von 30.000 Stimmen erfüllte die Luft über dem Sambódromo beim Start des Olympischen Marathons.

Alan Scott hatte während der vergangenen Stunden vergeblich versucht, Linda zu finden, auch hier im Stadion. Padre Matheus hatte den Malinois mit dem Duft von Lindas Schal in der Nase von der Leine gelassen, doch auch der Spürhund hatte keine Spur von ihr entdecken können.

Welche Schnapsidee, ihr Smartphone bei ihm zu lassen, wegen des Tricks mit der Mundharmonika! Nur weil er so ein altmodisches Handy hatte, mit dem man keine brauchbaren Videos herstellen konnte!

So schwer es Alan fiel, seine Gedanken auf etwas anderes als auf die Suche nach Linda zu konzentrieren, so war es ihm doch bewusst, dass er mit allen Mitteln den Todeslauf Sunday Sanusis verhindern musste. Die Polizei würde ihn auslachen, wenn er behauptete, einer der olympischen Marathonläufer trage einen Sprengstoffgürtel unter seinem Trikot. Und doch musste er es versuchen.

Noch zwei Stunden

Linda Roloff hatte keine Ahnung, wo sie sich befand und was wirklich geschehen war. Das Letzte, woran sie sich erinnerte, war die Urubu-Bar. Sie war dort gewesen, allein, ohne Alan, der war in der Pousada zurückgeblieben und hatte Mundharmonika gespielt – und dann?

Jetzt lag sie, an Händen und Füßen gefesselt und mit einem übel schmeckenden Klebeband um den Mund, in einer dunklen Kiste, von der sie seit wenigen Augenblicken wusste, dass es ein Kofferraum war.

Beim Starten des Wagens war sie zu sich gekommen, in den ersten schnittig gefahrenen Kurven wurde sie in eine Ecke gedrückt, und bei den Bremsmanövern des Fahrers rutschte sie von einer Wand des Kofferraums zur anderen. Und während der Wagen eine kurvenreiche Strecke bergauf zu fahren schien, spürte Linda, wie ihr schlecht wurde.

Noch eineinhalb Stunden

Die Temperatur lag trotz des Nebels, der in den Bergen der Küste fest saß, schon am Morgen bei knapp 20 Grad, und die ersten Zuschauer hatten sich entlang der Laufstrecke Plätze in der ersten Reihe gesichert. Die Läufer hatten das Sambódromo über die Rua Marquês de Sapucaí verlassen, die kerzengerade Straße, über die im Carneval die bunten Sambaparaden zogen. Jetzt waren sie auf dem Rundkurs durch Rio, von wo die ersten in zwei Stunden ins Sambódromo zurückkehren würden.

Das Rennen hatte in ruhigem Tempo begonnen, und die ersten Zwischenspurts ließen auf sich warten. Eine kleine Gruppe von sieben überwiegend afrikanischen Läufern setzte sich nach zehn Kilometern vom Hauptfeld ab. Sunday Sanusi, von dessen tödlicher Fracht unter seinem schwarzroten Trikot niemand etwas ahnte, war unter ihnen.

Alan Scott und der Padre hatten davon nichts mitbekommen.

Die Idee, Sanusi noch vor dem Lauf zu stoppen, hatten sie verworfen.

»Das würde ein viel zu großes Aufsehen geben«, meinte Padre Matheus. »Der Start würde sich verzögern, und wer weiß, ob sie die Bombe dann nicht einfach so hochgehen lassen!«

Den Versuch, die Polizei zu alarmieren, hatte Alan aufgegeben, nachdem ein Einsatzleiter, zu dem er vorgedrungen war, seinen verrückt klingenden Ausführungen keinen Glauben geschenkt hatte. ›Maluco!‹ – ›Verrückter!‹ und ›Gabarola!‹ – ›Großmaul!‹ waren noch die harmloseren Ausdrücke, mit denen ihn der Uniformierte zurückgewiesen und damit gedroht hatte, ihn verhaften zu lassen, wenn er sich nicht aus dem Staub machte.

»Vergessen Sie es«, hatte der Padre gesagt, »es würde viel zu lange dauern und die Bande würde mit Sicherheit Wind davon bekommen. Wer weiß, was sie dann vorhaben!«

»Dann sollten wir versuchen, Sanusi auf offener Strecke zu stoppen!«, meinte Alan und dachte an die Idee, die er am frühen Morgen in der Pousada gehabt hatte. Er schielte nach dem Malinois des Padre.

»Was schlagen Sie vor?«, fragte Padre Metheus, dem Alans Blick nicht entgangen war.

»Wir fangen ihn auf der Strecke ab, an einer Stelle, wo wenige Leute stehen. Falls die Bombe hochgeht, sollte es außer uns möglichst wenig Opfer geben!«

»Genialer Plan!«, antwortete der Padre zynisch.

»Ich weiß«, gab Alan zu. »Aber nur so können wir ausschließen, dass die Bande etwas von unserem Vorhaben mitbekommt.«

»Und wie stellen Sie sich das vor? Der Lauf wird von zig Einsatzfahrzeugen begleitet, Fernsehkameras, Motorradeskorte. Wie sollen wir da an Sanusi herankommen?«

»Mit ihm«, sagte Alan und streichelte über das falbfarbene, glatte Fell des Malinois.

Die beiden Männer begaben sich mit dem Hund in entgegengesetzter Laufrichtung auf den Kurs der Marathonstrecke.

Die Zeit drängte, aber sie hatten einen Plan.

Noch eine Stunde

Der silberne Ford Fusion bog in Cosme Velo, am Fuß des Corcovado, in die steile Rua Conselheiro Lampréia ein und erreichte über die Estrada das Paineiras und die kurvenreiche Estrada do Corcovado die Parkplätze unterhalb der 30 Meter hohen Christusstatue.

An diesem Sonntagvormittag war der Gipfel des Corcovado in Nebel gehüllt, und nur wenige Besucher waren mit der Bahn nach oben gefahren. Sie drängten sich am Sockel der Statue und schossen Selfies, da die schlechte Sicht keine Panoramafotos von der Bucht mit dem Zuckerhut erlaubte.

Der Ford Fusion verließ den Parkplatz wieder und fuhr in der obersten 180-Grad-Kehre der Estrade do Corcovado auf einem schmalen Pfad zwischen die Büsche. Der silberne Wagen parkte, von der Straße aus unsichtbar, unter den Bäumen.

Der Fahrer stieg aus und blickte sich verstohlen um. Kein Mensch war zu sehen, er öffnete vorsichtig den Kofferraum und zielte mit seiner Taurus PT24/7 ins Innere.

Die Frau lag noch so verschnürt da, wie er sie in der vergangenen Nacht in ihrem Gefängnis zurückgelassen hatte. Sie blinzelte ihn verstört und Hilfe suchend an, die Helligkeit des nebligen Morgens, die so unverhofft in die Dunkelheit gedrungen war, blendete sie. Seine Hand befühlte das Klebeband über ihrem Mund, dann zerschnitt er mit der Klinge eines kleinen Messers die Fesseln an ihren Arm- und Fußgelenken.

»Aussteigen, Endstation!«, zischte er.

Noch 45 Minuten

Seinem ausgezeichnetem Orientierungsvermögen folgend, eilte Alan Scott mit dem Padre zu Fuß quer durch die Gassen von Marãcana, um den Läufern möglichst weit entgegen zu kommen. Die Serviço de segurança-Uniform des Padre und der Sprengstoffhund öffneten ihnen auch dort die Wege, wo es Straßensperrungen gab.

Das leuchtende Weiß des Ambulânciawagens schien den Padre förmlich anzuspringen. Er stand geparkt in einer Seitenstraße.

»Den schnappen wir uns«, sagte Padre Matheus. »Sehen wir nach, wo seine Besatzung steckt!«

Sie blieben stehen und beobachteten das Fahrzeug. Nichts, keine Bewegung, keine Silhouette, kein Schattenriss deuteten darauf hin, dass sich jemand im Innern befand.

Alan lief schlendernd darauf zu und spähte durch die Seitenfenster. Zu seinem Bedauern steckte kein Zündschlüssel. Er sah sich kurz um, und als er sich in der menschenleeren Straße unbeobachtet glaubte, öffnete er die Hecktür.

Leer.

Er winkte den Padre heran.

»Kurzschließen und klauen?«, fragte er.

»Zu gefährlich. Die Paramédicos, die Sanitäter, würden Alarm schlagen, wenn ihr Wagen weg ist. Wir hätten in kürzester Zeit die Polícia auf dem Hals.«

»Was dann?«

»Das hier!« Er zog ein Bündel Reaisscheine aus seiner Weste.

»Dinheiro. Wirkt immer.«

Alan überlegte. Es gab nur diese beiden Möglichkeiten. Geld oder Gewalt. Er hatte keine Waffe bei sich, selbst sein Taschenmesser hatten sie ihm abgenommen.

Sie sahen sich um. Wo waren diese Paramédicos? Alans Blick fiel auf die Bar an der Straßenecke. Der Padre nickte, und sie überquerten die Straße.

Noch 30 Minuten

Linda hatte Mühe, im grellen Gegenlicht etwas zu erkennen, das Gesicht des Mannes war nur ein dunkler Schatten. Sie hatte stundenlang in totaler Finsternis gelegen, und jetzt bahnte sich da draußen die Sonne gleißend ihren Weg durch die Nebelschicht.

Sie schloss im Reflex ihre Augen. Die Stimme, die ihr in zwei Worten befahl, auszusteigen, ging ihr ins Mark.

Es blieb ihr keine Zeit, darüber nachzudenken, starke Arme griffen nach ihr, zerrten sie aus dem Kofferraum und ließen sie unsanft auf den Boden fallen. Sie schlug hart mit den Knien auf und kippte zur Seite.

Ihr Schrei wurde vom Klebeband verschluckt, und bevor sie sich aufrichten konnte, fühlte sie das kalte Metall der Waffenmündung im Nacken. Keine Chance, dem Mann ins Gesicht zu sehen.

Als er sie aufforderte aufzustehen und langsam vor ihm herzugehen, kam ihr der Tonfall bekannt vor. Wo hatte sie diese Stimme schon einmal gehört?

Noch 27 Minuten

Es war noch früh am Tag, und nur wenige Gäste saßen an den Tischen und an der Theke in der Bar. Die beiden Paramédicos, eine junge Sanitäterin und ihr männlicher, etwas älterer Begleiter, mussten die Bar soeben erst betreten haben, denn der Tisch vor ihnen war noch leer.

Der Padre setzte sich zu ihnen, tastete in seiner Hemdtasche nach den Scheinen und bestellte eine große Kanne Kaffee. Alan wählte einen Platz direkt an der Theke, genau dort, wo die Kaffeekannen aus der Küche abgestellt wurden, bevor sie eine junge Kellnerin, die als Einzige an diesem Morgen bediente, an die Tische brachte. Er ließ sich so auf einem Barhocker nieder, dass er die beiden Paramédicos unauffällig im Blick hatte. Dann bestellte auch er einen Kaffee.

Alan beobachtete die Frau, die die Bestellung des Padre aufgenommen und in die Küche weitergegeben hatte. Sie brachte drei Tassen und Untertassen an den Tisch der Sanitäter und ging noch einmal zurück, um Milch und Zucker zu holen. Inzwischen kam ein unrasierter Kerl in dreckstarrender Kochschürze mit einer großen, zerbeulten Kanne aus der Küche und stellte sie vor Alan auf die Theke.

Alan wartete, bis dieser hinter der Küchentür verschwunden war, holte sich eine Tasse, nahm die Kanne und schraubte den Deckel ab.

»*Não, não!*«, rief die Kellnerin und machte ihm klar, dass das nicht sein Kaffee war. Die Frau schüttelte den Kopf, schnappte die große Kanne und trug sie zum Tisch der Paramédicos, wo der Padre wartete.

»Descilpa – Entschuldigung«, begann der Padre, goss den Paramédicos Kaffee ein. Er schien in seiner Serviço de segurança-Uniform einen gewaltigen Eindruck zu hinterlassen, denn die beiden nickten ihm ehrfürchtig zu. Alan, der an der Theke wartete, verstand nur wenige Brocken von dem, was der Padre ihnen erzählte. Immer wieder deutete er auf seine Serviço de segurança-Weste und den Malinois, der lautlos zu seinen Füßen kauerte.

Die beiden Paramédicos hörten ihm aufmerksam zu und schüttelten den Kopf. Plötzlich legte der Padre ein Bündel Geldscheine auf den Tisch. Schweigend starrten beide auf das Geld, dann griff die Frau zu und steckte es ein.

Alan sah besorgt auf die Uhr, als Padre Matheus endlich

aufstand und zu ihm an die Theke trat. In seiner rechten Hand hielt er den Autoschlüssel.

Noch 20 Minuten

Es konnte nicht sein.

Und doch glaubte Linda sicher zu wissen, wem diese Stimme gehörte. Noch hatte sie keine Chance, sich von ihrer Vermutung zu überzeugen, der Kerl ging schweigend hinter ihr und bestimmte mit eisernem Griff um ihren linken Oberarm und der Waffe in ihrem Genick ihren Weg.

Linda benötigte nicht lange, um herauszufinden, wohin sie gebracht worden war. Sie verließen den kleinen Wald am Hang und traten auf ein abschüssiges Felsplateau aus grauem Granit, das sich wie eine schräge Terrasse bis zu einem steilen Abgrund senkte. Dort blieben sie stehen.

Sie blickte kurz zurück, was ihr Peiniger mit einem heftigen Druck in ihren Nacken quittierte. Es hatte gereicht, um die Silhouette der Christusstatue zu erkennen.

Die Aussicht von hier oben hatte sie erst vor wenigen Tagen mit Alan genossen, allerdings waren sie damals ab Cosme Velho mit der Corcovado-Bahn, und nicht im Kofferraum eines Ford Fusion, zum Wahrzeichen Rios gefahren. Die Statue des Cristo Redentor ragte hinter ihr aus dem Nebel empor, der sich allmählich zu lichten schien.

»Der schönste Blick auf die Slums von Rio!«, kommentierte die Stimme hinter ihr zynisch die Sicht. Über das schräge Plateau blickten sie auf die fast vollständig im

Gestrüpp versteckten Favelas, die krumm, schief, zerlumpt und verödet an den Hängen der Berge jenseits des Tals zu kleben schienen.

»Und da, diese Landzunge, das ist der internationale Flughafen von Rio. Dort sind vor einer Stunde meine Leute in ihre Flugzeuge gestiegen. Nur wir beide sind jetzt noch hier. Und Sunday Sanusi, wie du weißt.«

Er lachte, und dieses Lachen ließ ihr das Blut in den Adern gefrieren. Doch was Linda noch mehr aus der Fassung brachte als dieses fiese Lachen, waren seine Worte. Genau so hatte der Mann gesprochen, dessen goldene Uhr sie im Pantanal gefunden hatten.

Sie war sich jetzt absolut sicher, wer hinter ihr stand.

Noch 17 Minuten

Padre Matheus hatte noch einen Schluck Kaffee getrunken, dann hatte ihn Alan aus der Bar gedrängt. Von den anderen Gästen hatten, bis auf die beiden Sanitäter, fast alle inzwischen die Bar verlassen. Der Marathonlauf näherte sich wenige Straßen weiter.

Tausend Gedanken schossen Alan durch den Kopf. Was war mit dem Funkverkehr? Was, wenn die Leitzentrale den Wagen rief? Was, wenn plötzlich andere Sanitäter auftauchten und Fragen stellten? Der Padre hingegen schien sich keine Sorgen zu machen.

Er öffnete die unverschlossene Hecktür des Rettungswagens und stieg hinein. Über einem Stuhl hing die Jacke eines Sanitäters. Sie war zwei Nummern zu groß, doch das spielte keine Rolle, und er reichte sie Alan. Ein Paramédico und ein Sprengstoffhund mit Herrchen.

Jetzt zählte nur noch die Zeit.

Alan hatte von Padre Matheus den Wagenschlüssel zugeworfen bekommen und schwang sich auf den Fahrersitz. Es kostete ihn einige Selbstbeherrschung, nicht das Blaulicht einzuschalten, als er die Straße in die Richtung hinunterfuhr, in die alle Menschen strömten. In einer der nächsten Querstraßen musste der Marathonlauf vorbeiführen.

Noch 15 Minuten

Er riss ihr das Klebeband vom Mund, und der Schmerz ließ sie aufschreien. Er lachte erneut.

»Smeja!«, stieß sie hervor, ohne einen Blick nach hinten zu riskieren. Sein Lachen erstarb.

»Nenn mich nicht so!«, herrschte er sie an. »Smeja ist tot! Du hast doch selbst seine Leiche im Pantanal gesehen, zerfleischt von den Kaimanen. Mein Name ist adh-Dh'ib!«

Er packte sie an den Schultern und drehte sie zu sich um. Sie blickte in die Mündung der Taurus und sagte, ohne auf das Zittern in ihrer Stimme zu achten:

»Wir haben nicht deine Leiche gesehen. Wir haben nur eine Leiche gesehen, die deine goldene Uhr und deinen Ring trug, und wir haben uns täuschen lassen. Der Tote im Pantanal war aber nicht Denis Lasarew oder Smeja! Wen habt ihr dort umgebracht?«

»Das war ein bedeutungsloser Arzt aus Tscheljabinsk. Doktor Aleksey Gorin«, sagte adh-Dh'ib. »Er hat für die russische Dopingkontrolle gearbeitet und uns sein Labor für unsere Zwecke zur Verfügung gestellt. Zunächst hat er uns gute Dienste geleistet. Unser Läufer war bei ihm in den besten Händen. Irgendwann hat er kalte Füße bekommen und wollte aussteigen.«

»Deswegen musste er im Pantanal sterben«, kommentierte Linda, »als perfekte Tarnung für Smeja!« Sie spuckte den Namen förmlich aus. Sie ekelte sich vor dem Mann, der eiskalt über Leichen ging, um seine Ziele zu erreichen. Sie war sicher, dass auch sie diesen Tag nicht überleben würde.

»Nenn mich nicht Smeja!«, brüllte adh-Dh'ib, und seine Hand schlug ihr zweimal brutal ins Gesicht.

Noch 13 Minuten

Alan parkte den Rettungswagen hinter der dünnen Reihe Menschen, die sich in der prallen Sonne hinter den Absperrzäunen entlang der Rua Visconde da Rio Branco eingefunden hatten. Ihre Aufmerksamkeit konzentrierte sich auf die Strecke, wo schon bald die ersten Läufer auftauchen mussten.

»Wie gehen wir vor?«, flüsterte der Padre, nachdem sie ausgestiegen waren.

»Ich weiß nicht wirklich«, gab Alan zu. »Aber wir müssen an Sanusi ran und ihn außer Gefecht setzen. Bei der WM in Peking hat es sogar ein verrückter Hobbyläufer geschafft, sich beim Marathon an die Spitze des Läuferfelds zu setzen. Auf einer Strecke von fünf Kilometern hat das keiner bemerkt. Wir müssen Sanusi überrumpeln und auf die Uniformen setzen. Es wird zunächst keiner einen Sanitäter und einen Mann des Serviço de segurança aufhalten!«

»Erkennen Sie Sanusi unter den vielen dunklen Läufern?«, fragte der Padre.

»Mal sehen«, antwortete Alan ausweichend.

»Dann lassen wir Mali ran! Wenn Sanusi wirklich einen Sprengstoffgürtel trägt, findet er ihn blind.«

Padre Matheus tätschelte den Malinois und führte ihn auf die Absperrgitter zu.

Alan erschrak, als er am Ende der geraden Straße die Motorräder der Polizisten im Konvoi auftauchen sah. Was, wenn die Überwältigung Sanusis von einem der Polizisten bemerkt wurde? Mit seiner knallroten Paramédicojacke würde Alan zwar den Menschen im Publikum einen Notfall vorspielen können, nicht aber den Polizisten. Der Padre beruhigte ihn.

»Wenn sie mich mit dem Hund sehen, werden sie aus Angst vor Sprengstoff zunächst Abstand halten.«

Alan wurde für einen Augenblick abgelenkt, als er einen dunkelhäutigen Jungen, nicht älter als zwölf, beobachtete. Die schulterlangen schwarzen Lockenhaare hingen ihm wirr bis in die Stirn. Er trug abgewetzte Shorts, ein dünnes, dreckiges Shirt und viel zu große Turnschuhe. Um die Schulter hatte er einen braunen Jutebeutel hängen.

Der kleine Lockenkopf griff einem Mann, offensichtlich Tourist, der gebannt in die Richtung stierte, aus der die Motorradeskorte immer näher kam, geschickt in die Tasche und zog einen Gegenstand heraus. Flugs ließ er ihn in seinen Beutel gleiten und machte sich aus dem Staub.

In flottem Tempo kam er genau auf Alan zugerannt. Der packte ihn unsanft am Oberarm und deutete mit strafendem Blick auf den Jutebeutel. Der Kleine erstarrte und versuchte, sich loszureißen. Doch Alans Hand hatte sich wie ein Schraubstock um das dünne Ärmchen geschlossen, und dem Jungen traten Tränen in die Augen.

Alan legte den Zeigefinger auf den Mund, um zu verhindern, dass der Junge schrie. Der Padre hatte alles beobachtet und durchschaute Alans Plan. Er wusste, dass Alans Portugiesisch zu schlecht war, um mit dem Jungen zu sprechen, und sprang in die Presche. Zunächst beruhigte er den kleinen Dieb und versicherte ihm, dass ihm keine Strafe drohte.

»Du hilfst uns, und wir lassen dich laufen!«

Der Kleine nickte eifrig, hatte sich schon im Gefängnis gesehen und konnte sein Glück kaum fassen.

Noch elf Minuten

»Ich bin adh-Dh'ib und dulde keinen anderen Namen! Das ist mein *nom de guerre*, mein Kriegsname. Also wirst auch du mich adh-Dh'ib nennen, denn das heißt Wolf. Und wie der Wolf auf der Suche nach Beute durch die Berge zieht, bin ich in diesen Kampf gezogen.«

»Du nennst es Kampf, ich nenne es Mord!«, zischte Linda, den Tränen der Verzweiflung nahe.

»Nenn es, wie du willst! Meine Brüder und ich werden unsterblich sein, wenn dieser Tag zu Ende ist. Der Name von adh-Dh'ib wird gefürchtet und berühmt zugleich sein.

In Deutschland war ich ein Niemand, aber jetzt bin ein anerkannter *muhajirun*, ein Auswanderer, wie einst Mohammed auf dem Weg von Mekka nach Medina. Meine Unterstützer warten an der Front in Syrien auf meine Rückkehr, sobald ich meinen Kampf hier beendet habe. Der Triumph von Rio ist nur ein kleiner Schritt auf meinem Weg zum Ruhm!«

Die Worte des radikalen Kämpfers jagten Linda Angst ein. Dieser Mann war bereit, für sein Ziel zu sterben. Allein hatte sie gegen ihn keine Chance.

Wo war Detlef Haverkamp?

Wo war Alan?

Konnte sie von ihnen Hilfe erwarten? Machte es Sinn, diesem adh-Dh'ib zu verraten, was sie von seinen Plänen wusste?

Linda hielt es für besser zu schweigen.

Noch zehn Minuten

Padre Matheus bückte sich zu dem Jungen herunter und gab ihm seine Anweisungen. Dann trat er mit dem Hund und dem Kleinen an den Straßenrand, wo gerade die Eskorte des Rennens auftauchte. Hinter den Motorrädern kamen die ersten Läufer ins Blickfeld, etwa zehn, die sich deutlich vom Hauptfeld abgesetzt hatten.

Alan Scott suchte Sunday Sanusi und glaubte ihn in einem der Läufer mit schwarz-rotem Trikot zu erkennen. Er nickte dem Padre zu, und der ließ den Malinois von der Leine.

Der Sprengstoffhund hechtete los, ohne einen Laut von sich zu geben, und hielt auf einen bestimmten Läufer zu. Es war Sunday Sanusi. Die Menschen im Publikum reagierten mit einer Mischung aus Heiterkeit und Verwirrung auf den Hund mit dem auffälligen Geschirr, der plötzlich zwischen den Athleten aufgetaucht war und jetzt neben einem von ihnen her trabte, ohne ihn aus den Augen zu lassen.

Noch neun Minuten

Adh-Dh'ib hatte sich so neben Linda postiert, dass sie ihm in die Augen sehen konnte. Seine Waffe zielte jetzt auf ihr Gesicht.

»Vielleicht wär es in der Tat klüger gewesen, dich und diesen Alan Scott schon früher zu beseitigen. Seit ihr mich damals im Serpent Paradise besucht habt und nach der Jararaca fragtet, wusste ich, dass ich euch im Auge behalten sollte. Aber es hat mir Spaß gemacht, mit dir zu spielen. Zunächst hatte Valdrin a-Shqiptari den Auftrag, deinen Freund aus dem Weg zu räumen. Doch als es misslang und du darauf bestanden hast, nur zusammen mit ihm nach Brasilien zu reisen, habe ich beschlossen, euch beide für meine Zwecke auszunutzen.«

»Woher kanntest du meine Pläne für Brasilien?«

»Ich habe Knabenkräuter fotografiert, auf diesem Berg bei Tübingen. Ich lag hinter euch im Gebüsch und konnte viel von dem verstehen, was du mit diesem WADA-Agenten besprochen hast.«

Linda rief sich die Situation ins Gedächtnis. Den Fotografen hatte sie damals bemerkt, ihn aber nicht weiter beachtet.

»Erinnerst du dich an einen Pantaneiro aus Poconé namens Rizardo?«

Der Bootsführer im Pantanal!

»Rizardo hat schon vor der Fußball-WM vor zwei Jahren die Regierung dieses Landes in Angst und Schrecken versetzt. Er war Mitglied einer brasilianischen Untergrundbewegung, die 2014 plante, einen Anschlag mit biowaffenfähigen Arboviren in Stechmücken durchzuführen. Leider gab es eine undichte Stelle in der Organisation. Doch dann hat er sich nach Syrien begeben, und ist seither einer von uns.«

Linda begann, die Zusammenhänge zu verstehen. Rizardo hatte sie auf die falsche Fährte geführt, indem er ihnen die Leiche des russischen Arztes als toten Smeja präsentierte.

Noch acht Minuten

Einer der Motorradfahrer hielt auf Sanusi zu und erkannte im selben Moment den Mann mit der Securityjacke, der ihm beschwichtigende Zeichen gab und den Hund mit einem scharfen Pfiff zurückrief. Alan hatte mit dem Jungen die Szene beobachtet und gab ihm einen Klaps auf die Schulter.

Der nickte.

Er hatte verstanden und spurtete los.

»Um Gorin zu töten, habe ich unseren Freund Valdrin a-Shqiptari engagiert. Doch delikate Aufgaben überlasse ich nicht gerne anderen.«

Er machte eine gedehnte Pause und starrte Linda grinsend an.

»Wie zum Beispiel diese kleine Afrikanerin. Hätte ich damals geahnt, dass du dich für die andere Göre interessierst, hätte ich sie nicht dem Albaner überlassen.«

Er lachte höhnisch.

»Du hast das Mädchen getötet und ihre Leiche von der Autobahnbrücke geworfen?« Linda unterdrückte ihre Wut. Dieses Scheusal von Mensch schien vor keinem Verbrechen zurückzuschrecken.

»Und dann war da noch diese Studentin in Tübingen. Sie wusste leider etwas zu viel über die Jararaca. Um sie habe ich mich selbst gekümmert. Und du liegst mir ebenso am Herzen.« Seine Stimme sprühte vor Häme. »Du spielst heute die Hauptrolle, wusstest du das?«

Linda erschauderte.

»In der Pousada haben wir dich bestens im Auge behalten können. Brav, wie du für diesen Dopingagenten den Spitzel gespielt hast. Aber jetzt wirst du tun, was *ich* sage, sonst werden wir deinen Freund aus dem Weg räumen.«

»Alan? Was habt ihr mit ihm gemacht?«, schrie Linda.

»Noch nichts. Noch lebt er. Denn auch er bekommt eine Rolle in unserer Komödie.«

Adh-Dh'ib lachte erneut.

»Was hast du vor?«, fragte Linda mit zitternder Stimme.

»Das«, begann er feierlich, »wirst du gleich erfahren!«

Er trat wieder hinter sie und Linda spürte den Druck seiner Waffe in ihrem Genick. Dann befahl er ihr, noch näher zum Abgrund des Plateaus zu gehen.

Noch sechs Minuten

Auf einem Streckenabschnitt, der von nur wenigen Zuschauern frequentiert wurde, war plötzlich ein Hund im Läuferfeld aufgetaucht und hatte für Verwirrung gesorgt. Ein Kind, ein vielleicht zwölfjähriger Junge in zerschlissenen Klamotten, dem der Hund zu gehören schien, rannte in die Straße. Dabei stieß er mit einem der Läufer zusammen, der stürzte und für eine Sekunde benommen liegen blieb.

Der Hund wurde vom Serviço de segurança an die Leine genommen, das Kind verschwand hinter den Zuschauern auf der anderen Straßenseite und rannte in eine Nebenstraße.

Während die anderen Läufer das Rennen fortsetzten, stürmte ein Paramédico auf den am Boden liegenden Athleten zu, noch bevor der sich langsam aufzurichten begann und auf die Beine zu kommen schien. Der Sanitäter drückte ihn nieder und winkte den Sicherheitsbeamten zu sich.

Der Gestürzte schien bewusstlos zu werden und wurde von den beiden Männern im Eiltempo zu dem weiß-roten Wagen der Ambulância getragen. Der Paramédico öffnete die zweitürige Heckklappe, sie hievten den vermeintlich Ohnmächtigen hinein, kletterten hinterher und schlossen die Tür von innen.

Was dort geschah, entzog sich den Blicken der Zuschauer an der Rua Visconde da Rio Branco, die sich jetzt auf das Verfolgerfeld konzentrierten.

Noch fünf Minuten

Adh-Dh'ib hatte Linda auf dem Plateau niederknien lassen und sich mit seiner Waffe hinter ihr postiert.

»Da vorne, von den Bergen verdeckt, liegt das Maracanã Fußballstadion. Doch was uns viel mehr interessiert, das liegt da drüben!«

Er deutete mit ausgestrecktem Arm in die Richtung, während seine andere Hand noch immer die Taurus in Lindas Nacken drückte.

»Das Sambódromo. Das Ziel des Marathonlaufs. Dort wird die Bombe hochgehen! Hier, mit meinem Handy. Wir werden uns das Feuerwerk von hier oben ansehen!«

Er zeigte ihr sein Handy, ein altes Samsung, wie sie es vor Jahren ebenfalls benutzt hatte.

»Ich werde eine ganz bestimmte Nummer anrufen. Sobald das erste Freizeichen ertönt, geht die Bombe hoch. Genial, wie Malik al-Mot das programmiert hat, findest du nicht? Wir nennen ihn nicht umsonst den Todesengel.«

Noch vier Minuten

Alan Scott hatte Sanusi auf der Fahrtrage im Inneren der Ambulância festgeschnallt und versucht, ihm den Sprengstoffgürtel, den er unter seinem schwarz-roten Trikot trug, abzunehmen. Doch die Schnalle war verschlossen und ohne Werkzeug nicht zu öffnen.

Padre Matheus sah die Bombe und erstarrte. Rote Leuchtziffern zeigten die Minuten und Sekunden an. Die Uhr lief rückwärts. Sie mussten handeln, und zwar schnell.

»Kennen Sie sich damit aus?«, fragte Alan. »Nachdem Sie dauernd mit Sprengstoffhunden arbeiten, haben Sie doch sicher auch schon mal bei der Entschärfung einer Bombe zugesehen?«

Der Padre schüttelte den Kopf. »Das ist ewig her«, stammelte er, »keine Ahnung, wie das geht!«

Sanusi, dem Alan nur kurz die Luft abgedrückt hatte, kam zu sich, fluchte und schrie, sein Gesicht war eine wutverzerrte Maske, die Adern an seiner Schläfe traten hervor, seine weißen Zähne blitzten, und er versuchte mit aller Kraft, sich von der Trage zu wälzen. Alan nahm die Zwei-Liter-Aluminium-Sauerstoffflasche aus der Transporthalterung und schlug sie ihm gegen die Schläfe. Bewusstlos sackte der Läufer in sich zusammen.

Alan betrachtete den Sprengstoffgürtel.

Verzinktes Stahlseil.

Dünn.

Ohne Werkzeug nicht zu knacken.

Daran befestigt ein unauffälliges schwarzes Kästchen. Zwei kleine Kreuzschlitzschrauben.

»Ich brauche Werkzeug.«

Der Padre sah sich im Wageninnern um. Das Notfallbesteck. Scheren, Messer, Zangen, Pinzetten.
Eine der Pinzetten griff.

Noch drei Minuten

Linda verstand noch immer nicht.
»Es ist ganz einfach«, sagte adh-Dh'ib, »der Zünder unter Sanusis Trikot bekommt sein Timing aus der Pulsuhr, aus den Werten von Zeit, Entfernung und Trittzahl. Die Bombe ist jetzt schon scharf und wird frühestens dann explodieren, wenn Sanusi die Arena erreicht.«
»Das ist teuflisch!«, schrie Linda.
»Aber nein. Das ist genial. Und du, meine Liebe, hast die große Ehre, die Sprengladung zu zünden!«
Die Taurus bohrte sich mit deutlichem Druck in ihr Genick.
»Und wenn du das nicht tust – klick! Erst du und dann dein Lover!«

Noch zwei Minuten

Das erste der beiden Schräubchen löste sich.
Der Doppelpunkt zwischen Minuten- und Sekunden-

anzeige blinkte unablässig. Mit jedem Blinken schwand eine Sekunde.

Das zweite Schräubchen kullerte auf den Boden. Alan schwitzte. Der Padre beobachtete ihn schweigend. Der Malinois kauerte leise winselnd am Boden.

Alan hatte die Bombe aufgeschraubt.

Nahm die schwarze Hülle ab.

Blankes Metall blinkte auf.

Drähte blitzten ihm entgegen.

Jemand klopfte an der Heckklappe.

Rief Worte, die Alan nicht verstand.

Der Padre brüllte etwas zurück.

Worte, die Alan auch nicht verstand.

Der Padre hatte von innen abgeschlossen.

Alan wischte sich den Schweiß von der Stirn.

Es irritierte ihn, dass kein Ticken zu hören war.

Sagte man nicht: Die Bombe tickt?

Noch eine Minute

»Wenn ich es sage, drückst du grün!«, brüllte Smeja.

Die Mündung seiner Waffe schmerzte in ihrem Nacken, sie wagte nicht zu atmen und spürte, dass ihre Lunge keine Luft mehr bekam. Sie fühlte sich wie kurz vor der Exekution.

Ihre Hand krampfte sich um das Handy, der Daumen lag wie im Krampf auf der grünen Taste. Sie wusste, wenn sie es fallen ließ, würde er schießen. Das Metall auf der nackten Haut schien zu glühen, und Linda ahnte, dass sie nicht mehr lange standhalten konnte.

Noch 30 Sekunden

»Padre?«

»Ja?«

»Haben Sie keinen heißen Draht zu Ihrem Chef da oben?«

»Ich fürchte, nein. Sie müssen wissen, ich bin gar kein Padre!«

Alan sah auf. »Scheiße!«

Drei Drähte.

»Dann sollten Sie jetzt besser beten!«

Zwei schwarz, einer rot.

Er musste einen durchschneiden.

»Ich habe hier drei Drähte. Zwei schwarz, einer rot. Ich brauche eine Zange!«

Matheus wusste, dass er keine Zeit hatte, nach einem Werkzeugkoffer zu suchen. Er reichte Alan die schärfste Stahlzange aus dem Notfallkoffer.

»Welchen?«

»Woher soll ich das wissen?«

»Den Schwarzen?«

»Ja. Unsere Chance steht eins zu drei!«

»Welchen von beiden?«

Der Padre starrte ihn an.

»Padre! Welchen? Ich habe zwei Schwarze!«

Nichts tickte, doch die Zeit lief.
Sanusi stöhnte.
»Den roten!«
Jemand hämmerte gegen die Tür.
Alans ›não!‹ klang wie eine Explosion.
Seine Hände waren nass vor Schweiß.
Zitterten.
Die Klinge der Stahlzange schabte am roten Draht.
Der Doppelpunkt blinkte.
Rot!
Sanusi stöhnte.
Lauter.
Nicht den roten!, dachte Alan.
Die Zange zerteilte den linken schwarzen Draht.

Noch 20 Sekunden

Adh-Dh'ib starrte auf die Uhr.

»Es ist so weit. Er muss gleich im Ziel sein!« Seine Stimme überschlug sich. Adh-Dh'ib hatte kaum die Geduld, länger zu warten.

»Ich will, dass du gleich die grüne Taste drückst!«

Seine Stimme duldete keinen Widerstand.

Sie blickte auf die Silhouette der Christusstatue, die sich auf dem Berg in den Horizont erhob und über die Stadt zu wachen schien. Doch sie hatte ihr den Rücken zugekehrt, sich von ihr abgewandt.

Oh mein Gott!
Wo war Alan?

*

Nichts geschah.

Es waren noch zehn Sekunden Zeit.

Neun.

»Jetzt den roten?«

Acht.

»Warten Sie!«, rief Matheus.

Jemand rüttelte an der Tür.

Sieben.

Alan hörte: »Polícia! Abrir!«

»Ich habe einmal zugesehen. Er hat zuerst den schwarzen durchtrennt!«

Sechs.

Den schwarzen?

»Sind Sie sicher?«

»Ja!« – Fünf – »So ziemlich.«

Den schwarzen!

Die Zange umschloss den schwarzen.

Vier.

Wirklich noch einmal den schwarzen?

»Und dann den roten!«

Drei.

Die Zange durchtrennte den roten Draht.

Zwei.

Eins.

*

»Jetzt!«, schrie adh-Dh'ib.
Ihr Daumen zuckte.

*

Null.

Das Blinken der Leuchtanzeige erlosch.

Alles blieb still.

Alan ließ die Zange fallen und glitt zu Boden.

Die Tür wurde mit roher Gewalt aufgerissen, zwei Beamte der Polícia Militar stürmten herein.

*

Ihre Daumenkuppe berührte die grüne Taste, sie spürte die leichte Wölbung der Oberfläche und schloss die Augen. Ganz leicht verstärkte sie den Druck.

Der Knall war ohrenbetäubend laut.

*

Padre Matheus – oder wer immer er war – redete mit den Polizisten und zeigte ihnen die Papiere, die ihn als Mitglied des Serviço de segurança auswiesen. Er deutete auf das Metallkästchen auf Sanusis Bauch.

Alan kam auf die Beine, kletterte unbehelligt aus dem Wagen und riss sich die Paramédicojacke vom Leib.

Er tauchte in der Menschenmenge unter, die sich jetzt am Ende des Rennens gebildet hatte und zum Sambódromo strömte, und machte sich auf die Suche nach Linda.

*

Es war ein Schuss!

Adh-Dh'ib schrie auf.

Seine Waffe glitt zu Boden, er stürzte getroffen hinterher und blieb auf dem Rücken liegen, die Augen starr, von der Schläfe troff aus einem runden schwarzen Loch dünn das Blut.

Wer hatte geschossen?

Linda richtete sich auf und starrte auf das Handy. Ihr Daumen ruhte wie festgeklebt neben der grünen Taste. Zitternd drehte sie das Handy um, öffnete die Rückseite und nahm den Akku heraus. Dann legte sie das tote Gerät neben die Leiche von adh-Dh'ib.

Niemand würde je diese Bombe zünden.

*

Aus dem Schatten der Bäume trat ein Mann, das Gewehr in der Hand. Langsam, unendlich langsam kam er auf Linda zu. Als er vor adh-Dh'ib stand, verharrte der Schütze regungslos. Das Gewehr glitt zu Boden und landete neben dem Handy.

»Wer sind Sie?«, fragte Linda.

Der Mann schwieg.

»Sie haben mir das Leben gerettet«, sagte Linda und sah ihn an. »Danke«, flüsterte sie und starrte hinüber zum Sambódromo, wo nach dem Willen Smejas, des einsamen Wolfes adh-Dh'ib, vor wenigen Sekunden Sanusis Bombe Olympia zerstört hätte.

»Sie haben sogar sehr vielen Menschen das Leben gerettet«, fügte sie hinzu, doch sie sagte es mehr zu sich selbst als zu dem Fremden.

»Ich habe Ihnen das Leben gerettet«, sagte er emotionslos, »Ihnen und vielleicht auch sehr vielen anderen Menschen. Nur bei Eva habe ich versagt.«

Linda starrte ihn an.

»Es ist besser, Sie gehen jetzt«, sagte Hakan Ergün und wies auf den Weg, der hinunter in die Stadt führte.

Sie erhob sich, sah ihn fragend an, und als er nickte, ging sie. Langsam, Schritt für Schritt.

Hinter ihr auf dem Plateau stand Hakan Ergün bei der Leiche von adh-Dh'ib, dem einsamen Wolf.

Er hatte seine Freundin gerächt.

EPILOG

Sie saßen zu viert in der Pousada Santo Antônio und blickten hinüber zum Hundezwinger, aus dem der Padre Alan in der Nacht befreit hatte.

»Finden Sie nicht, dass Sie mir noch die eine oder andere Erklärung schuldig sind?«

Linda hatte diese Frage an Detlef Haverkamp gerichtet, der ihr gegenüber saß. »Was war der wahre Grund, weshalb Sie mich nach Brasilien geholt haben?«

Verlegen spielte der WADA-Agent mit dem Bierglas in seiner Hand.

»Wir mussten von uns ablenken«, sagte er schließlich.

»Wir? Wer ist ›wir‹?«, fragte Linda.

»Der Padre und ich.«

»Der Padre? Was hat er mit Ihnen zu tun?«

»Nun ja«, sagte der Padre, der sich neben Alan an die Balkonbrüstung der schmalen Veranda gelehnt hatte. »Zunächst einmal so viel, dass ich so wenig ein Padre bin wie Senhor Haverkamp.«

»Kein Padre?«, stammelte Linda.

»Nein. Mein Name ist Ramires Deterico. Ich bin für die ABCD tätig, vielleicht haben Sie schon mal davon gehört?«

»Die »Brazilian Agency of Doping Control«?«

»Ja. Die brasilianische Dopingkontrolle. Wie Sie wissen, steht der Leichtathletik-Weltverband spätestens seit der WM in Peking unter enormem Druck. Senhor Haverkamp und ich waren beauftragt, mit aller Konsequenz gegen unter Dopingverdacht stehende Sportler in Rio vorzugehen.«

»Das heißt?«

»Spürbare Sanktionen. Lebenslange Sperren.«

»Und weiter?«

»Uns stand die umstrittene geheime Blutwerte-Datenbank des IAAF zur Verfügung. Eine überführte russische Athletin gab uns den Tipp, das Institut eines bestimmten russischen Arztes unter die Lupe zu nehmen.«

»Aleksey Gorin?«

»Richtig. Das hat Ihnen Senhor Haverkamp ja schon berichtet.«

»Wir nahmen uns Gorin vor«, fuhr Haverkamp fort, »und drohten, ihm die WADA-Akkreditierung für sein Labor entziehen zu lassen. Da war er bereit, mit uns zu kooperieren.«

»Dabei fiel erstmals der Name Sunday Sanusi«, ergänzte der falsche Padre.

»Doch dann verschwand Dr. Gorin vor einem Monat spurlos. Wir stießen noch einmal auf seine Fährte bei einem Trainingscamp in Kenya und zuletzt vor einem Jahr beim Rio Marathon im Juli, doch ihn selbst sahen wir nie wieder.«

»Wir alle wissen, was aus ihm geworden ist«, sagte Alan, der bisher geschwiegen hatte. »Ermordet im Pantanal.«

»Wir waren ohne die Informationen von Dr. Gorin auf uns allein gestellt. Es musste uns gelingen, Sanusi zu überführen, obwohl er mit der von Gorin perfekt durchgeführten Maskierung verbotener Substanzen nicht zu stoppen war.«

Haverkamp machte eine bedeutungsvolle Pause und sah Linda an.

»Zu dieser Zeit stießen wir auf Ihren Namen. Linda Roloff. Als Journalistin waren Sie die ideale Besetzung, um die Dopingmafia von uns abzulenken.«

»Das heißt, Sie haben mich einfach benutzt?«

»Das klingt ziemlich hart, finden Sie nicht?«, wandte Ramires Deterico ein.

»Aber es trifft auf den Punkt zu«, widersprach Alan.

»Wie dem auch sei«, fuhr Haverkamp fort, »während Sie Sanusi interviewten, stellten wir alles sicher, was auch nur im Entferntesten mit Doping zu tun haben könnte.«

»Und was fanden Sie heraus?«

»Nichts. Auch die Blutwerte Sanusis waren bis zuletzt unverdächtig, sein Blutdruck völlig normal. Auf den Trick mit der Jararaca sind wir leider nicht gekommen.«

Alan grinste. »Da hätten Sie vielleicht etwas offener mit Ihrer Mitarbeiterin reden müssen, anstatt sie am Ende noch mit einem EPO-Fläschchen ins Olympische Dorf zu schicken!«

»Das war in der Tat ein fauler Trick«, gab Haverkamp zu. »Doch irgendwie mussten wir sie ihre Rolle ja zu Ende spielen lassen. Tut mir leid.«

»Bleibt die Frage«, hakte Linda nach »was war denn wirklich in dieser Flasche? Doch wohl nicht EPO?«

»Nein«, antwortete Haverkamp, »obwohl der Gedanke in der Tat verlockend war, Sanusi EPO unterzujubeln, um ihn damit zu überführen.«

»Das hätte aber nur klappen können, wenn Linda Roloff tatsächlich die Kurierin des Dopingkartells gewesen wäre und nicht unwissend nur die Rolle als Erfindung eines WADA-Agenten gespielt hätte«, ergänzte Ramires Deterico.

»Also«, Linda ließ nicht locker, »was haben Sie mir da für Sanusi mitgegeben?«

»Weihwasser!«, antwortete Ramires Deterico trocken.
»Weihwasser?«, echote Linda.
»Ja. Ein persönliches Geschenk von Padre Matheus.«

*

Die Olympischen Spiele von Rio de Janeiro gingen friedlich und ungestört zu Ende.

Der als einer der Favoriten gesetzte afrikanische Marathonläufer Sunday Sanusi, der den Lauf unter seltsamen Umständen vorzeitig beendet hatte, wurde wegen seiner nachgewiesenen Verstrickung in eine internationale Dopingverschwörung lebenslang gesperrt.

Von seiner Verhaftung wegen des Verdachts der Mitgliedschaft in einer terroristischen Vereinigung drang nichts an die Öffentlichkeit. Sein Name geriet bald in Vergessenheit.

Nur ein Zwischenfall, von dem zunächst niemand wirklich Notiz genommen hatte, sorgte in den nächsten Tagen noch für Spekulationen, Schlagzeilen in allen Zeitungen und Sondersendungen in den Fernsehkanälen. Keiner der Zeugen vor Ort konnte später klar beschreiben, was wirklich geschehen war.

Sofort waren Leute der WADA, der »Brazilian Agency of Doping Control«, ABCD, und Agenten des brasilianischen Geheimdienstes »Agencia Brasileira de Inteligencia« eingeschaltet und eine Nachrichtensperre verhängt worden. Von dem Sprengstoffgürtel unter dem Trikot und dem geplanten Selbstmordattentat eines Läufers war daher nichts zu lesen oder zu hören.

Die Ermittlungen dauern an.

Die Leiche eines russlandstämmigen deutschen Touristen am Corcovado war den Zeitungen nur ein kleine Notiz wert, sie war von keinem Journalisten in Zusammenhang mit den Geschehnissen beim Marathonlauf gebracht worden.

Abayomi Akande, Valdrin Arabatzis und Rashid bin Malik hatten Brasilien am letzten Tag der Olympischen Spiele in verschiedenen Maschinen mit Zielen in Osteuropa und dem Nahen Osten verlassen. Ihre Spuren verloren sich in Syrien und auf dem Balkan.

Linda Roloff hielt sich an ihr Versprechen gegenüber Detlef Haverkamp, keinem Menschen die Hintergründe ihrer Reise zu verraten und über das Erlebte Stillschweigen zu bewahren, solange die Hintergründe des von Smeja alias adh-Dh'ib geplanten Attentats auf Olympia 2016 nicht restlos aufgeklärt waren.

Der zwölfjährige Pablo erzählte seinen Freunden in der Schule immer wieder die Geschichte von dem seltsamen Fremden, für den er einen Marathonläufer zum Sturz gebracht hatte, doch keiner wollte ihm glauben.

Die Mundharmonika, die er dem Fremden gestohlen hatte, hütete er wie einen wertvollen Schatz.

ENDE